DIE VERFÜHRUNG DER DÄMONEN

DÄMONENFÜRSTEN

MILA YOUNG

HARPER A. BROOKS

INHALT

DANKE

Danke, dass Du einen Mila Young und Haber A. Brooks Roman gekauft hast. Melde Dich bitte für ihre **Mailing Liste** www.milayoungbooks.com/german

Deine Emailadresse wird keinen Dritten zugänglich gemacht und Du kannst Dich jederzeit abmelden.

DÄMONENFÜRSTEN

DIE LEIDENSCHAFT DER DÄMONEN

Sie wollten zurück in die Hölle gelangen... Aber die Hölle stand plötzlich vor der Tür.

Keiner von uns hatte einen Besuch vom Teufel höchstpersönlich erwartet, aber als Lucifer erscheint, wissen wir, dass die Dinge sich schnell erhitzen werden.

Wenn man den Dämonen glaubt, ist der einzige Weg, mich zu beschützen, uns alle zu verbinden. Für immer. Das ist etwas, von dem ich mir nicht so sicher bin, ob ich das überhaupt tun will. Aber mit Greeds Verlobungsring an meinem Finger und Lucifer im Nacken, mit der Vorstellung, mich zu seinem nächsten Spielzeug zu machen, was bleiben mir da noch für Alternativen?

Als ich gegen meinen Willen in die Hölle geschleppt werde, bin ich fest entschlossen, meinen Weg zurück ans Tageslicht zu finden. Aber die Dunkelheit in mir genießt diesen tödlichen Urlaub ein wenig zu sehr, und meine Kräfte scheinen immer stärker zu werden, je länger ich bleibe.

Meine Dämonen werden alles riskieren, um mich vor der ewigen Verdammnis zu retten.

Aber nachdem ich einmal durch die Hölle und zurück bin, werde *ich* überhaupt noch dieselbe sein?

Das aufregende und verführerische Abenteuer geht weiter. Hol Dir Dein Exemplar noch heute!

1

ARIA

„Jeder von uns ist sein eigener Teufel, und wir machen uns diese Welt zur Hölle." — Oscar Wilde

„Luzifer!" Der Name geht mir unwillkürlich über die Lippen, aber dass ich hier vor ihm stehe, jagt mir einen gehörigen Schrecken ein. In meinem Kopf dreht sich alles. Ich kann nicht glauben, dass er die gleiche Luft wie ich atmet. Der Fürst der Finsternis, Beelzebub, Vater der Lügen oder einfach nur Satan … Vor Schock klappt meine Kinnlade runter.

„Oh, sie hat ja eine Stimme", sagt er amüsiert, und ich habe Mühe, mein pochendes Herz zu beruhigen. Geschweige denn, etwas zu erwidern.

Er mustert mich, während meine Haut unter seinem Blick erschaudert. Selbst in seinem schwarzen Anzug und dem roten Shirt, in dem er eher wie ein Geschäftsmann aussieht als wie der Teufel, der über die Hölle herrscht, kann ich Ähnlichkeiten zwischen ihm und Cain erkennen. Beide sind tadellos gekleidet. Luzifer ist älter, aber sein Schnauzer und sein Bart verbergen sein attraktives Gesicht nicht. Ihm haftet ein Hauch von Königswürde an, ein Selbstvertrauen, das ich auch bei Cain so oft gesehen habe. Aber während Cain in den meisten Situationen souverän und auffallend ruhig ist, kann ich hinter Luzifers Augen den Wahnsinn sehen, der dort lauert, direkt unter der Oberfläche. Dieser Mann ist aus den Fugen geraten.

Cain, Elias und Dorian bleiben in der Nähe, während Maverick neben seinem Vater steht. In mir kocht immer noch die Wut hoch, nachdem ich erfahren habe, was er eigentlich mit mir vorhat. Und dass Joseline dummerweise einen Deal mit ihm ausgehandelt hat. Ich möchte ihr etwas Vernunft einbläuen. Vielleicht verpasse ich ihr einen ordentlichen Schlag auf den Kopf, aber wird das etwas ändern? Nein. Ich würde mich dann aber besser fühlen.

Aber ist das, was ich getan habe, wirklich etwas anderes? Ich habe Maverick vertraut und mich von ihm austricksen lassen, als er mir diesen Ring angesteckt hat. Ich dachte, er sei ein Engel, dabei ist er doch Cains Bruder, verflucht noch mal.

Wenn ich zurückblicke, ist es so naheliegend, dass ich mich am liebsten selbst ohrfeigen würde. Ich habe mich fallen lassen, weil ich verzweifelt nach einer Lösung für Sayah gesucht habe. Meine Angst hat meinen gesunden Menschenverstand bezwungen, und er wusste das und hat es gegen mich verwendet.

Wie dumm.

Wie dumm.

Wie dumm.

„Was tust du hier?" Cain zerreißt die schwere, bedrückende Stille, seine Stimme ist dunkel und voller Wut.

Als Luzifer seinen Blick von mir abwendet und seinen Sohn betrachtet, halte ich mich zurück.

Warum ist Luzifer überhaupt hier? Warum hatte Maverick sich so bemüht, mir den Ring anzustecken und Joseline unter seine Fuchtel zu bekommen? Ich durchschaue die Zusammenhänge noch nicht so ganz.

„Ist es falsch von mir, meinem Sohn einen Besuch abzustatten? Wir haben uns so lange nicht gesehen." Luzifers Lippen verziehen sich zu einem hinterhältigen Grinsen, das erkennen lässt, dass die Spitzen seiner Eckzähne angespitzt wurden. Die Falten in seinen Augenwinkeln treten noch tiefer hervor, und die Art, wie er Cain mustert, macht deutlich, wie sehr ihm das Ganze Spaß macht. Genau das wollte der Teufel ja bewirken – uns mit seiner Anwesenheit erschrecken.

Sein Blick schweift durch das Zimmer und seine Nasenlöcher weiten sich. „Was für ein ... *idyllisches* Häuschen ihr hier habt", sagt er, als er einen Schritt weiter hineingeht. „Das passt so gar nicht zu dir."

Cain lässt die Schultern hängen, seine Stimme klingt wie Gift. „Du tust nichts ohne einen bestimmten Grund zu haben, Vater. Also, warum bist du hier?"

Dorian und Elias sind starr, bereit, im Bruchteil einer Sekunde einzugreifen, sobald Cain nach ihnen ruft.

„Ich bin so viel mehr, als ich dir zu sehen erlaube, ich bin überall und ich habe Gerüchte über dich gehört", sagt Luzifer und sein Kiefer verkrampft sich. Er macht einen Schritt auf mich zu, und plötzlich steht Elias vor mir. Ein riesiger dämonischer Schutzschild.

Ich versuche zu atmen, scheitere aber kläglich. Joseline ist noch immer reglos, aber ihr laufen Tränen über die Wangen. Ich bin stinksauer auf sie für das, was sie getan hat, aber das Entsetzen in ihrem Gesicht lässt auch Schuldgefühle in mir aufsteigen. Ich hasse es, sie so zu sehen, auch wenn ich noch so wütend auf sie bin. Trotz allem ist sie mir nicht egal.

„In dem Moment, als du uns aus der Hölle geworfen hast, haben wir die Brücken zueinander abgebrochen. Du bedeutest mir gar nichts", knurrt Cain.

Die Art und Weise, wie Cain mit seinem Vater spricht, mit Hass und Verzweiflung in seiner Stimme, macht mich fertig. Das, was die Dämonen mir über seine Vergangenheit erzählt haben, ist nichts im Vergleich zu den Spannungen zwischen Vater und Sohn. Man darf nicht vergessen, dass Maverick der Bruder von Cain ist und rein gar nichts getan hat, als er aus dem Haus geworfen wurde.

Ich koche vor Wut auf Cain, auf Dorian und Elias, auf Joseline und darauf, dass ich nur benutzt wurde.

„Du warst ja ziemlich beschäftigt auf der Erde", beginnt Luzifer und spricht so gleichmütig, dass er mich an einen Serienmörder erinnert, der auf den richtigen Moment wartet, um zuzuschlagen und seine Klinge in das Herz seines Opfers zu rammen. Er ignoriert Cains Bemerkung von vorhin völlig und fährt fort. „Geheimnisse können einen schnell verraten." Seine Aufmerksamkeit wendet sich kurz in meine Richtung, sodass ich eine Gänsehaut bekomme, und dann wieder zu Cain.

„Wenn du etwas zu sagen hast, dann tu es und dann hau ab", sagt Dorian, angetrieben von seiner Wut. Mein unbeschwerter und sorgloser Dorian ... Es ist ungewohnt, ihn so zu sehen. Und beängstigend. „Wir hatten einen

Filmeabend geplant und deine Anwesenheit verdirbt die ganze Stimmung."

Luzifer scheint davon überrascht zu sein, aber es dauert nur Sekunden, bis er jedes Anzeichen von Ablenkung abschüttelt und die perfekte Maske der Illusion sich wieder über sein Gesicht schiebt.

„Unverfroren, unverschämt und erbärmlich. Mit sowas gibst du dich ab und wunderst dich, warum du deine Aussicht auf meinen Thron verwirkt hast."

Ich sehe, wie Maverick die Nase rümpft, als er die Worte seines Vaters hört. Hat er deshalb Cain verraten? Wegen seiner eigenen Chance, den Titel des Königs der Hölle zu erben? Nur: Kann Luzifer überhaupt sterben?

„Was zum Teufel willst du?", schnauzt Cain und selbst ich schrecke vor seiner Wut zurück.

„Es wird gemunkelt, dass du die Absicht hast, uneingeladen nach Hause zu kommen." Der Teufel bricht in lautes Gelächter aus, das von den Wänden widerhallt.

Maverick sieht seinen Vater und seinen Bruder an, ohne ein Wort zu sagen, und ich kann mir beim besten Willen nicht erklären, was ihm durch den Kopf geht. Seine Miene ist ausdruckslos geworden.

„Die Vorstellung, dass du zurückkehren kannst, ist zum Totlachen", meint Luzifer und lacht immer noch, was ihn noch mehr wie einen Verrückten klingen lässt, weil niemand sonst einen Ton von sich gibt.

Ich knabbere an meiner Unterlippe. Er ist völlig durchgeknallt.

Elias knurrt leise vor sich hin und stürmt mit ungeheurer Wut und Geschwindigkeit nach vorne, aber er kommt nicht einmal in seine Nähe. Plötzlich fliegt er quer durch den Raum in die entgegengesetzte Richtung und kracht mit einem donnernden Knall gegen die Wand. Stöhnend sackt er zu Boden.

Dorian schnellt ebenfalls nach vorne, seine scharfen Nägel fahren so schnell aus, dass ich kaum Zeit zum Atmen habe. Aber im gleichen Augenblick gesellt er sich zu Elias, und wird gegen die Wand geschleudert, als wäre er ein Nichts.

Luzifer rührte nicht einmal einen Finger. Er blinzelte nicht einmal. Nur seine Augen folgten den Dämonen. Er ist übermächtig. Wie soll bloß einer von uns gegen Luzifer selbst bestehen können?

Diese kurzen Gedanken sind alles, zu dem ich die Gelegenheit habe, bevor er sich gegen mich wendet.

Ich zucke zurück, mein Magen verknotet sich und ein Schrei steigt unwillkürlich in meiner Kehle auf.

Cain stürzt sich auf seinen Vater, aber Luzifers Hand schießt mit unvorstellbarer Geschwindigkeit auf ihn zu, packt ihn an der Kehle und hebt ihn in die Luft. Cains dunkle Augen weiten sich und seine Finger umkrallen den eisernen Griff seines Vaters.

„Sohn, du wirst es auf die harte Tour lernen. Das kann ich dir versprechen." Er wirft ihn zur Seite, als wäre er Nichts und steht bloß einen Atemzug von mir entfernt, so plötzlich, dass ich ihn gar nicht bemerkt habe.

Er packt mein Kinn und seine scharfen Fingernägel graben sich in meine Wange. „Diese Dämonen mögen die Dunkelheit in deinem Licht sein, aber wenn deine Zeit gekommen ist, werde ich dich mit Haut und Haaren verschlingen."

Dann verschwindet er mit einem Mal von der Bildfläche.

Ich schnappe nach Luft und stolpere rückwärts, bis

ich mit dem Rücken gegen einen Stuhl stoße, an dem ich mich festhalte, damit ich nicht umkippe. Ich atme viel zu schnell und die Angst schießt mir durch Mark und Bein. In diesem Moment bemerke ich, dass Maverick auch verschwunden ist.

Joseline kniet auf dem Boden und hält sich die Hände vor ihr schluchzendes Gesicht, während meine drei Dämonen sich aufrappeln. Sie alle haben Feuer in ihren Augen.

Ich weiß nicht genau, was ich erwarte – dass sie um sich schlagen, in Flüche und Flammen ausbrechen – aber sie tun nichts davon. Sie stehen starr und fassungslos da.

Ein Schauer läuft mir über den Rücken.

Luzifer höchstpersönlich war in unserem Haus.

CAIN

Ich mag das Blut meines Vaters in meinen Adern haben, aber ich bin kein bisschen wie dieser Mistkerl. Ich werde in die Hölle zurückkehren und dort zu Ende bringen, was ich begonnen habe. Ich werde den Abschaum vom Thron vertreiben und meinen Brüdern zeigen, dass ich derjenige bin, dem sie sich beugen werden. Ich werde mich an ihnen rächen, weil sie sich gegen mich gestellt haben. Vor allem an meinem schmierigen Bruder, Maverick. Das rückgratlose Arschloch. Es ist seit Jahrhunderten klar, dass Vater nicht mehr in der Lage ist, über die Unterwelt zu herrschen, und es scheint, dass der Krieg, den ich so herbeisehne, endlich bevorsteht, auch wenn er schneller eintritt, als ich erwartet habe.

Mein Puls hämmert, nachdem ich meinen Vater nach all dieser Zeit wiedergesehen habe. Ich verabscheue ihn noch genauso sehr wie damals, als ich von zu Hause abgehauen bin. Meine Hände ballen sich zu Fäusten. Der Geruch des knisternden Kamins erinnert mich an mein Zuhause, an den ständigen Gestank der brennenden Dunkelheit. An die unschuldigen Tode, die er verursacht hat.

Es spielt keine Rolle, dass ich auf der Erde bin. Seine Allgegenwart ist in mich eingedrungen und vergiftet mich; ich kann an nichts anderes mehr denken als an ihn.

Und das ist genau das, was er wollte.

Ich hebe mein Kinn und werfe einen Blick auf Aria, die wieder neben ihrer weinenden Freundin kniet, und ein anderes Gefühl umfängt mein Herz. Schmerz ... Der Gedanke, dass ich sie direkt in die Fänge meines Vaters getrieben habe, zerreißt mich. Ich habe so sehr versucht, es von Aria fernzuhalten, aber sie war in dem Moment in Gefahr, als wir sie hierher brachten. Es war egoistisch von mir, sie behalten zu wollen, weil ich dachte, ich könnte sie irgendwie vor dem Zorn meines Vaters schützen.

Dabei will ich sie nur anbeten, sie retten, für sie sorgen, und stattdessen habe ich wahrscheinlich die Hölle über sie gebracht.

Scheiße!

Ich durchquere das Zimmer, hocke mich neben Aria und lege ihr meine Hand auf den Rücken. Ihre weichen, dunklen Augen blitzen panisch auf. Mein Herz klopft lauter in meiner Brust, weil ich sie so verängstigt sehe.

„Du bist hier sicher", erkläre ich ihr, obwohl ich mir nicht sicher bin, ob das die Wahrheit ist.

„Für wie lange?" Ihre Hand zittert, als sie versucht,

Mavericks Ring von ihrem Finger zu reißen. Sie stöhnt und ihr ganzer Körper zittert bei dem Versuch.

„Aria, er wird nicht abgehen, ohne dass Maverick ihn abzieht", gebe ich zu bedenken.

Sie sieht mich verzweifelt an, und in ihren Augenwinkeln bilden sich Tränen. „Ich habe alles vermasselt."

„Dämonen sind Schlitzohren", antwortet Elias und versucht, sie zu beruhigen. „Es gibt keinen schlimmeren Dieb als einen Dämon."

„Dadurch fühle ich mich nicht besser."

Joseline drückt ihre Schulter dicht an Aria und flüstert: „Wenn es um den Preis für die größte Dummheit geht, bin ich mir ziemlich sicher, dass ich das Rennen mache." Ihr Versuch, zu grinsen, fällt schief und unbeholfen aus.

Aber meine Gedanken schweifen zu meinem Vater und wie nahe er Aria gekommen ist. Wenn ihr etwas zustößt, werde ich mir das nie verzeihen. Allein die Vorstellung, dass er ihr wehtut, sie quält, nur um mich in der Hand zu haben, lässt mich am ganzen Körper zittern. Das traue ich ihm durchaus zu. Allein der Gedanke daran treibt mich an den Rand des Wahnsinns.

Dorian und Elias treten in mein Blickfeld und lenken mich von meinen düsteren Gedanken ab. Beide stehen groß und breitbeinig da wie Wächter. In Wellen entlädt sich die Wut aus ihnen, und ich kann es ihnen nicht verdenken. Elias' Oberlippe verzieht sich und seine Brust ringt wie verrückt nach Luft, während sich unter Dorians Augen Schatten sammeln, als würde er gleich platzen. Ich mache mir keine Illusionen darüber, dass, wenn wir eine Möglichkeit hätten, in die Hölle zurückzukehren, sie Vater bereits auf den Fersen wären, um sich zu rächen.

Ich stehe auf und räuspere mich. „Elias, begleite Arias Freundin in ein Gästezimmer. Sie muss die ganze Zeit beobachtet werden", ordne ich an. Er nickt.

Aria ist auf den Beinen und zieht ihre Freundin an einem Arm vom Boden hoch. „Joseline kann in meinem Zimmer bleiben", sagt sie und ihre Augen flehen mich an, ihr das zu gestatten.

Aber dieses Mädchen mit den mausblonden Haaren stinkt nach Magie und der Deal, den sie mit Maverick ausgeheckt hat, macht sie zu einer tickenden Zeitbombe.

Arias funkelnder Blick bringt mich zum Schmelzen, aber in diesem Punkt werde ich nicht einknicken. „Das ist keine besonders schlaue Idee", erkläre ich und wende mich dann mit einem wissenden Blick an Elias.

Er nickt. „Lass mich nur machen", sagt er, und er versteht die Gefahr, die Joseline für Aria und uns alle darstellt, weshalb wir sie vorerst bei uns behalten.

Als Elias auf Aria zugeht, wirft sie mir einen schiefen Blick zu. „Joseline ist verängstigt."

„Und sie ist eine Gefährdung", antworte ich. „Wir wissen noch nicht, ob Maverick sie kontrolliert, ob er sie als seine Augen und Ohren benutzt."

Joselines Kopf neigt sich nach oben, ihre vom Weinen roten Augen treffen meinen Blick. In ihrem Gesichtsausdruck spiegelt sich Angst wider. Die sollte sie auch haben, denn wenn Aria nicht wäre, würde ich die kleine Hexe in den Keller sperren lassen. Sie hat ja keine Ahnung, welche Gefahr sie hierher gebracht hat und dass sie an der Schwelle des Todes steht, weil sie einen Deal mit einem Dämon eingegangen ist.

„Geht." Ich bedeute Elias, dass er sie mitnehmen soll, und er tut es.

Nachdem wir nun allein sind, geht Dorian vor dem Kamin im Salon auf und ab, und ich setze mich zu ihm an den Kamin.

„Dein Vater hat uns beobachtet." Seine Mundwinkel verziehen sich, sein Gesichtsausdruck ist angespannt und er atmet schnell. Seine dämonische Seite kommt zum Vorschein, sein Haar wird lichter und seine Nägel länger. Er kratzt mit ihnen über die Ziegelsteine und gibt dabei ein ohrenbetäubendes Geräusch von sich. „Es juckt mich in den Fingern, Luzifer und Maverick mit bloßen Händen in Stücke zu reißen."

Ich starre auf die tiefen Kratzer im Stein. Es ist nicht das erste Mal, dass das Haus beschädigt wurde. Normalerweise verursacht aber Elias hier das Chaos.

Das letzte Mal, dass ich Dorian so wütend gesehen habe, war, als wir aus der Hölle rausgeschmissen wurden und er sich so verloren in der Welt fühlte. Er hatte einen Teil von sich selbst vor Wut fast verloren und versuchte, das wieder auszugleichen, indem er jedes übernatürliche Wesen und jeden Menschen fickte, den er dazu überreden konnte. Sex verzehrte ihn damals. Es war die einzige Möglichkeit, damit klarzukommen.

„Luzifer tut nichts ohne Grund", antworte ich. So handelt der Teufel. Ich habe ihn in all den Jahren in Aktion gesehen, die Spiele, die er spielt, die Fäden, mit denen er jeden in der Hand hält. Wenn jemand aus der Reihe tanzt, hetzt er seine Höllenhunde auf ihn, um ihn in Stücke zu reißen. Elias war einer der Besten und ich habe keinen Zweifel daran, dass ihn eine besondere Folter erwartet, dafür dass er die Infernalen Legionen der Hölle im Stich gelassen hat, wenn es nach dem Willen meines Vaters geht.

„Er will uns tot sehen", antwortet Dorian, seine Stimme ist bitter und dunkel. „Das ist seine Begründung. Er ist ein verfluchter Psychopath."

Ich schüttle den Kopf, denn ich kenne den Teufel zu gut, als dass es so einfach sein könnte. „Wenn das alles wäre, hätte er das schon längst getan. Ich vermute, es hat mit Aria zu tun."

Stille liegt über dem Salon und ich schaue zu Dorian auf. Er und Elias sind die Dämonen, die ich Brüder nenne, mehr als mein eigen Fleisch und Blut. Und da Luzifer aufgetaucht ist, ist jetzt nicht die Zeit für Geheimnisse. Ich muss ihm von der Vision erzählen, die ich hatte, als ich unter der Macht des Nekromanten stand. Die Vision mit Aria und der Hölle.

„Es gibt etwas, das du wissen solltest", erkläre ich.

Dorian starrt mich mit ängstlichen Augen an. „Das wird mir nicht gefallen, oder?"

„Du solltest dich lieber hinsetzen", antworte ich. „Elias wird gleich zu uns stoßen."

2

———————

ARIA

Elias, Joseline und ich erklimmen die vielen Stufen zum obersten Stockwerk. Anstatt den Flur zu meinem Schlafzimmer entlang zu gehen, bleibt Elias an der ersten Tür rechts stehen. Er stößt die Tür auf und tritt zur Seite, damit wir hindurchgehen können.

Wie mein Zimmer verfügt auch dieses über ein großes Bett, saubere Bettwäsche, spärliche Möbel und ein angeschlossenes Badezimmer. Alles ist ordentlich und aufgeräumt, als würde man jeden Tag einen Gast erwarten. Ich wende mich wieder an Elias.

„Bist du sicher, dass sie nicht einfach bei mir bleiben kann?", frage ich ihn. „Wir waren doch schon mal Zimmergenossen."

Er mustert mich und runzelt die Stirn. „Wie Cain schon sagte, ist das im Moment keine gute Idee."

„Kann sie dann wenigstens ein Zimmer haben, das näher an meinem ist?"

Aber er schüttelt schon den Kopf. „Wir haben keine

Ahnung, was für einen Vertrag Maverick mit ihr hat. Es kann sein, dass er sie auf irgendeine Weise beeinflusst."

Verärgerung steigt mir in den Nacken. Sieht er nicht, dass sie Todesangst hat? Ganz zu schweigen davon, dass er über sie redet, als würde sie nicht direkt vor ihm stehen. „Joseline würde mir nie etwas antun."

„Das kannst du nicht wissen." Sein Blick wandert in ihre Richtung. „Nicht mehr."

Wow.

Okay, ich weiß, dass Elias angedeutete Hinweise nicht gut versteht, aber das war einfach nur kaltschnäuzig.

„Aria ...", flüstert Joseline leise neben mir und streift sanft meinen Arm. „Vielleicht hat er Recht."

Verwirrt blinzle ich sie an. „Was meinst du?"

„Das ist meine Schuld. Ich bin die blöde Kuh, weil ich Maverick vertraut habe und meine Seele für Geld und Macht verpfändet habe. Ich hätte gar nicht erst zustimmen sollen", sagt sie.

„Ich habe ihm soweit vertraut, dass er mir diesen Ring an den Finger gesteckt hat, also bin ich genauso dumm", antworte ich. Mavericks Verrat trifft mich immer noch hart, aber nicht so sehr wie mein Selbsthass, weil ich auf seine Masche hereingefallen bin. „Er hat uns beide ausge-trickst."

„Maverick war schon immer ein hinterhältiger Kerl mit der unheimlichen Fähigkeit, die Gefühle der Leute zu manipulieren, eine Fähigkeit, die er bei jeder Gelegenheit einsetzt, die er bekommt. Das macht es einfacher, andere dazu zu bewegen, nach seiner Pfeife zu tanzen", erklärt Elias.

„Gefühlsmanipulation? Du meinst wie Dorian?", frage ich.

„Dorian kann nur sexuelle Begierden verstärken. Maverick kann deine Ängste nehmen und sie zu dem Einzigen machen, was du siehst, bis du wahnsinnig wirst oder dich von einer Brücke stürzt. Er kann dir Trost spenden und dich in einem falschen Gefühl der Sicherheit wiegen. Oder deine Wut steigern, bis du jemanden mit deinen bloßen Händen erwürgst ..." Er blickt wieder zu Joseline und deutet damit offenkundig an, dass er diese Angst auch bei ihr hat. Sie schluckt heftig. „Und es gibt keine Möglichkeit, dagegen anzukämpfen. Er kann mit einer einzigen Berührung dafür sorgen, dass du dich völlig verlierst."

Eine Berührung. Kein Wunder, dass Cain mich davor gewarnt hatte, mich von Maverick berühren zu lassen.

Jetzt, wo ich darüber nachdenke, habe ich mich immer seltsam gefühlt, wenn er mich berührt hat. Zum Beispiel, als wir geflogen sind oder als er zum ersten Mal versucht hat, mir mit Sayah zu „helfen". Es war, als würde er in der einen Situation meine Freude verstärken und mich in der anderen Situation in Angst ertränken. In Wirklichkeit hat er mich von Anfang an manipuliert.

Das Arschloch.

„Ich finde immer noch, dass Joseline näher bei mir sein sollte. Wenn Maverick so gefährlich ist, wie du sagst, dann braucht sie Schutz."

Elias öffnet den Mund, um zu widersprechen, aber Joseline antwortet als Erste. „Aria, es ist wirklich in Ordnung. Ich bin gleich hier. Ich will nicht noch mehr Ärger machen, als das ohnehin schon der Fall ist."

„Hör auf die Hexe", stichelt Elias und ich werfe ihm einen Blick zu, immer noch nicht begeistert von der Idee. Er lässt sich nicht beirren und zieht die Schultern zurück.

„Bis wir wissen, wie es weitergeht, müssen wir auf das Schlimmste vorbereitet sein." Dann dreht er sich zu Joseline. „In der Zwischenzeit werde ich dir etwas zu essen hochschicken lassen."

In diesem Moment kommt der glatzköpfige Wächter, den ich schon oft vor meiner Zimmertür und im Fegefeuer gesehen habe, die Treppe herauf. Er nickt Elias zu und nimmt seinen Platz an der Wand ein.

Ach, wirklich? Eine Wache? Ich verstehe ja, dass sie sich Sorgen machen, dass Maverick sie auf irgendeine Weise benutzt, aber ist das wirklich nötig?

Es kommt mir eher so vor, als würden die Dämonen sie gefangen halten, bis sie wissen, was sie mit ihr machen sollen, und allein dieser Gedanke erschüttert mich zutiefst. Ich meine, was ist, wenn sie beschließen, dass es sicherer ist, wenn sie tot ist?

Ich tue alles, was ich kann, um diesen schrecklichen Gedanken zu verdrängen. Es ist ja nicht so, dass ich sie so etwas tun lassen würde. Auch wenn Joseline und ich uns vorher nicht im Guten getrennt hatten, war sie immer noch meine Freundin. Die engste, die ich hatte. Meine Ziehschwester.

„Wenn du etwas brauchst, ist Byron hier, um dir zu helfen", sagt Elias. Sein Blick verweilt noch ein paar Sekunden auf mir und schickt mir eine stumme Warnung, bevor er die Treppe hinuntergeht und aus dem Blickfeld verschwindet.

In dem Moment, in dem er weg ist, sehe ich den Wächter an, von dem ich gerade erfahren habe, dass er Byron heißt, und schiebe Joseline weiter in den Raum. Er sagt nichts, auch nicht, als ich die Tür hinter uns schließe, aber als wir allein sind, bekommt Joseline wieder Angst.

„Aria, wenn die Dämonen dich nicht in meiner Nähe haben wollen ...", beginnt sie.

„Ach, drauf geschissen", sage ich. „Ich bin nicht ihr Eigentum." Ich halte inne, als mir die Ironie hinter dieser Aussage bewusst wird. „Nun, streng genommen schon, aber sie *besitzen* mich. Verstehst du?"

Ihre Augenbrauen ziehen sich zu einem „Nein" zusammen.

„Ich kann immer noch tun, was ich will, und wenn das bedeutet, dass ich mit einer alten Freundin abhänge oder mich unwissentlich mit einem anderen Dämon einlasse, dann ist das meine Sache."

„Na, dann hoffen wir mal, dass diese beiden Dinge nicht mehr gleichzeitig stattfinden", erwidert sie mit einem kurzen Lachen, aber die Stimmung verfliegt sofort, und sie geht zum Bett, um sich dagegen zu lehnen.

Sie verschränkt die Arme vor der Brust, ihr Blick sinkt zu Boden und sie reibt ihre Lippen aneinander, was sie normalerweise tut, um zu verhindern, dass sie weint.

„Hey", sage ich und trete näher an sie heran. „Nimm dir nicht zu Herzen, was Elias sagt. Er hat so viel Taktgefühl wie eine nasse Papiertüte. Er versteht nicht ..."

„Er hat aber Recht." Ihre Stimme zittert, weil sie ihre Gefühle unterdrückt hat. „Ich habe Maverick und Lucifer direkt zu dir geführt. Und warum? Weil ich eifersüchtig war. Ich wollte etwas davon für mich haben. Was für eine Art von Freundin bin ich bloß?"

Als ihr die Tränen kommen, schlägt sie die Hände vors Gesicht und ihr ganzer Körper zittert. „Ich hätte dir von Anfang an die Wahrheit sagen sollen. Ich hätte nicht so egoistisch sein dürfen. Ich hätte in meiner Wohnung nie all diese schrecklichen Dinge zu dir sagen dürfen."

Wenn ich sie so niedergeschlagen sehe, wird es mir schwer ums Herz. Sie macht sich deswegen mehr Vorwürfe als ich. Die Sachen, die sie gesagt hat, interessieren mich nicht mehr. Das ist alles Schnee von gestern.

Es gibt nur eine Sache, um die ich mich jetzt sorge, und das ist, wie wir alle lebend aus den Fängen Luzifers herauskommen.

Da ich nicht weiß, wie ich sie sonst trösten soll, streiche ich mit einer Hand über ihren Rücken. „Du bist jetzt in Sicherheit", versichere ich ihr, denn das ist das Wichtigste. „Ich bezweifle, dass Maverick den Mut haben wird, nach diesem kleinen Auftritt wieder hier aufzutauchen. Du musst dich nur eine Weile verstecken, bis wir das alles geklärt haben."

Sie lächelt mich an und ihre Augen glänzen vor Tränen. „Es tut mir wirklich leid. Alles. Dass ich dich eine Hure genannt habe."

Ich zucke mit einer Schulter. „Äh, vielleicht bin ich ja eine." Bei allem, was sonst so mit mir los ist, ist das ehrlich gesagt die geringste Sorge, die ich haben könnte.

Zu meiner Überraschung und Erleichterung lacht Joseline. „Du hast dich eindeutig verändert, seit du hier bist."

„Hä? Was meinst du?"

„Nicht unbedingt zum Schlechten", versichert sie mir und wischt sich die nassen Wangen ab. „Selbstbewusster. Mehr im Mittelpunkt und weniger im Hintergrund."

Ich schätze, das ist eine gute Sache, oder?

„Sieh mal, du trägst auch mehr Farbe", sagt sie und zeigt auf mein weinrotes Oberteil. Ich hatte es mit meiner typischen dunklen Jeans kombiniert, also nicht völlig unpassend für mich, aber es ist schon mal was anderes. „Als ich dich vorhin in Stöckelschuhen gesehen habe, dachte ich, du wärst besessen oder so."

Das entlockt mir ein Schnauben. „Das war ein Teil meiner Arbeitskleidung. Ich kann aber immer noch nicht in den verdammten Dingern laufen."

Ein leises Wimmern und Kratzen ertönt an der Tür. Joseline erstarrt, immer noch ein bisschen nervös nach dem Vorfall im Foyer. Ich weiß hingegen genau, wer hier zu Besuch kommt.

Schnell durchquere ich das Zimmer und öffne die Tür. Cassiel drängelt sich herein, ganz in grauem Flaum, und drückt seinen Kopf gegen meine Beine. Er ist jetzt so groß, dass er mich fast umwirft.

Joseline quiekt vor Schreck und flüchtet sich auf das Bett. „Was in aller Welt ist das für ein Ding?", schreit sie.

„Beruhige dich. Das ist Cassiel. Er ist ein Luchs." Cassiel interessiert sich mehr für die Streicheleinheiten, die ich ihm gebe, und schaut nicht einmal in Joselines Richtung. Als ich aufhöre, leckt seine Zunge über meine Handfläche und verlangt nach mehr. Ich kichere. „Er wird dir nicht wehtun. Er ist nur ein Kätzchen."

„Das ist das größte Luchskätzchen, das ich je gesehen habe. Ich hätte nicht gedacht, dass erwachsene Luchse so groß werden."

Das ist wohl wahr. Cassiel ist in den letzten Tagen mit Hilfe des Zaubertranks eines Hexenmeisters und der verzauberten Graberde eines Nekromanten erheblich gewachsen. Er ist fast so groß wie ich, wenn er auf allen Vieren geht.

„Er isst eben brav seine Frühstücksflocken", sage ich,

nehme seinen gewaltigen Kopf in meine Hände und reibe unsere Nasen aneinander.

„Hast du keine Angst, dass er dich auffrisst?", fragt sie.

„Ich? Nein. Aber er ist ziemlich besorgt um mich. Ich würde ihm zutrauen, dass er jemand anderen auffrisst, wenn derjenige etwas Dummes versucht."

„Wenn die Dämonen nicht vorher zuschlagen", sagt Joseline, steht vorsichtig vom Bett auf und mustert Cassiel.

„Stimmt."

Ihr Blick schweift wieder im Zimmer umher und bleibt schließlich am Bogenfenster hängen, wo noch mehr Schnee zu fallen begonnen hat. „Gefällt es dir hier? Bei den Dämonen?"

Ihre Frage macht mich stutzig. Vielleicht liegt es daran, dass ich mich gerade erst entschieden habe, hier zu bleiben, zumindest für eine Weile. Mein Ziel war es immer, den Dämonen dabei zu helfen, die restlichen Reliquien aufzuspüren, mich von dem Vertrag loszusprechen und dann mit meinem Leben weiterzumachen. Aber jetzt bin ich mir da nicht mehr so sicher. Der Gedanke daran, Cain, Dorian und Elias zu verlassen, drückt auf meine Lunge und erschwert mir das Atmen. Ich weiß nicht einmal, was ich tun werde, wenn die Zeit gekommen ist.

Aber um Joselines Frage zu beantworten: Gefällt es mir hier bei den Dämonen?

Gefällt es mir, vom König der Hölle misshandelt und bedroht zu werden? Nein.

Gefällt es mir, jeden zweiten Tag fast zu sterben? Ganz und gar nicht.

Macht es mir Spaß, in ständiger Angst davor zu leben,

jemanden zu verlieren, der mir wichtig ist? Auch darauf ein klares Nein.

Aber lebe ich gerne hier? Ich würde sagen, ja.

Ich weiß, das klingt seltsam, aber es ist wahr.

Da ich nicht einmal weiß, wie ich das erklären soll, nicke ich Joseline einfach zu. „Es ist aber weit entfernt von einer schicken Bude in der Upper Eastside", sage ich.

Sie schnaubt. „Ja, aber ich würde ein Drecksloch wie Murray's jederzeit vorziehen."

Ein Lächeln umspielt meine Lippen bei den Erinnerungen, die bei der Erwähnung unseres alten Ziehvaters aufkommen. Es kommt mir vor, als wäre es Jahre her, dass wir unter seinem undichten Dach gelebt haben, beide in einem einzigen Schlafzimmer, und jeden Abend hungrig ins Bett gegangen sind. Aber es gab auch gute Zeiten. Wie zum Beispiel bis spät in die Nacht aufzubleiben, während Murray unser Geld verspielte, und Horrorfilme auf einem unscharfen Fernseher anzuschauen. Oder wie wir einander Weihnachtsgeschenke machten, wobei wir meistens versuchten, uns gegenseitig beim „Preis für das scheußlichste Geschenk" zu übertreffen.

Unter all meinen Pflegefamilien war Joseline die einzige Person, zu der ich eine Verbindung hatte. In diesem System aufzuwachsen, war für uns beide hart – wir haben viel Scheiße erlebt, aber wir haben das Beste daraus gemacht. Gemeinsam.

Joseline muss dasselbe gedacht haben, denn sie sagt: „Könntest du dir vorstellen, dass wir nach deinem Geburtstag zusammenziehen? Wie wir es geplant hatten?"

Cassiel huscht durch den Raum und rollt sich in der Mitte des Teppichs zusammen. Innerhalb von Sekunden schnarcht er. *Schönes Leben.*

„In Schlafsäcken pennen und für den Rest unseres Lebens Ramennudeln essen, während wir uns abrackern, um über die Runden zu kommen?", lache ich.

„Aber wir würden es zusammen durchziehen", sagt sie. „Wenn wir darüber gesprochen haben, hat sich das immer nach Leben und Luxus angehört."

Sie hat Recht. Wir wussten, dass wir uns nach dem Auszug mehr schlecht als recht über Wasser halten würden, aber irgendwie schien es, als würde ein Traum in Erfüllung gehen.

Wie sehr sich die Umstände seither verändert haben.

„Vielleicht können wir das immer noch tun. Du weißt schon, wenn sich die Lage beruhigt hat." Die Worte sprudeln aus mir heraus, ohne dass ich groß darüber nachdenke.

Joselines Kopf dreht sich in meine Richtung, eine Grimasse auf ihrem Gesicht. „Aber wie? Unsere beiden Seelen sind doch vertraglich gebunden ..."

„Zuerst werden wir eine Möglichkeit finden, dich aus deinem herauszuholen."

„Ist das überhaupt möglich?"

Ich nicke. „Cain hat mir mal erzählt, dass ein Seelenvertrag durch den Tod des zuständigen Dämons gebrochen werden kann."

Sie verzieht keine Miene. „Glaubst du wirklich, dass es für deine drei Dämonen in Frage kommt, einen ihrer eigenen Brüder zu töten? Oder dass Cain seinen eigenen Bruder tötet?"

„Hast du gesehen, was da unten passiert ist? Da ist es nicht grade Friede, Freude, Eierkuchen."

Joselines zusammengekniffene Augenbrauen deuten darauf hin, dass sie es mir immer noch nicht abkauft.

Ich berühre Mavericks Ring an meinem Finger und werde wieder wütend darüber, dass ich mich von ihm habe täuschen lassen. Noch nie in meinem Leben wollte ich so gerne jemanden mit meinen bloßen Händen erwürgen. „Und wenn sie es nicht tun, dann mache ich es eben", sage ich mit zusammengebissenen Zähnen.

„Und was ist mit dir? Wie kommst du aus deinem raus?"

„Cain und ich haben einen Deal ausgehandelt. Mehr oder weniger. Eine Änderung", antworte ich.

Sie legt den Kopf schief. „Aha?"

„Wenn ich ihnen helfe, die magischen Gegenstände zu finden, die sie suchen, lassen sie mich frei."

„Hm ... Das ist eigenartig." Sie merkt schnell, dass das, was sie gesagt hat, beleidigend sein könnte, und ringt mit dem Rest des Satzes. „Ich meine, nur weil du ein Normalo bist. Da frage ich mich, warum sie deine Hilfe brauchen. Nichts für ungut."

Ich habe vor den Dämonen keine Geheimnisse, ich hatte fast vergessen, dass niemand sonst von Sayah oder meinem inneren Detektor für dunkle Magie wusste. Joseline denkt immer noch, ich sei nichts Besonderes.

So sehr ich es ihr auch sagen möchte, es ist sicherer, wenn ich das nicht tue. Vor allem, weil sie jetzt mit Maverick und Luzifer zu tun hat.

„Ich bin nicht sauer", versichere ich ihr. „Wer weiß schon, warum. Aber ich war bereit, diesen Deal einzugehen."

„Ich mache dir keinen Vorwurf. Du hast wenigstens einen Ausweg."

Es klopft leise an der Tür. Cassiels Kopf schießt hoch und er schnuppert an der Luft.

„Herein!", rufe ich, und eine Sekunde später kommt Sadie mit einem Wagen voller Essen herein. Steak, Bratkartoffeln, gedünstetes Gemüse, gegrilltes Hähnchen, Reis und drei verschiedene Sorten Kuchen. Joselines Augen leuchten beim Anblick des Festmahls vor ihr und ich kichere, als ich mich an das erste Mal erinnere, als ich hier etwas zu essen bekommen habe. Es war genug Essen für eine kleine Armee – mit Sicherheit mehr, als ein hungriges Pflegekind jemals auf einen Schlag gegessen hatte.

„Danke, Sadie", sage ich zum Dienstmädchen. Sie winkt uns zu und macht sich gerade auf den Weg, als Cassiel sich streckt und herüberkommt, um nachzusehen, welche Leckereien er sich erbetteln könnte.

„Das soll alles für mich sein?", keucht Joseline ungläubig. „Ich kann das doch nicht alles aufessen."

Lächelnd schnappe ich mir eines der Brötchen und beiße hinein. Wie erwartet, ist es warm und buttrig und absolut köstlich. Nach all dem Mist, der zwischen uns beiden passiert ist, bin ich überglücklich, meine Freundin wieder bei mir zu haben, mit ihr zu plaudern und zu scherzen, als wäre unser Leben im Moment nicht total verkorkst. Es fühlt sich einfach normal an. Geradezu belebend.

„Keine Sorge", sage ich und beiße noch einmal ab. „Ich werde dir helfen."

Cassiel schleicht näher an den Wagen heran, wedelt mit dem Schwanz und streckt seine Zunge aus dem Maul, während er das Sortiment an Speisen vor ihm betrachtet. Joseline springt auf, als er sich ihr nähert, und ich lache.

„Und ich bin mir sicher, dass Cassiel dir auch gerne etwas davon abnehmen würde."

Wie aufs Stichwort stößt er mit seiner Nase einen
Teller mit Soße vom Tablett. Das Glas zerbricht und die
Soße spritzt auf den Boden, aber Cassiel schlürft sie fröh-
lich auf und gibt dabei zufriedene Schnurrlaute von sich.
Joseline und ich brechen in schallendes Gelächter aus.

3

ELIAS

„**R**ückst du jetzt mit der Sprache raus, oder wird das hier ein Ratespiel?", frage ich Cain sarkastisch, denn ich möchte unbedingt wissen, was noch schlimmer sein könnte als ein Überraschungsbesuch von Luzifer.

Cain thront auf der Kante des Sofas, die Beine gespreizt und die Hände auf die Oberschenkel gestützt. Wenn er so tief in seinen Gedanken versunken ist, ist es schwer, mit ihm zu reden. Aber seine steife und stumme Erscheinung macht mich unruhig.

„Ich habe von Aria geträumt", verrät er uns.

Dorian bricht in schallendes Gelächter aus. Dabei klopft er sich auf die Knie. „Warte, du veräppelst uns, oder? Ich dachte schon, du erzählst uns jetzt, dass alles den Bach runtergeht, aber stattdessen sagst du uns, dass du einen feuchten Traum hattest?"

Natürlich denkt er sofort an Sex.

Ich widerstehe dem Drang, mit den Augen zu rollen.

Cains Blick richtet sich auf ihn. Plötzlich ist er auf den

Beinen und läuft vor dem Kamin auf und ab. Er hält inne, dreht sich um und mustert uns.

Dorian lässt sich auf seinen Platz auf dem Sofa plumpsen, während ich hinter ihm stehe. Ich verstehe nicht, was an einem Traum so beunruhigend sein soll, aber wenn Cain besorgt ist, sollten wir die Sache ernst nehmen. Einen Höllenfürsten kann schließlich nicht viel aus der Ruhe bringen.

„Okay, was ist in deinem Traum passiert?", frage ich, weil ich es hasse, zu warten.

„Es fing damit an, dass Aria und ich bei einem Bindungsritual für die Ewigkeit aneinander gebunden werden sollten."

„Es war also ein sexueller Traum", sagt Dorian. „Ich wusste es."

Cain seufzt verzweifelt. „Es mag so angefangen haben, aber wir wurden schnell in die große Halle meines Vaters in der Hölle geschleudert, wo viele Leute waren. Ihr beide wart dort, zusammen mit all meinen Brüdern. Alle waren Zeugen meiner Vereinigung mit Aria. Das machte mir nichts aus. Zumindest nicht, bis sie auf Luzifers Thron saß, mit schwarzen, dämonischen Augen und seiner Krone auf dem Kopf. Als ob sie die neue Herrscherin der Unterwelt wäre."

Mein Herz klopft mir bis zum Hals. Aria – unsere Aria – die Königin der Hölle?

„Was bedeutet das?", frage ich.

„Nichts", sagt Dorian mit einer abweisenden Handbewegung. „Es ist bloß ein Traum."

„Da bin ich mir nicht so sicher", antwortet Cain.

„Ich träume davon, dass mich jemand in einem Hasenkostüm von hinten so richtig duchrammelt. Aber ich sehe den verdammten Osterhasen hier nirgendwo. Ihr etwa?"

Ich werfe ihm einen verstohlenen Blick zu. „Ich hoffe, du machst Witze."

„Ich wünschte, es wäre so", sagt er. „Deshalb esse ich auch keine Schokolade mehr vor dem Schlafengehen."

Der ernste Blick in Cains Gesicht zeigt, dass dies mehr als nur ein gewöhnlicher Traum war. „Was denkst du darüber, Cain? Es hat dich offensichtlich sehr mitgenommen."

„Ich kann nicht aufhören, daran zu denken", gesteht er. „Es fühlte sich für mich wie etwas anderes an. Nicht nur ein Traum, sondern ein Blick in die Zukunft."

„Du meinst eine Vorahnung?", fragt Dorian.

Cain rührt sich einen langen Moment lang nicht, während er über seine Worte nachdenkt. Dann senkt er den Kopf und nickt. „Ich glaube schon, ja."

Ich blinzle verblüfft. „Du glaubst, Aria ..."

„Ich weiß es nicht genau, aber es ist schon merkwürdig", antwortet er. „Ich befürchte, dass es etwas mit meinem Vater zu tun hat. Ich habe gesehen, wie er sie gemustert hat. Es war, als hätte er sie schon immer im Blick gehabt. Das beschäftigt mich schon lange, und in Verbindung mit meinem Traum bin ich mir sicher, dass sein Besuch nur einem Zweck diente. Um sie zu begutachten."

Ich presse meine Zähne zusammen. „Er sieht sie jetzt als Bedrohung an?"

„Es ist fast unmöglich, jemals zu wissen, was dieser Verrückte denkt." Dorian wippt mit den Beinen, er ist plötzlich unruhig.

Cain nickt. „Luzifer spielt gerne mit seinem Essen,

also würde es mich nicht wundern, wenn er uns damit quälen will. Aber gleichzeitig deutet der Traum darauf hin, dass er vielleicht etwas weiß, was wir nicht wissen. Ich fürchte, er wird versuchen, sie zu kontrollieren. Sie zu benutzen. Warum sonst sollte er Maverick da mit reinziehen?"

Ich fühle mich am ganzen Körper verspannt, lasse meinen Nacken knacken und rolle meine Schultern. Mein Höllenhund brennt auf einen Kampf, darauf, jemanden in Stücke zu reißen. Am liebsten Luzifer oder Maverick. „Wir können wochenlang darüber spekulieren, was er von ihr will, aber es gibt nur eine unmittelbare Lösung. Wir müssen verhindern, dass dieser Wichser sie in seine Hände bekommt."

„Einverstanden." Dorians Kopf schnellt in die Höhe.

„Dafür gibt es nur eine Möglichkeit, wie ihr alle wisst", murmelt Cain. „Sind wir dazu bereit?"

„Sie wird stinksauer sein", stellt Dorian klar.

„Wir können es nicht vor ihr verbergen. Sie muss es wissen", betone ich.

Dorian stößt sich vom Sofa ab und geht auf die Tür zu. „Ich werde sie gleich zu uns holen, damit wir mit ihr reden können." Er ist weg, bevor Cain oder ich die Möglichkeit haben, etwas anderes zu sagen. Aber so ist es besser.

Ich richte meine Aufmerksamkeit auf Cain. „Wir müssen etwas wegen Joseline unternehmen. Wir wissen nicht, wie stark dein Bruder sie im Griff hat, welchen Einfluss er auf sie hat und welche Dinge er versucht, herauszufinden. Ehrlich gesagt, fühle ich mich nicht wohl dabei, dass sie hier ist."

Cain begegnet meinem Blick, und für den Bruchteil

einer Sekunde könnte ich schwören, dass sich Angst in seinem Gesicht abzeichnet. Der Gedanke, Aria zu verlieren, macht ihm Angst. Ich habe es in seiner Stimme gehört, als er von seinem Vater und seinem Traum sprach, und ich kann es ihm nicht verdenken. Seit sie bei uns eingezogen ist, muss ich ständig an sie denken. Bei allem, was ich rieche, berühre und woran ich denke, erinnere ich mich an sie. Sie hat uns alle drei auf die gleiche Art und Weise beeinflusst.

„Ich finde schon einen Weg", sagt er.

Ich wende mich zur Tür des Salons, als ich Schritte über die Holzdielen kratzen höre. Aria kommt herein, bekleidet mit einer schwarzen Röhrenjeans und einem engen burgunderroten Shirt. Es entgeht mir nicht, wie perfekt der Stoff ihre Brüste umschmeichelt, und mein Blick folgt jeder Kurve, die meine Finger zucken lässt, weil ich sie am liebsten für mich haben möchte.

Verdammt, sie ist atemberaubend, und ein Knurren steigt in mir auf, weil mein Höllenhund auf ihre Anwesenheit reagiert und sie an mich drücken will.

Sie bemerkt, dass ich sie anstarre, und ich belohne sie mit einem Zwinkern. Ihre Lippen sehen heute voller aus, sie sind auch röter, genau wie ihre Augen. Ich stelle sie mir in meinen Armen vor, das zarte, kleine Ding, das es nicht verdient hat, sich mitten in so viel Durcheinander zu befinden.

Cassiel schiebt sich in der Tür an Dorian vorbei und scheint nicht zu merken, dass er jetzt viermal so groß ist wie sonst.

Ich ziehe bei seinem Anblick die Lippen nach oben. Verdammtes Fellknäuel, aber Aria liebt ihn, also bemühe ich mich für sie, ihn hinzunehmen.

Arias Mund verzieht sich, als sie einige Schritte herein macht. „Ihr wolltet mit mir über Luzifer sprechen?" Ihre Stimme zittert und sie streicht sich mit den Fingern durch das dunkle, zerzauste Haar, das ihr über die Schultern fällt.

„Komm, setz dich", bittet Cain.

Sie huscht schnell durch den Raum und lässt sich in die Ecke des Sofas plumpsen, bevor sie sich ein kleines Kissen schnappt und es an ihre Brust drückt. Cassiel springt neben ihr hoch, macht es sich gemütlich, nimmt aber die restliche Sitzfläche auf den Kissen ein.

„Ist noch etwas passiert?", fragt sie. „Ihr macht mir gerade alle ein bisschen Angst."

Cain kommt auf sie zu, kauert sich vor sie hin und ergreift ihre Hand. Mit seiner Zärtlichkeit ist er genau das Gegenteil von dem Dämon, der nur selten Mitgefühl zeigt, aber Aria bedeutet ihm die Welt. Dorian und ich haben beide die Veränderung nach seiner Begegnung mit dem Tod bemerkt.

„Wir sind besorgt darüber, wie einfach mein Vater hier aufgetaucht ist. Wenn er es einmal geschafft hat, aus der Hölle zu entkommen, ist es möglich, dass er jederzeit wieder zurückkehren könnte."

„Was meinst du damit?"

„Er sollte eigentlich eingesperrt sein. Die Hölle soll sein Gefängnis sein. Es sollte fast unmöglich für ihn sein, auf die Erde zu kommen, aber er hat es trotzdem geschafft. Wer weiß, ob er es noch einmal schaffen wird", erklärt er. „Aber das beweist, dass er stärker und cleverer ist, als wir ursprünglich dachten."

Sie legt ihre Hand auf seine, und ein Anflug von Eifersucht durchfährt mich. Ich wünschte, sie würde mich auch so ansehen. Mit so viel Sehnsucht. „Du machst dir Sorgen um mich." Das ist eine Feststellung. Keine Frage.

„Natürlich mache ich mir Sorgen", flüstert er. „Das tun wir alle. Aber wir werden alles tun, was nötig ist, um dich zu beschützen. Das musst du wissen."

„Genau davor habe ich Angst ..." Sie blickt mich und Dorian an, bevor sie seufzt. „Ich verstehe es einfach nicht. Warum sollte Luzifer mich wollen? Ist es wegen Sayah?"

„Das könnte sein, aber wir wissen es nicht genau", fügt Dorian hinzu. „Für meinen Geschmack schenkt er dir ein bisschen zu viel Aufmerksamkeit."

„Das ist meine Schuld, nicht wahr?" Sie zieht ihre Hand von Cains Hand weg und rollt sich auf dem Sofa zusammen. Cassiel kuschelt sich an ihre Seite und legt seinen riesigen Kopf in ihren Schoß. Der Luchs ist ihr wirklich ans Herz gewachsen. „Ich habe mich von Maverick austricksen lassen, und jetzt verfolgt mich der verdammte Satan. Nicht gerade das, was man gerne hört."

„Natürlich nicht", versichert Cain.

Es ist keine Schande, seine Angst zuzugeben, ganz und gar nicht, und in diesem Moment zittert mein kleines Kaninchen wie Espenlaub.

Dorian setzt sich neben sie auf die Armlehne und legt einen Arm um ihre Schultern, um sie an sich zu ziehen.

Als Cain aufsteht, verfinstert sich seine Miene und er presst die Zähne zusammen.

„Es gibt eine Möglichkeit, dich zu beschützen", sage ich, um die entstandene Stille zu durchbrechen. Sie wendet sich mir zu.

„Was ist es? Ich würde alles tun."

Nun, das ist schon mal ein guter Anfang. „Ein

Bindungsritual. Es wird dafür sorgen, dass Luzifer dich nicht in die Finger bekommt."

„Bindungs... ritual?" Unsicher blickt Aria zu mir auf, dann zu Cain, Dorian und wieder zu mir. „Aber? Es gibt immer ein Aber."

„Aber", beginnt Cain, „das kann nur bei Vollmond durchgeführt werden, und der ist in ein paar Tagen."

Im Raum herrscht Schweigen und eine gewisse Spannung liegt in der Luft. Aria ist nicht dumm. Sie weiß, dass mehr dahinter steckt, aber Cain hat sie nur tröpfchenweise mit Informationen versorgt, um sie nicht zu verängstigen. Aber die Zeit drängt. Sie muss wissen, was wir alles unternehmen müssen.

Als Cain nicht weiterspricht, räuspere ich mich und lenke seine Aufmerksamkeit auf mich. „Gehen wir jetzt die Details durch?"

Er kneift sich in den Nasenrücken. Wahrscheinlich wollte er ihr nicht mehr sagen als das, was er ihr schon mitgeteilt hat, aber was soll's. Ich verstehe, dass er sie beschützen und ihr keine Angst einjagen will, aber sie würde es trotzdem wissen wollen. Wir können ihr hier nichts vormachen. Das ist keine einfache Aufgabe.

Habe ich Angst, dass wir das Ritual überhaupt als Lösung für dieses Problem vorschlagen? Verdammt, ja, die habe ich. Es ist dasselbe, das ich mit Serena durchgezogen habe, der Frau, von der ich überzeugt war, dass sie meine Seelenverwandte ist, aber die mich am Ende doch betrogen hat. Sie hat uns alle betrogen. Die Schuld daran lastet immer noch wie ein Stein auf meinen Schultern. Ich war derjenige, der Cain und Dorian gebeten hatte, mir bei dem Ritual zu helfen, und als meine Freunde, meine Brüder, stimmten sie zu, obwohl sie nicht an Serenas

Loyalität zu mir glaubten. Ich wollte nicht auf sie hören, aber letztendlich hatten sie recht, und wegen meiner Dummheit erfuhr Luzifer von all unseren Plänen, bevor wir sie überhaupt ausführen konnten, was uns schließlich hierher brachte. Verbannt.

Ich brauchte zu verdammt lange, um über Serenas Verrat hinwegzukommen. Zögerte ich also, das Ganze noch einmal durchzuziehen und alles für eine Frau zu riskieren, die wir erst vor wenigen Monaten kennengelernt hatten? Ja. Aber bin ich bereit, alles zu tun, was nötig ist, um Aria zu beschützen? Selbst wenn ich dabei draufgehe?

Auf jeden Fall.

Ohne zu zögern.

Wahrscheinlich habe ich überhaupt nichts dazu gelernt.

„Was ist es? Mir was zu erzählen?" Aria bleibt hartnäckig und schaut zwischen uns dreien hin und her. „Ich muss wissen, was auf mich zukommt." Ihr Blick verweilt noch etwas länger auf Cain. „Keine Geheimnisse, schon vergessen?"

Dorian und ich warten auf eine Erklärung von Cain, aber er sagt nichts.

„Verrate mir, was passiert. Wird meine Seele mit deiner verbunden? Werde ich in eine andere Dimension verwünscht? Und was ist mit unserem neuen Deal?" Die letzte Frage war wieder an Cain gerichtet. „Du hast gesagt, wenn ich dir helfe, deine Reliquien zu finden, würdest du meine Seele freigeben. Was wird daraus?"

Er starrt mich an, aber ich zucke mit den Schultern. Das interessiert mich nicht. Er kann so wütend auf mich sein, wie er will. Aria muss das für sich selbst entscheiden. Es geht hier um ihre Seele.

„Gib uns Zeit, die Feinheiten auszuarbeiten", antwortet Dorian, um die wachsende Spannung zu unterbrechen.

Ich seufze laut. Damit ich meinen Ärger auch wirklich kundtue.

„Warum bist du so ein Arschloch?", bellt er mich an.

„Ein Arschloch? Ich? Niemals."

„Was ist hier eigentlich los?", fragt Aria.

„Hör zu", sagt Cain. „Wir glauben, dass wir einen Weg gefunden haben, dich zu schützen, aber nichts, was mit dämonischen Ritualen und Deals zu tun hat, ist einfach. Wie Dorian sagte, gib uns einen Tag Zeit, um die beste Lösung auszutüfteln, und dann werden wir dir alle Details erklären. So kannst du entscheiden, ob du dich darauf einlässt."

Aria löst sich von Cassiel und steht auf. Die Art, wie sie uns mit funkelnden Augen anschaut, drückt mir das Herz zusammen. Verdammt, das wünsche ich mir wirklich nicht für sie, aber um sie vor Luzifer zu retten, haben wir keine andere Wahl.

„Ich will keine Spielchen spielen", sagt sie. „Nach allem, was wir zusammen durchgemacht haben, verdiene ich die Wahrheit."

„Und die wirst du auch bekommen." Cain stellt sich vor sie und umfasst ihr Gesicht. „Ich würde nie zulassen, dass dir etwas zustößt. Deshalb muss ich ausschließen, dass es andere Möglichkeiten gibt. Das Ritual ist unumkehrbar."

Sie blinzelt ihn an, und ich erwarte schon, dass sie ihn noch einmal fragt, was das Ritual ist, aber sie tut es nicht.

Stattdessen macht sich Resignation in ihrem Gesicht breit und sie löst sich von Cain.

„Ich gehe in mein Zimmer."

Sie geht hinaus, die Hände tief in den Taschen und die Schultern nach vorne gezogen.

Das Tappen ihrer Füße auf den Dielen vor dem Zimmer wird leiser und ich wende mich an Cain und Dorian.

„Verdammt, warum haben wir sie überhaupt hierher geholt, wenn du nicht wirklich darüber reden willst? Wenn du sie verängstigen wolltest, hast du das wirklich gut gemacht", schnauze ich.

„Ich weiß, dass ich das bereuen werde, aber vielleicht hat Elias hier recht, Cain", antwortet Dorian. „Ich weiß, dass du sie beschützen willst, auch emotional, aber das muss sie wissen."

„Glaubst du, ich weiß das nicht?", faucht er zurück. Die Sehnen in seinem Nacken spannen sich bei jedem Wort. „Aber mein Vater ist ein entsetzlicher Hurensohn, und sie ist jetzt in größerer Gefahr als je zuvor. Wenn sie wüsste, wozu er fähig ist, wenn sie das sehen könnte ..." Er bricht ab, als wäre der Gedanke zu viel für ihn. Dann, nach einem langen Moment, sagt er mit größerer Sicherheit: „Wir halten uns bis zur letzten Minute zurück. Ich möchte noch ein paar andere Möglichkeiten ausloten, von denen ich gehört habe, die hilfreich sein könnten, sie aber nicht an uns binden würden. Weniger ... endgültig."

„Wäre es denn so schlimm, wenn sie an uns gebunden wäre?", fragt Dorian und richtet sich auf.

Cain zögert, während mir der Magen knurrt.

„Du hast gehört, wie sie wieder das Versprechen über ihre Freiheit erwähnt hat. Was glaubst du, wie sie reagieren wird, wenn sie erfährt, dass ihr diese Freiheit weggenommen wird?"

„Selbst wenn es bedeutet, ihr Leben zu retten?", fragt er. „Was hat sie denn sonst für Möglichkeiten? Wir geben ihr die Freiheit, nur damit Luzifer auftaucht und sie ihr wieder wegnimmt? Das wirst du für alle Ewigkeit bereuen."

„Ich will das Beste für sie. Auch wenn sie das nicht will."

Das konnte ich verstehen, aber trotzdem. „Wir sollten ihr alles offenlegen und sie dann entscheiden lassen. Das ist nur fair."

„Wir müssen vorsichtig sein", antwortet Cain. „Wenn wir sie zu sehr drängen, wird sie uns für immer hassen."

„Und wenn wir nicht genug Druck machen, verlieren wir sie für immer", erinnert ihn Dorian.

Mist. Hört mir überhaupt irgendjemand zu?

Ein Knurren bricht aus mir heraus und lässt ihre Blicke in meine Richtung schnellen.

Endlich.

„Warum müssen wir für sie die Entscheidung treffen? Warum können wir sie nicht ihr eigenes Schicksal bestimmen lassen?", platze ich heraus, bevor mich einer von ihnen unterbrechen kann. „Sie sollte dabei ein Wörtchen mitzureden haben."

Sie bleiben ein paar Minuten lang regungslos, aber schließlich seufzt Cain und reibt sich die Schläfen.

„Wir treffen uns später noch einmal zu diesem Thema", sagt er. „Bis dahin hoffe ich, dass ich weiß, ob meine Ersatzpläne etwas taugen. Und wenn nicht, dann erzählen wir Aria alles." Er fragt nicht nach unserem Einverständnis, sondern verlässt den Salon. Zweifellos auf dem Weg in sein Büro. Dorian schüttelt den Kopf und verlässt kurz nach ihm den Raum.

Cassiels leises Schnarchen durchdringt die Stille, und ich balle meine Hände zu Fäusten, bis meine Fingerknöchel weiß werden. Ich starre in die Flammen und ärgere mich darüber, dass Luzifer selbst außerhalb der Hölle eine solche Gefahr für uns darstellt.

Eine blitzartige Bewegung vor dem Salon und das leise Knarren einer Bodendiele erwecken meine Aufmerksamkeit.

Neugierig verlasse ich den Raum und muss daran denken, dass dieser hinterhältige Maverick uns ausspioniert. Was würde ich dafür geben, endlich die Chance zu bekommen, ihm die Fresse zu polieren.

Um die Ecke entdecke ich Aria, die sich davonschleicht. Sie hat uns belauscht. Ich sollte eigentlich sauer sein, aber stattdessen lächle ich vor mich hin. Natürlich spioniert sie uns nach. Das hätte ich von ihr auch nicht anders erwarten können.

Ich laufe ihr hinterher, während sie den Flur entlang geht, und als sie sich bei meinen polternden Schritten umdreht, reißt sie ihre Augen auf.

„Wie viel hast du gehört?", frage ich.

„Genug." Sie wirbelt herum und sieht mich an.

Die Spannung zwischen uns wird schwächer, als sie mit der Zunge über ihre Lippen streicht.

„Du weißt, dass wir nur das Beste für dich wollen."

„Aber letztendlich ist es meine Entscheidung, nicht eure." Ihre Antwort klingt wütend. „Ihr behandelt mich alle, als wäre ich aus Glas und würde gleich zerbrechen, aber ich bin viel stärker, als ihr euch vorstellen könnt."

Sie ist so stark und doch so verletzlich, dass ich sie am

liebsten in meine Arme schließen würde, um sie so gut zu schützen, dass ihr nichts etwas anhaben kann. Wenn ich ihr in die Augen schaue, werde ich wahnsinnig. Wann habe ich mich so sehr in sie verknallt?

Wenn ich wirklich darüber nachdächte, könnte ich diese Frage mit einem halben Dutzend verschiedener Situationen beantworten, aber die Wahrheit ist viel einfacher. Ihre bloße Gegenwart zieht mich an. Mein innerer Höllenhund reagiert auf eine Weise auf sie, die ich nicht beschreiben kann. So hat er nicht einmal auf Serena reagiert. Was ich also für Aria empfinde, ist neu und verdammt beängstigend. Aber ich werde mich nicht von ihr abwenden. Das kann ich nicht.

„Ich verspreche dir, egal was passiert, ich werde dich beschützen", sage ich.

Ihr Kinn zittert, und das ist nicht die Antwort, die ich erwartet habe. Sofort krampft sich meine Brust vor Schuldgefühlen zusammen.

Scheiße! Ich hätte nichts sagen sollen.

Ich nehme sie in die Arme, und sie vergräbt sich an meiner Brust und weint leise. Ich drücke sie an mich und innerlich zerbreche ich. Sie hat davon gesprochen, dass sie nicht aus Glas ist, und jetzt habe ich das Gefühl, dass ich derjenige bin, der zersplittert, während ich ihr Weinen mitanhöre.

Ich schlucke schwer und schlinge meine Arme um ihre winzige Taille, um sie so nah wie möglich an mich heranzuziehen.

„Mein kleines Kaninchen, du machst mich noch kaputt. Nicht weinen."

Sie hält sich verzweifelt an mir fest, ihre Hände

zittern, ich führe ihre Beine um meine Hüften, dann umarme ich sie, damit wir uns so nah wie möglich sind.

„Es tut mir leid." Ich hätte nie gedacht, dass ich diese Worte in meinem Leben sagen würde, aber sie verdient sie und noch viel mehr. „Ich hasse es, dass du in dieser Lage bist. Wenn ich das alles verhindern könnte, hätte ich es schon längst getan."

Sie beruhigt sich und sieht mich an. Ich reiche mit einer Hand nach oben, während ich sie mit der anderen festhalte, und wische ihr die Tränen weg, die ihr über die Wangen laufen. „Ich weiß, dass du Angst hast, aber wir werden eine Lösung finden, genau wie damals, als wir Cain gerettet haben."

Sie zuckt halb mit den Schultern und nickt, dann wendet sie den Kopf und blickt zurück in den Korridor, wo das Licht durch die Fenster den Eingang und den Salon erhellt. „Elias, ich bin immer noch sauer auf euch drei, aber ... ich kann nach allem, was passiert ist, nicht noch mehr Chaos ertragen." So wie sie ihren Kopf zur Seite neigt und ihren Blick auf meinen Mund heftet, kann ich die Versuchung nicht ignorieren, die sie auf mich ausübt. Die unausgesprochene Botschaft, was sie von mir will.

Wenn es darum geht, Aria zu widerstehen, fehlt mir die Willenskraft. Wenn sie sich so an mich schmiegt, wird meine Erregung immer stärker. Als sie sich zu mir beugt und mich küsst, höre ich auf, dagegen anzukämpfen, was ich eigentlich tun sollte, und tue das, was ich verdammt noch mal tun will.

Schnell drücke ich sie an die Wand und erwidere die Leidenschaft dreimal so heftig, denn das Verlangen, sie zu erobern, verzehrt mich.

Mein Bauch spannt sich an, während mein Schwanz in meiner Hose immer härter wird. Mein kleines Kaninchen reibt ihren Unterleib an mir und entfacht das Feuer zwischen uns. Mein Atem geht rasend schnell, gefangen in einem Wirbelwind von Gefühlen.

Ich stütze eine Hand über ihrem Kopf an die Wand, während sie sich an mich klammert, und mit der anderen halte ich ihr Kinn fest und zwinge sie, mich anzusehen, während ich unseren Kuss löse. „Du bist das Schönste, was es gibt, und ich kann unmöglich Nein zu dir sagen. Mein Hunger nach dir ist unstillbar."

„Dann fick mich und hör auf zu reden", sagt sie und ihre Hand gleitet zu meinem Hinterkopf, wo sie meine Haare festhält und mich wieder auf ihre Lippen zwingt.

Ein Stöhnen entweicht meiner Lunge angesichts ihrer Aggression und der Tatsache, wie wild sie mich macht.

Mit einem Knurren küsse ich sie heftig, unsere Münder treffen aufeinander, und ich schiebe meine Hand zwischen uns, meine Finger gleiten unter den Gummizug ihrer Hose und Unterwäsche. Ich berühre ihre durchnässte Muschi, die meine Finger befeuchtet, und sie erschaudert in meinen Armen.

Ihr Atem geht stoßweise und mein Verstand ist komplett vernebelt.

Ich stoße in sie hinein und sie krallt sich an meinen Schultern fest, wiegt sich bereits gegen mich und saugt mit ihrer süßen kleinen Muschi an meinen beiden Fingern tief in ihr.

Ihre Augen fallen nach hinten, während sie sich gegen mich stemmt. Je härter ich in sie stoße, desto lauter stöhnt sie und ich sehe, wie der Höhepunkt in ihr aufsteigt und sich auf ihren geröteten Wangen abzeichnet. Ich spüre ihn in ihrem sich verkrampfenden Körper, aber es geht zu schnell. Sie will sich befreien, aber ich werde dafür sorgen, dass sie sich an uns erinnert, damit sie nie vergisst, wie es ist, von mir gefickt zu werden.

Unter ihrem Protest schiebe ich meine Finger heraus und umfasse ihre Taille, während ich ihre Füße auf den Boden stelle. Ich knie vor ihr und bin schon dabei, ihre Hose von ihren wunderschönen Beinen zu ziehen und auch ihren Slip zu entfernen.

Mein Blick bleibt auf ihren glitzernden Schamlippen hängen, ihr Duft ist berauschend und ich beuge mich vor, um ihn tief einzuatmen und mir ihren Duft einzuprägen. Als sie aus den Klamotten steigt, drücke ich mein Gesicht an ihre köstliche Muschi und lasse meine Zunge über ihre feuchte Spalte gleiten.

Sie stöhnt und lehnt sich mit dem Rücken gegen die Wand.

Ein Stromstoß durchfährt meinen Körper, und ich schiebe meine Hand unter ihr Oberteil, ertaste ihren Bauch und greife nach ihrer Brust. Ich ziehe den Stoff ihres BHs herunter und treffe auf ihre weichen Kugeln, die meine Hand ausfüllen.

Ich drücke meine Zunge auf ihre Muschi und lecke sie in langen Zügen, während ich an ihren harten Brustwarzen ziehe.

Ihr Stöhnen erfüllt meine Ohren, während ich sie verschlinge und sie immer wieder an den Rand eines Orgasmus dränge. Mit meiner anderen Hand, die sich um ihre Hüften schlängelt, ergreife ich ihren Hintern und ziehe sie näher an mich heran, sodass sie sich mir öffnet. Ich stoße tiefer, dringe mit meiner Zunge in sie ein und genieße, wie süß sie schmeckt, wie ihr Duft mich einhüllt und mir das Gefühl gibt, dass wir eins sind. Als könnte ich nie vergessen, wie diese Göttin riecht.

Als ihre Beine zu zittern beginnen, weiß ich, dass sie kurz davor ist zu kommen, und ziehe mich zurück.

Schwer atmend lässt sie sich gegen die Wand sinken. Ich sehe das Verlangen in ihren Augen und wie die Innenseiten ihrer Oberschenkel vor Erregung glänzen.

„Du hast keine Ahnung, was du mit mir anstellst", sage ich, während ich meinen Gürtel öffne, die Hose herunterlasse und mir das T-Shirt über den Kopf ziehe.

Ich stehe mit nacktem Hintern vor ihr und sie starrt mich an und leckt sich die Lippen.

Ich stöhne als Antwort auf ihr Verlangen. „Ich werde dich ficken", stöhne ich schwer, dann küsse ich sie, unsere Körper verschmelzen miteinander und mein Schwanz schmiegt sich an ihren Unterbauch. Meine Eier schmerzen vor Verlangen, sie zu befreien.

„Bitte, Elias. Ich kann nicht mehr lange warten."

Ihr Flehen nach Sex zu hören, ist mein Lebenselixier, und ich ziehe sie wieder in meine Arme, ihre süßen Beine um meine Taille geschlungen. Wir sind ineinander verschlungen, küssen einander, unsere Körper gleiten aneinander entlang.

Es gibt keinen festliches Auftürmen. Stattdessen fühle ich für sie einen elementaren Hunger, und ich muss einfach in ihr drin sein. Ich bin so verdammt hart, dass ich meinen Schwanz an ihren Eingang führe. Sie versteift sich in Erwartung auf mich.

„Worauf wartest du noch?", fragt sie und scheint den Atem anzuhalten, während sie darauf wartet, dass ich weiter in sie eindringe.

Ich lächle. Ich bin so verliebt in die Art und Weise, wie

sie Sex einfordert, ihre Beine weit gespreizt und mich zwischen ihnen. Als Antwort stoße ich in sie hinein. Die Art und Weise, wie ich in mein kleines Kaninchen stoße, hat nichts Sanftes an sich, denn ich zwinge sie, sich meiner Größe anzupassen.

Ihre Schreie hallen um uns herum, und ich nehme sie mit einer Kraft, die sie noch lauter stöhnen lässt. Ich stoße bis zum Anschlag in sie hinein.

„Fuck, Elias", schnurrt sie fast, als sich ihr Rücken wölbt und ihre Finger sich in meine Schultern graben, während ich sie ficke.

„Zeig mir deine Titten", fordere ich und sie lächelt, zieht ihr Oberteil hoch und dann ihren BH herunter. Und jedes Mal, wenn ich in sie stoße, tanzen diese kirschroten Nippel wundervoll.

Es gibt nichts auf der Welt, was mit dem Sex mit Aria vergleichbar wäre. Wie schnell ich zerfließe und mich von ihr überwältigen lasse. Ich kralle mich an ihren Hüften fest und stoße hart in sie hinein, mein Schwanz gleitet rein und raus, während ich sie die ganze Zeit fixiere.

Ich beobachte, wie der Rausch über ihr Gesicht fließt, starre auf ihre Lippen, die sich bei jedem Schrei öffnen, und alles an ihr verschlingt mich.

Sie atmet unregelmäßig, genau wie ich, bei jedem Stoß, der an ihren Lustwänden reibt.

Der Flur füllt sich mit den hungrigen Geräuschen von Sex, ihrem Stöhnen und dem Klatschen meiner Stöße in ihrer engen Muschi. Es würde mich nicht wundern, wenn die anderen runterkommen und uns hier antreffen, aber das ist mir scheißegal. Aria ist der Typ Mädchen, zu dem ich mich nie hingezogen gefühlt hätte, aber dennoch ist sie alles, was ich je wollte.

In der gleichen Sekunde, in der meine süße Aria zittert und zuckt, weil ihr Orgasmus von ihr Besitz ergreift, schießt die Energie plötzlich meine Arme hoch. Ihre Augen sind geschlossen, und die Anspannung in ihrem Gesicht ist das Schönste, was ich je gesehen habe.

Ich kann mich kaum noch halten, als sich ihre Muschi an meinen Schwanz schmiegt. Ein Mann kann nur bedingt viel ertragen, und schon bald werde ich überwältigt. Ich stoße einen Schrei aus, mein Herz donnert. Funken sprühen hinter meinen Augenlidern. Ich lasse mich in ihr fallen und pumpe jeden einzelnen Tropfen in sie hinein, während ich aufstöhne.

Schließlich, als wir beide in der Umarmung zweier Liebender verharren und eng aneinander gedrückt sind, betrachte ich sie und die Zufriedenheit in ihrem Lächeln.

Verdammt, ich bin stolz auf mein Werk. Ich bade in dem Duft unseres Geschlechtsverkehrs, in dem Nach-glühen von Arias Grinsen, in dem klebrig-süßen Feuer zwischen ihren Beinen.

Sie lacht und lässt sich gegen mich sinken. „Das war alles, was ich wollte."

Noch immer pocht es in ihr und ich merke, dass meine Stimme versagt. Stattdessen schließe ich sie in meine Arme, drücke sie an mich und genieße das Runter-kommen von dem Hochgefühl, das so viel sexueller Hunger zwischen uns auslöst. Irgendwann muss ich sie absetzen, aber irgendetwas in mir besteht darauf, dass ich sie so lange wie möglich festhalte. Dass ich sie nicht aus den Augen lasse.

Ich hebe sie noch ein bisschen mehr hoch und gehe mit ihr den Flur entlang, während ich immer noch in ihr stecke.

„Wohin gehen wir?", flüstert sie und löst ihren Kopf nicht von meiner Halsbeuge.

„In dein Zimmer, damit ich dich waschen kann."

Sie brummt. „Das würde mir gefallen."

Ich dachte, ich würde ihr Erleichterung verschaffen, aber in Wahrheit ging es mir genauso sehr darum, Frieden in meinem Kopf zu finden.

4

ARIA

Als ich am nächsten Tag das Fegefeuer betrete, gehe ich direkt ins Hinterzimmer hinter der Bar, um meinen Mantel aufzuhängen und meine Schürze für meine Schicht zu holen. Als ich den kleinen Raum betrete, in dem sich die Spinde meiner Kollegen und allerlei zusätzliches Barzubehör befinden, höre ich ein leises Schniefen. Es kommt aus der Besenkammer.

Vorsichtig schleiche ich näher heran und sehe eine Bewegung durch die angelehnte Tür. Jemand ist da drinnen und weint.

„Hallo?" Langsam öffne ich die Tür und bin überrascht, als ich die dicken, langen blonden Locken und die strahlend blauen Augen von Charlotte sehe, die dort auf einem umgedrehten Wischeimer sitzt und erschrocken aussieht, weil ich ihr Versteck gefunden habe. Sie springt auf und wischt sich hastig über die nassen Wangen und verschmiert sich dabei die Schminke im Gesicht.

„Oh! Aria!" Sie schnieft und blinzelt schnell, um die Tränen zu unterdrücken. „Du bist aber früh da."

Ich habe keine Ahnung, in was ich da gerade hineingeraten bin, aber als ich sie so aufgeregt sehe, krampft sich mein Herz vor Sorge zusammen. „Cain musste reinkommen, also dachte ich mir, ich fahre einfach gleich mit ihm zu meiner Schicht."

Mit gesenktem Kopf schiebt sie sich an mir vorbei und versucht offensichtlich, der Frage auszuweichen, die zwischen uns in der Luft schwebt. Mit zitternden Händen schnappt sie sich ihre Schürze vom Haken und bindet sie sich schnell um die Taille. In diesem Moment sehe ich den violetten Fleck unter ihrem rechten Auge. Der stammt nicht etwa von verlaufener Schminke. Es ist ein blauer Fleck.

Ich fasse sie an der Schulter und drehe sie so, dass sie mich ansieht. Sie reißt den Kopf hoch und ich erschrecke. Ihr Auge ist angeschwollen, lila und wund, etwas, das nur passieren kann, wenn sie jemand geschlagen hat.

Oh mein Gott! Jemand hatte sie geschlagen.

Mein Magen zieht sich zusammen.

Moment mal! Das Lila, das ich neulich unter ihrer Halskette gesehen hatte. Sie hatte auch versucht, es vor mir zu verstecken.

Viktor ... Kann das sein? Tut er ihr das an?

In mir entflammt die Wut. Der Gedanke, dass jemand sie so anfassen könnte, macht mich wahnsinnig wütend. Ich kann sie nur mit offenem Mund anstarren und mein Herz pocht in meinen Ohren.

„Es ist nichts", faucht sie und wendet den Blick ab. „Ich habe nur ... Ich habe nur ..." Ihre Stimme stockt, als noch mehr Tränen in ihren Augen aufsteigen, und sofort weicht meine Wut heftigem Mitgefühl und Trauer. Ich trete näher an sie heran und streichle ihren Rücken, in der Hoffnung, dass sie sich dadurch etwas beruhigt.

Ich streiche weiter über ihren Rücken, während sie weint, und es tut mir in der Seele weh, sie so zu sehen. Ich kann mich nicht dazu durchringen, sie zu fragen, wer ihr das angetan hat oder was passiert ist. Nicht jetzt. Sie ist zu verzweifelt.

Nach ein paar Minuten flüstere ich ihr leise zu: „Du solltest einfach nach Hause gehen. Ich übernehme heute Abend deine Tische.“

Sie schüttelt den Kopf, ihr blondes Haar fällt ihr über die Schultern. „Das kann ich dir nicht antun“, schluchzt sie zwischendurch. „Das ist grausam.“

„Hey, ich komme schon klar. Es ist doch nur Dienstag. Hier kann es nicht zu wild zugehen. Und wenn doch, dann hole ich Sting hinter dem Tresen hervor. Wir kriegen das schon hin.“

„Aber ... aber Cain ...“

„Ich regle das mit Cain“, antworte ich. „Du musst nach Hause gehen und dich entspannen. Nimm ein heißes Bad. Und dann kommst du morgen wieder und zeigst, was du drauf hast.“ Und das habe ich nicht nur im übertragenen Sinne gemeint. Morgen werde ich sie mit Fragen überhäufen, denn wenn Viktor ihr weh tut, kann man seinen Arsch darauf verwetten, dass ich Pfähle anspitzen und an die Höhlentür des Vampirs klopfen werde.

Charlotte blickt auf und denkt darüber nach. Aus der Bar vor dem Hinterzimmer ertönen weitere Stimmen, und auf ihrem Gesicht zeichnet sich Angst ab. Sie hat Angst davor, dass noch mehr Leute sie so sehen, was ich verstehen kann. Sie will nicht, dass jemand anderes davon erfährt.

„Geh nur", versichere ich ihr. „Schleich dich hinten raus. Ich decke dich."

Sie schnappt sich eilig ihren Pelzmantel vom Haken neben meinem und wirft ihn über. „Danke, Aria. Ich bin dir was schuldig."

Ich mache eine abwinkende Handbewegung. „Du hast mir öfter den Arsch gerettet, als ich zählen kann. Es wird Zeit, dass ich mich revanchiere."

Sie lächelt mich an, aber ihr Lächeln steckt voller Traurigkeit. „Danke."

Ich gehe zur Tür, die zur Gasse und dem hinteren Parkplatz des Clubs führt. Als ich sie öffne, strömt die eiskalte Winterluft herein. „Wie kommst du normalerweise nach Hause? Hast du ein Auto?", frage ich sie.

„Ich nehme den Bus oder manchmal auch ein Taxi. Oder ..."

Oder Viktor, wird sie sagen. Aber das klappt jetzt nicht mehr, oder? Ich werde sie auf keinen Fall allein nach Hause gehen lassen.

Die Gasse erstrahlt in hellem Licht, als eine schwarze Limousine auf dem Parkplatz wendet. Der Fahrer hat das Fenster ganz heruntergekurbelt, und als ich Holmes am Steuer erkenne, freue ich mich. Er ist noch nicht losgefahren, nachdem er mich und Cain abgesetzt hat.

„Holmes!", rufe ich und winke ihn heran. Er sieht in meine Richtung, als ich zu ihm hinüber eile. Ohne meinen Mantel hüllt die Kälte mich ein und ich bekomme eine Gänsehaut, während ich meine Arme um meinen Oberkörper schlinge, um mich zu wärmen.

„Nanu, Miss Aria. Haben Sie etwas hinten liegen lassen?", fragt er.

Ich werfe einen Blick über meine Schulter und sehe,

wie Charlotte sich auf den Weg zu uns macht. „Nein. Aber ich brauche einen Gefallen."

„Natürlich. Womit kann ich Ihnen helfen?"

„Das ist meine Freundin Charlotte", sage ich und deute mit einer Geste auf sie, als sie neben mir auftaucht. „Du musst sie für mich sicher nach Hause bringen."

Er sieht sie an, sein Blick verweilt länger auf ihrem geschwollenen Auge, und als ob er genau versteht, was ich meine, nickt er steif. Da er schon so lange für die Dämonen arbeitet, hat er sicher schon einiges erlebt, deshalb ist es gut, dass ich ihm nichts weiter erklären muss.

„Aber sicher." Er nickt.

Ich gehe hinüber und öffne die Hintertür, damit sie einsteigen kann. Sie zögert, klettert aber schließlich hinein.

Während ich die Tür noch einen Moment offen halte, sage ich: „Ruf im Club an, wenn du irgendetwas brauchst, hörst du mich? Und ich meine wirklich egal, was. Ich sehe später nach dir."

„Okay." In dem Moment, in dem sie die Tür schließt, setzt sich die Limousine in Bewegung.

„Mach's gut, und lass dir nichts gefallen!", rufe ich, als ich sehe, wie die Limousine über den Parkplatz und zur Ausfahrt fährt.

Ich schlinge die Arme um meinen Oberkörper und bleibe im Dunkeln stehen, bis die Lichter des Fahrzeugs um die Ecke verschwinden. Ich zittere am ganzen Körper, aber ob es an der Kälte liegt oder an der Mischung aus Wut und Trauer um meine Freundin, die in mir brodelt, weiß ich nicht. Wenigstens weiß ich, dass sie mit Holmes sicher nach Hause kommen wird, sodass ich mir um eine

Sache weniger Sorgen machen muss. Aber ich habe keine Ahnung, was danach kommt. Ich kann nur hoffen, dass sie ein paar Kruzifixe aufgehängt und Viktor nicht zu sich nach Hause eingeladen hat.

Ich werde mir später ihre Nummer von Antonio besorgen und sie auf jeden Fall anrufen. Um nachzusehen, wie es ihr geht.

Ich drehe mich um und marschiere zurück hinein. Ich schnappe mir meinen Bestellblock und ein paar Rollen Toilettenpapier, um die Toiletten aufzufüllen, bevor ich mich auf den Weg in den Club mache. In dem Moment, in dem ich den Hauptraum betrete, ertönt eine tiefe Männerstimme hinter mir.

„Soll ich fragen?"

Ich brauche mich nicht umzudrehen, um zu wissen, dass es Cain ist. Ich erkenne seine sanfte Baritonstimme sofort. Ich weiß auch, dass es mich nicht überraschen sollte, dass er sich die ganze Zeit in der Nähe aufgehalten hat und mich wie immer aus dem Verborgenen beobachtet hat. Die Frage ist allerdings, wie viel er gesehen hat.

Als ich mich zu ihm umdrehe, weiß ich, dass es das Beste ist, wenn ich ihm die Wahrheit sage, auch wenn Charlotte sich wünscht, dass ich das nicht tue. Wenn Viktor jemals hierher kam, um Ärger zu machen, sollte Cain das wissen. Er könnte sie beschützen.

„Ich habe Holmes gebeten, Charlotte nach Hause zu fahren", beginne ich mit leiser Stimme. Da es noch früh in der Nacht ist, ist der Laden noch nicht allzu voll, aber ich will auch nicht riskieren, dass jemand anderes etwas mitbekommt. „Sie hat ... ein paar Probleme."

Seine Augenbrauen heben sich daraufhin. „Probleme? Was meinst du damit?"

„Ich glaube, es ist Viktor. Er hat sie geschlagen. Sie hat ein Veilchen und ich habe sie weinend in der Besenkammer gefunden, wo sie sich verstecken wollte. Sie war sehr aufgewühlt.“

Cain erstarrt wie eine Statue, sein Gesicht ist wie versteinert. Es erinnert mich an den Moment, als Luzifer durch die Tür trat, als wäre seine ganze Wut in ihm versunken und fest verschlossen, bereit, jeden Moment auszubrechen. Ein Vorbeigehender könnte denken, dass er einfach nur desinteressiert ist, aber ich kenne ihn besser. Ich kann das kleine Zucken in seiner Wange sehen, wo er seine Zähne zusammenbeißt. Seine Pupillen weiten sich, während er um die Kontrolle über seinen Dämon kämpft. Er ist mehr als wütend.

„Viktor.“ Es ist nur ein Wort, aber es bricht in einem halben Knurren aus ihm heraus.

Aus Angst, ihn noch mehr zu reizen, nicke ich.

„Bist du dir sicher?“, fragt er und ist ganz steif.

„Ich wüsste nicht, wer es sonst sein könnte. In der letzten Nacht habe ich auch blaue Flecken an ihrem Hals gesehen. Als hätte er versucht, sie zu erwürgen oder so. Und nicht auf eine unanständige Art“, sage ich. „Sie versteckt es gut, also wer weiß, wie lange das schon so geht.“

Er antwortet nicht. Er steht nur da und hüllt sich in ein ahnungsvolles Schweigen.

Nach einem langen Moment frage ich: „Du bist doch nicht sauer auf mich, weil ich sie nach Hause gehen habe lassen, oder? Ich dachte, sie bräuchte eine Pause.“

„Nein. Du hast das Richtige getan. Aber mir gefällt der Gedanke nicht, dass sie alleine in ihrer Wohnung ist.“

„Mir auch nicht.“ Was auch stimmt.

Er wendet sich dem nächstbesten Bodyguard zu, der seinen Posten an der Bar eingenommen hat, und bedeutet ihm mit einer Geste, zu ihm zu kommen. Er tut es. Wie die meisten in seinem Job ist er ein stattlicher Mann, über eins achtzig groß und von kräftiger Muskulatur, die er durch seine ärmellose Weste zur Schau trägt. Mit seinem zotteligen Haar und den honigfarbenen Augen ist er wohl eine Art Shifter, wie die meisten Aufpasser im Fegefeuer, wenn ich so darüber nachdenke. Ich frage mich, ob Elias seine Hand im Spiel hatte, als er sie zum Schutz des Ladens auswählte. Das würde mich nicht wundern.

„Quinn, ich brauche dich heute Abend woanders als im Club", sagt Cain zu ihm.

Als er versteht, was das bedeutet, leuchten seine Augen vor Aufregung. Ich frage mich, was all diese Männer, die die Dämonen auf ihrer Gehaltsliste haben, tun, wenn sie sich nicht um die Angelegenheiten im Club kümmern.

Irgendetwas sagt mir, dass es sich dabei um eher … illegale Aktivitäten handelt. Wahrscheinlich Dinge, von denen ich lieber nichts wissen möchte.

„Hausbesuch?", fragt er mit rauer und kratziger Stimme.

„Nein, nicht wie üblich", antwortet Cain. „Ich möchte, dass du nach einer der Angestellten hier siehst. Charlotte."

„Char?" Er blinzelt verwirrt. „Ja, natürlich mache ich das."

„Bleib in der Nähe und pass auf, dass sie keinen nächtlichen Besuch bekommt. Auch nicht Viktor."

Jetzt sieht er noch besorgter aus. „Ihr Vampirmeister-Freund?"

„Wäre das ein Problem?", fragt er mit zusammengebissenen Zähnen. „Du kannst Jared oder Williams bitten, dich zu begleiten, wenn du dir Sorgen machst."

Daraufhin wird er stutzig. „Vergiss es. Vampire sind harmlos. Ich mach das schon."

Offensichtlich hat Cain mit dieser Bemerkung seinen Stolz verletzt, denn soweit ich weiß, stehen Vampire ganz oben in der Hierarchie der übernatürlichen Mächte und sind nichts, was man auf die leichte Schulter nehmen sollte.

Cains Gesichtsausdruck bleibt unverändert. „Dann geh."

Damit ist Quinn weg und stapft zur Tür.

Wieder allein, wendet sich Cain an mich. „Mach dir keine Sorgen, Aria. Darum wird sich jemand kümmern. Du weißt doch, dass wir unsere Leute beschützen."

Sobald ich meinen Kopf aufs Kissen lege, nehme ich den Schlaf dankbar in Empfang. Und er übermannt mich auch schnell. Viel schneller als sonst. Ohne Charlotte an meiner Seite, die mit mir im Fegefeuer den Laden schmeißt, bin ich wie ein kopfloses Huhn durch die Gegend gerannt, selbst an einem „ruhigeren" Dienstagabend. Ich musste sogar Sting ein paar Mal hinter der Bar hervorzerren, damit er mir bei der Arbeit hilft.

Eins kann ich jetzt schon sagen. Heute wurde mir klar, wie viel Charlotte im Club leistet, und ich weiß sie jetzt noch mehr zu schätzen. Ich wähle sie auf jeden Fall zur nächsten Mitarbeiterin des Monats.

Es ist also keine Überraschung, dass ich, als der Club für die tägliche Endreinigung schloss und ich nach Hause gebracht wurde, nicht einmal die Energie hatte, mich auszuziehen oder zu duschen, bevor ich mit dem Gesicht voran in mein Bett fiel und die Augen schloss.

Um alles andere würde ich mich kümmern, sobald ich aufwachte.

Ich schlafe so tief, dass meine Träume eher wie lebhafte Geistesblitze sind. Von der Begegnung mit Maverick, Luzifer und Joseline im Foyer. Von der Hektik mit Charlotte auf der Arbeit. Es ist, als ob ich vergangene Ereignisse noch einmal erlebe, sie zum zweiten Mal sehe, aber nicht mehr die Panik und den Stress spüre, die ich damals empfunden habe.

Stattdessen überkommt mich ein wohltuendes Gefühl der Ruhe. Gelassenheit. Akzeptanz.

Das macht es meiner Erschöpfung nur leichter, mich in den Abgrund zu ziehen.

Für einen langen Moment bin ich so versunken in das Gefühl, dass ich fast das Leise Brummen der Stimme einer Person in meinem Hinterkopf überhöre, das hinter den sich wiederholenden Träumen liegt. Der einzige Grund, warum ich sie jetzt nicht überhöre, ist, dass sie nicht zu dem zu passen scheint, was ich gerade beobachte, aber dennoch sehr vertraut klingt.

„Ich finde heraus, was du verheimlichst ..."

Etwas Federleichtes und Warmes überfällt mich, wärmt mich von innen heraus und ein einziger Name kommt mir in den Sinn.

Maverick.

Meine Augenlider fliegen auf und zu meiner Überraschung sehe ich sein Gesicht, das mich anblickt. Sein silberblondes Haar, seine spitze Nase und seine dunklen Augen sind nur einige Zentimeter über meinem Gesicht.

Ich sollte in Panik geraten. Ich sollte schreien. Die Muskeln in meiner Kehle krampfen sich zusammen, als sie versuchen einen Laut von sich zu geben, aber die vibrierende Wärme breitet sich schnell in mir aus und zwingt sowohl mein Gehirn als auch mein Herz dazu, vollkommen gelassen zu bleiben. Ich bin immer noch total schläfrig und meine Sicht verschwimmt, als der Schlaf mich wieder überwältigt.

Ich weiß, dass er etwas tut, um mich zu schwächen – er nutzt seine Macht, um mit meinem entspannten Zustand und meiner ganzen Müdigkeit zu spielen. Das muss er sein.

„Gute Nacht, süße Aria", gurrt er, als eine weitere Welle der Ruhe über mich hereinbricht. Wie ein Beruhigungsmittel tut sie ihre Wirkung und zieht mich tiefer in ein Meer der Bewusstlosigkeit.

Es ist ein seltsames Gefühl. Ich habe keine Angst, obwohl ich welche haben sollte. Aber ich kann mich nicht dagegen wehren, also bin ich gezwungen, nur zu gehorchen und noch tiefer zu sinken, obwohl ich genau weiß, dass er das will.

„Wir sehen uns in der Hölle ..."

5

———

ARIA

Als ich meine Augen öffne, dreht sich die Decke über mir, und ich brauche einen Moment, um die Welt davon abzuhalten, in Schieflage zu geraten. Dabei kommen Erinnerungen hoch, die mich nach Luft schnappen lassen.

Maverick war in meinem Zimmer in der Villa gewesen, das weiß ich jetzt mit Sicherheit, und als mein Verstand sich wieder fängt, bleibe ich bei seinen letzten Worten hängen.

„Wir sehen uns in der Hölle."

Allein dieser Gedanke lässt mich zusammenzucken und aus dem riesigen, luxuriösen Bett klettern. Durch die schwarze Seide unter mir rutsche ich von der Matratze und lande mit einem dumpfen Aufprall auf den Knien auf dem Boden.

Ich atme verzweifelt und flach ein und überblicke den fremden Raum. Die dunklen Steinwände sind mit schwarzen Vorhängen verhängt, und ich kann keine Fenster sehen. Über dem Kopf hängen eiserne Kronleuchter, die mit schwarzen Kristallen besetzt sind, und in der Ecke steht ein Mahagonischrank. Ein schwarzer, nicht befeuerter Kamin befindet sich in der Wand gegenüber dem Bett, und darüber hängt ein überdimensionaler Schädel einer Kreatur mit gewundenen Hörnern. So etwas habe ich noch nie gesehen, und je länger ich den Schädel anstarre, desto mehr bin ich überzeugt, dass ich in der Hölle bin.

Mein Herz klopft lauter.

„Das ist doch wohl ein schlechter Scherz", murmle ich leise und gehe durch den Raum zur Tür. Sie ist schwarz wie alles andere in diesem Haus, mit kunstvollen Schnitzereien versehen. Der eiserne Griff fühlt sich kalt an und ich drücke ihn herunter. Zu meiner Überraschung öffnet sich die Tür.

In meinem Magen kribbelt es beim Gedanken, dass ich mich rausschleichen könnte aus ... wo auch immer ich bin.

Der Hölle?

Scheiße, ich hoffe nicht.

Aber wohin sollte mich ein Verrückter wie Maverick sonst verschleppen?

Mir ist so schlecht und ich habe Angst, dass ich mich übergeben muss.

Aber ich bin schon früher aus schwierigen Situationen rausgekommen, und das hier ist nicht anders. Nur eine weitere Herausforderung, sage ich mir immer wieder. Aber dann beschleicht mich das schreckliche Gefühl, dass ich mir etwas vormache.

Langsam öffne ich die Tür und bin froh, dass die Scharniere nicht knarren. Draußen befindet sich ein Flur, und ich lausche zuerst auf Geräusche, auf Stimmen.

Totenstille.

Vorsichtig strecke ich meinen Kopf heraus und spähe den Flur entlang, nach links und rechts. Meine Augen weiten sich, und ich bin irritiert. Beide Seiten des Flurs erstrecken sich über eine gefühlte Ewigkeit und ein Ende ist nicht in Sicht. Ist das ein abgefahrenes, furchterregendes Haus des Schreckens?

Noch bevor ich aus dem Zimmer trete, hasse ich diesen Ort schon. Ich hasse ihn abgrundtief. Ich hasse es, dass ich hier gelandet bin.

Denk nach, Aria. Wie zum Teufel komme ich hier raus? Mir gehen Gedanken durch den Kopf, wie ich Sayah dazu bringen könnte, nachzusehen, ob der Flur irgendwo hinführt. Aber das bringt eine ganze Reihe von Problemen mit sich, vor allem weil Mavericks Ring sie irgendwo in mir gefangen hält und ich ihn nicht abnehmen kann.

Wir sind auch nicht gerade die besten Freunde.

Ich kaue auf meiner Unterlippe und mein Herzschlag beschleunigt sich.

Natürlich könnte das alles auch ein Traum sein – oder ein Albtraum – und dann kann ich in dem Zimmer bleiben, bis ich aufwache. Aber das hier fühlt sich wie kein Traum an, den ich je hatte. Es fühlt sich echt an und ich kneife mich fest in den Unterarm, bis ich zusammenzucke.

Okay, das hat ganz schön wehgetan. Ich schlafe ganz sicher nicht.

Das Gebäude, der seltsame Flur und sogar ich, die ich hier stehe, das alles fühlt sich so verdammt real an, dass mir der Kopf schwirrt.

Ich gehe zwischen Tür und Bett hin und her und frage

mich, was es mit all dem Schwarz hier auf sich hat. Je länger ich darüber nachdenke, desto mehr bin ich überzeugt, dass ich mich in einer Art onyxfarbenem Gefängnis befinde.

Wenn das hier wirklich die Hölle ist, wie komme ich dann wieder raus, wenn Cain, Elias und Dorian seit Jahrzehnten versuchen, wieder reinzukommen und es nicht geschafft haben? Und dieser Gedanke macht mir Angst, denn ich sitze wirklich fest.

Ich balle meine Hände zu Fäusten und werde wütend, dass er mich ausgetrickst hat. Und ich bin darauf reingefallen wie eine Idiotin. Wie jemand, der so verzweifelt versucht hat, Trost vor Sayah zu finden, vor allem, was ich seit meiner Ankunft in der Villa durchgemacht habe, dass ich wirklich glaubte, er sei ein Engel.

Das nenne ich mal leichtgläubig.

Er hat meine Verzweiflung ausgenutzt, um an seinen Bruder Cain heranzukommen. Ich versteife mich und bereue es, dass ich Maverick meine verletzliche Seite gezeigt habe, dass ich sogar zugelassen habe, dass er mich fast küsst. Ich möchte schreien vor lauter Frustration über diese bescheuerte Situation.

Eine Bewegung aus dem Augenwinkel erregt meine Aufmerksamkeit und ich wende meinen Kopf zu einer Gestalt, die in der Tür steht. Zuerst weiche ich zurück, bis sich mein Blick auf sein Gesicht richtet und meine Brust vor Angst zusammenzieht.

„Was willst du?", schnauze ich, meine Stimme ist mutiger, als ich mich innerlich fühle.

„Darf ich reinkommen?", fragt Maverick.

Ich stoße übertrieben laut einen Atemzug aus. „Mach, was du willst. Soweit ich weiß, bin ich diejenige, die entführt und in dieses groteske Gefängnis für Depris gesteckt wurde."

Er kommt herein und in dem Moment, in dem sein Fuß die dunklen Dielen berührt, erwacht der Kamin und ein Feuer lodert auf. Der ganze Raum scheint in seiner Gegenwart zum Leben zu erwachen, vom Totenkopf mit den goldenen Augen, der an der Wand hängt, bis hin zum Kronleuchter, in dem Flammen züngeln. Sogar die schwarze Steinwand scheint jetzt mit fuchsähnlichen Silhouetten gemustert zu sein, die sich nur in meinem Augenwinkel bewegen. Das ist beunruhigend. Mir gefiel der Raum besser, als er einfach nur düster war.

„Der Raum ist jetzt nicht mehr so bedrückend", sagt er und grinst. Heute hat er sich entschieden, ganz in Schwarz zu gehen. Eine gebügelte Hose und ein passendes Shirt, das bis zum Hals offen ist, sodass er eher wie ein Anwalt als ein Sündendämon aussieht. Aber ich bin ja nicht gerade eine Expertin für Dämonologie, oder? Anders als bei den letzten Malen, als ich ihn gesehen habe, umgibt ihn keine ätherische Aura. Stattdessen flackert die Finsternis um ihn herum. Das ist ein ziemlicher Kontrast zu seinen kurzen, weißen Haaren, der Frisur, die in seine Stirn fällt, und dem einladenden Grinsen.

„Warum zum Teufel bin ich hier?"

Seine dunklen, mokkafarbenen Augen mustern mich von Kopf bis Fuß, und erst dann bemerke ich, dass ich immer noch meine Arbeitskleidung trage. Kurze Shorts und eine weiße Bluse, die so hoch sitzt, dass der Großteil meines Bauches zu sehen ist. Prima Klamotten für den Kerker. Ich hätte über mich selbst lachen können, wenn ich nicht so entnervt wäre.

„Ich habe dich hier untergebracht, weil das mein Zimmer ist, in dem du geschützt bist, Aria." Seine tiefe Stimme spricht meinen Namen so sanft aus, als wäre er ihm schon oft über die Lippen gekommen.

Ich blinzle ihn an, und seine Augen funkeln im Feuer. Seine Mundwinkel zucken nach oben. Sein Aussehen hat etwas fast Atemberaubendes, die dunklen Farben passen viel besser zu ihm als die weiße Engelsgestalt. Das fällt mir jetzt auf. Jeder Zentimeter seiner eins fünfundachtzig kündet von einem Raubtier, und doch bin ich fasziniert und kann den Blick nicht abwenden.

„Soll das heißen, dass du hier der Gute bist?", frage ich ihn verärgert.

Er lacht darüber. „Der Gute? Oh, nein. Noch nie in meinem Leben war ich der Gute."

„Das glaube ich dir! Du hast dich bereits als Monster entpuppt, und dieses Biest lässt sich nicht mehr in die Büchse der Pandora zurückstopfen."

„Du hast wirklich ein Gespür für Dramatik, nicht wahr?" Mit langen Schritten durchquert er das Zimmer und setzt sich auf das Bett, dessen Bettlaken noch auf dem Boden liegt, wo ich rausgefallen bin.

„Setz dich", bietet er mir an und bedeutet mir, mich zu ihm zu setzen.

„Ich stehe lieber." Ich richte mich auf und bin mir nicht sicher, ob ich mit meinem zur Schau gestellten Dekolleté wirklich einen starken Auftritt hinbekomme.

Er winkelt ein Bein an und seine Augen funkeln wieder. Er verbirgt etwas vor mir. Einen anderen Teil von ihm.

„Du hast meine Frage nicht beantwortet", sage ich. „Warum bin ich hier?"

„Das ist kompliziert.“

Ich lache laut auf, nur zum Schein. „Komm mir nicht mit diesem Scheiß. Wenn ich irgendetwas über Dämonen gelernt habe, dann, dass sie alle Hintergedanken haben und immer irgendetwas aushecken.“ Ich spreche aus Erfahrung, denn auch meine Dämonen in der Villa hatten ihre eigenen Pläne, als ich in ihrem Haus ankam. „Du hast alles geplant. Sogar meine Freundin Joseline hast du da mit reingezogen.“

„Eigentlich ist sie mir einfach in den Schoß gefallen. In Wirklichkeit hat sie das meiste selbst gemacht, indem sie mit Clauneck, dem Dämon, der Reichtum verleiht, einen Zauberspruch gewirkt hat, und dieser wiederum wird von Luzifer sehr geliebt. Du kannst dir also seine Überraschung vorstellen, als Clauneck erwähnte, wer Joseline ist. Dann musste ich nur noch den Vertrag übernehmen. Ganz einfach.“

Ich blinzle ihn an, unsicher, ob ich ihm glauben kann. „Du hast mich in allem angelogen.“

Er ist sofort auf den Beinen, seufzt tief und reißt den Kopf hoch. „Aria, es stehen große Dinge an und ich wollte dich nicht ins Schussfeld geraten lassen.“

Der Gedanke macht mich rasend vor Wut. „Was hast du mit Cain vor?“

„Mein Bruder kann auf sich selbst aufpassen. Du musst Luzifers Pläne fürchten, nicht meine.“

Ich knirsche mit den Zähnen und starre das Monster vor mir an, den Dämon, der so tut, als sei er der Unschuldige, dabei könnte das nicht weiter von der Wahrheit entfernt sein. Ich atme nervös ein, als er zu mir herüber schlendert.

„Oh, Aria, wenn ich mich nicht um dein Wohlergehen

kümmern würde, glaubst du, du wärst dann jetzt hier? Wenn ich es meinem Vater überlassen hätte, wärst du in der finstersten Ecke der Hölle und müsstest dir eine Zelle mit den tödlichsten Bestien teilen. Ich habe es ernst gemeint, als ich sagte, ich würde dir mit Sayah helfen."

Der Schweiß rinnt mir über den Nacken, wegen der sengenden Hitze des Kamins und der Ungewissheit, wohin das alles führen wird.

Er bleibt nur wenige Zentimeter von mir entfernt stehen, und seine Brust bebt, als würde ihn diese Nähe nicht unberührt lassen. Aber ich laufe nicht weg, sondern bleibe stehen. Ich hebe meinen Kopf, um ihm in die tiefbraunen Augen zu sehen, und stelle fest, dass der goldene Schimmer in seiner Iris noch deutlicher ist als in meiner Erinnerung. Als ich ihm so nahe bin, denke ich an das letzte Mal, als er in mein Zimmer kam, und plötzlich fühlt sich der Ring an meinem Finger schwer und eng an. Ich halte meine Hand hoch und schaue auf den breiten Silberring hinunter, in den ein großer Smaragdstein eingelassen ist, auf dessen Seiten dornige Ranken eingraviert sind.

Er legt seine Hand auf meine, und ein Stromstoß jagt meinen Arm hinauf. Ich reiße mich los, aber seine Finger umschließen mein Handgelenk und halten mich fest. Sein Griff ist wie Eisen, als ich mich gegen ihn stemme.

„Ich habe dir meinen Familienring gegeben, um dich vor Sayah zu schützen, denn das wolltest du ja."

„Warum kann ich ihn dann nicht abnehmen? Was hat er sonst noch mit mir gemacht?"

Er starrt auf meine Hand hinunter, sein Nasenrücken rümpft sich. „Meine Brüder und ich haben von unserem Vater jeweils einen Ring bekommen, und die haben ihre eigene Magie. Meiner hat eine besondere Vorliebe für dich." Sein Grinsen überrascht mich, wie schön bedrohlich er wirkt, und allein dieser Gedanke macht mir Angst. Soweit ich weiß, könnte dieser Ring dafür sorgen, dass ich Dinge für ihn empfinde, die ich sonst nie fühlen würde.

Sein Daumen fährt über die Rückseite meines Daumens und weckt Gefühle in mir, die ich nicht verstehe und die ich nicht fühlen sollte. Sie sind fehl am Platz zwischen uns.

„Ich gebe dir mein Wort, dass ich dich vor Vaters Zorn beschützen werde."

Die Wärme von vorhin verwandelt sich in ein Frösteln, das mir eine Gänsehaut beschert. „Dann lass mich frei. Lass mich gehen."

Er antwortet nicht, und meine Brust zieht sich zusammen, weil die Wahrheit hinter seinen dunklerwerdenden Augen auftaucht. Er lehnt sich näher an mich heran, die Wärme seines Körpers umfängt mich. Sein Flüstern ist nur ein Hauch in meinem Ohr. „Ich hatte keine Wahl, als Luzifer dich fand, vergiss das nicht."

Seine Worte lassen mich zittern. „Ich verstehe nicht."

„Das wirst du bald." Er lässt von mir ab, seine Hand gleitet von meinem Handgelenk und seine Wärme verlässt mich. So seltsam es auch scheint, ich will sie zurück und fummele unbeholfen am unteren Rand meines Shirts herum.

Er steuert auf die Tür zu. „Im Schrank sind frische Klamotten für dich, und du kannst dich im Bad waschen. Wir sind keine Wilden hier unten."

„Da bin ich anderer Meinung", werfe ich zurück.

Er ignoriert diese Bemerkung. „Ich komme zurück und sei nicht so dumm zu glauben, dass du weglaufen kannst. Oder dich verstecken. Oder Luzifer aufhalten. Es ist besser für dich, wenn du dich einfach der Dunkelheit hingibst."

Er geht hinaus und schließt die Tür hinter sich, während ich ins Straucheln gerate und Mühe habe, wieder Luft zu bekommen.

Maverick ist eine Sache, aber Luzifer? Er ist eine ganz andere Art von Bestie, die ich mehr als alles andere fürchte.

Und er hat es auf mich abgesehen.

MAVERICK

Ich halte vor dem Zimmer inne, ihr süßer Duft steigt mir in die Nase, ich spüre ihre weiche Haut immer noch an meinen Händen und überlege, ob ich wieder reingehen und mir nehmen soll, was ich will. Aber ihre bissigen Worte lassen mich nicht los, der Hass in ihren Augen verfolgt mich.

Ich sollte nichts anderes erwarten, und es sollte mich auch nicht stören, aber irgendwie trifft es mich tief.

Ich habe zugelassen, dass sie so einen Eindruck auf mich macht.

Scheiße! Ich habe einen Riesenfehler gemacht. Einen, der mich am Ende vielleicht das Leben kostet.

Meine Muskeln spannen sich an. Sie hat keine Ahnung, in welcher Gefahr sie schwebt, wie viel ich riskiere, um sie zu schützen. Und sie wird es nie erfahren. Wenn es sein muss, werde ich dieses Geheimnis bis ans Ende der Zeit mit mir herumtragen. Wenn mein Vater jemandem Aufmerksamkeit schenkt, endet das nie gut für ihn, und ihm die Stirn zu bieten, endet fast immer mit Blutvergießen.

Mein Interesse an dem Mädchen war zu überstürzt und unüberlegt. Eigentlich habe ich sie besucht, um mehr über meinen Bruder zu erfahren, aber ihre Anwesenheit hat etwas Berauschendes, mit dem ich nicht gerechnet habe. Mit jedem Besuch, den ich ihr abstattete, wurde es schwieriger, sie aus meinen Gedanken zu vertreiben. Es war, als ob sie sich an meine Seele klammerte und ich ertappte mich dabei, dass ich mir Möglichkeiten ausdachte, um sie für mich zu behalten.

Scheiß auf Cain. Er hat schon so viel kaputt gemacht, seit er Vater verraten hat, und jetzt ist er auch noch ins Visier geraten. Luzifer verzeiht nie. Warum er ihn verbannt hat, anstatt ihn auf der Stelle zu töten, werde ich nie erfahren. Vielleicht, um ihn noch länger zu quälen. Aber eines ist sicher: Egal, wie viel Zeit vergeht, Luzifer wird seine Rache bekommen.

Ich schließe meine Augen und atme tief ein. Das wird mir zu kompliziert. Bei jedem Einatmen rieche ich immer noch ihren honigartigen Duft, die Angst ihres Schweißes und unter all dem eine köstliche Dunkelheit, nach der ich mich sehne.

Etwas in ihren Adern ist anders, stärker, älter, als ich es bisher gespürt habe. Finsternis stiehlt sich heran. Das Potenzial, das sie in sich trägt, ist bemerkenswert, und ich bezweifle, dass selbst Luzifer sich dessen schon bewusst ist.

Ich sollte von ihr ablassen, aber stattdessen stehe ich da und höre auf meinen hämmernden Herzschlag. Ihre Augen hatten mich gemustert, als ob sie zuschlagen könnte, und bei dem Gedanken daran durchzuckt mich ein Anflug von Erregung.

Das einzige, was mich davon abhält, meinen Anspruch auf Aria geltend zu machen, ist mein Vater. Mein Bruder und seine Männer sind einfach nur Konkurrenten, aber die sind leichter zu besiegen. Ich schrecke nie vor einer Herausforderung zurück. Im Moment sieht sie mich vielleicht an, als wäre ich der schlimmste Dämon der Welt, aber Cain ist nicht im Geringsten unschuldig, und wenn sie die ganze Wahrheit über ihn wüsste, würde sie ihn vielleicht nicht so sehnsüchtig ansehen.

Sie ist verdammt schön, hohe Wangenknochen, volle Lippen und ein kurvenreicher Körper, der nach mir ruft.

Ich knurre frustriert vor mich hin und drehe mich um, um mich weiter von meinem Zimmer zu entfernen. Ich nähere mich der Wand, die sich beim Näherkommen augenblicklich wie aufgewühltes Wasser teilt. Das ist mein Palast, und alles hier gehorcht mir. Deshalb habe ich den Ort für alle anderen unerreichbar gemacht.

Ich trete durch die Mauer und gelange auf den überdimensionalen Hof, der von einer Metallmauer mit Stacheln umgeben ist. Der Himmel leuchtet heute in Rot und Violett und verspricht baldigen Blutregen. Getrocknete Erde knirscht unter meinen Stiefeln, und ich muss mich mit einem Legionsmeister treffen, der mir Bericht erstattet und ein Auge auf meine Brüder geworfen hat. Ich mag in der Hölle leben, die mit den abscheulichsten Dämonen gefüllt ist, aber die größte Gefahr geht von meiner Familie aus. Und ich behalte gerne im Blick, wer was tut.

Ich marschiere auf die feurigen Tore zu, die knistern

und Flammen spucken, als aus dem Augenwinkel eine Bewegung meine Aufmerksamkeit erregt.

Ich rucke mit dem Kopf nach rechts und sehe den Schatten von jemandem, der um mein Haus herumschleicht.

In mir brodelt Wut.

Ich halte nicht inne. Ich sprinte bereits in die Richtung, wohl wissend, dass die seelenhungrigen Aasfresser hier unten Arias Anwesenheit gerochen haben müssten. Ihre unberührte Seele ist wie Heroin für einen Süchtigen. Zwar kann niemand in meinen Palast, die Festungsanlage aus Onyx, eindringen, aber darum geht es ja auch nicht. Drei überdimensionale, quadratische Türme sind an der Basis durch Gänge verbunden, in denen sich jeder verirren würde, wenn er es irgendwie ins Innere schaffen würde. Außerdem bewahre ich unten in meinem Haus meinen ganzen Reichtum auf und reagiere besonders empfindlich, wenn jemand einbricht.

Immerhin bin ich der Dämon der Gier. Das liegt in meiner Natur.

Jetzt wird irgendein Arschloch erfahren, was passiert, wenn er mir in die Quere kommt.

Ich hechte um die Ecke und rase auf den Dämon zu, bevor er mich überhaupt bemerkt. Dreckiges Ungeziefer, die unterste Stufe der Bestien, die in der Menschenwelt nur mit Ratten verglichen werden können. Diese schlaksigen Gestalten gehen auf zwei Beinen und kauern sich zusammen. Ihre Haut ist abgenutzt wie rissiges Leder, ihre Köpfe sind rund und haben zwei winzige Augen, aber ein Maul, das sich über die gesamte Länge ihres Gesichts erstreckt. Wenn sie gerade stünden, würden sie mich überragen, aber die Biester haben gebogene Wirbelsäulen. Sie sind nichts weiter als animalische Bestien, die ständig auf der Suche nach Nahrung sind.

Sie suchen die Hölle heim und schaffen es irgendwie, die Hinrichtungen zu überleben. Außerdem gelangen sie an Orte, an denen sie nichts zu suchen haben. Und der Riss auf seinem Rücken, an dem schwarzes Blut herunterläuft, zeigt, dass er es riskiert hat, über meinen Zaun zu steigen. Der Witz an der Sache ist, dass das Gehege giftig ist, wenn man es berührt. Trotzdem kann ich meine Beute nicht entkommen lassen, nicht, wenn ich so wütend bin, weil er denkt, dass er Aria zu nahe kommen könnte.

Ich schnappe mir die Klinge von meinem Gürtel und stürze mich auf ihn, als er sich umdreht und mich kommen sieht.

Seine Augen weiten sich und seine Angst lässt seinen lippenlosen Mund offen stehen.

Ich lächle und liebe es, wie seine Miene von Furcht gezeichnet ist.

Meine Haut juckt immer vor einer Tötung, in der Erwartung, einen anderen Wichser zu erledigen.

Ich stürze mit voller Wucht auf ihn zu, sodass wir beide auf dem Boden aufschlagen. Mein Gewicht zwingt ihn auf den Bauch und sein Kopf knallt auf den Boden. Er wimmert und bäumt sich bereits auf, um zu entkommen.

„Du wirst dafür bezahlen, dass du hierhergekommen bist, um dir zu nehmen, was mir gehört." Ich lege meine Hand um seinen Hals und ziehe meine Klinge über seine Kehle, um ihm mühelos sein Leben zu nehmen. Zur Sicherheit steche ich ihm noch ein Dutzend Mal in den Rücken, denn diese Kakerlaken sind unerbittliche Mistkerle.

Verdammt, das fühlt sich toll an.

Schwarzes Blut spritzt mir die Arme hinauf. Ich spüre, wie es warm über meine Wangen rinnt.

Als ich aufstehe, starre ich auf mein Werk hinunter und grinse. Ich bin ein verdammter Chaot, aber bevor ich das aufräume, muss ich ihn vor meinem Haus zur Schau stellen, damit kein anderes Gesindel denkt, dass ein Einbruch in Frage kommt.

Ich habe die Jagd, das Kämpfen und das Töten vermisst. Vater hat uns mit unbedeutenden Aufgaben beschäftigt, um alle für seinen Angriff auf den Himmel vorzubereiten. Ich hatte fast vergessen, wie sehr ich das Adrenalin in meinen Adern liebe. Außerdem brauche ich das Training.

Und angesichts des Chaos, das ausbrechen wird, wenn Cain einen Weg zurück in die Hölle findet, um Aria zu holen, muss ich auf alles gefasst sein.

6

CAIN

Es ist spät. Eigentlich sollte ich sagen, es ist früh. Wie Dorian zu sagen pflegt, kriecht die Morgendämmerung gerade aus der Arschritze; meine übliche Zeit, um aus dem Fegefeuer nach Hause zu kommen. Normalerweise bleibe ich länger als alle anderen und erledige alles, was ich zu tun habe, aber nach einer langen Nacht voller Arbeit und einem Körper, der noch immer nicht vollständig von meiner Begegnung mit dem Tod geheilt ist, bin ich mehr als erschöpft, als ich das Haus betrete, gerade als die Sonne über dem Horizont auftaucht.

Ich weiß, dass Aria vor mir nach Hause gegangen ist und wahrscheinlich schläft – was sie auch tun sollte – aber sie war so besorgt um Charlotte, dass ich mit dem Gedanken spiele, sie zu wecken und ihr zu erzählen, was Quinn mir berichtet hat, bevor ich gegangen bin.

Ich nehme an, dass ich damit warten *könnte*, bis sie aufwacht, aber ein Teil von mir sehnt sich nach ihrer

Gegenwart und dieser Teil scheint immer zu siegen, oder nicht?

Ganz ohne mein Zutun bringen mich meine Füße die Treppe hinauf in den dritten Stock. Sieht so aus, als hätten sie die Entscheidung für mich getroffen und ich hätte nichts dagegen einzuwenden. Nach unserem Zusammentreffen mit dem Drachen und der langen Zeit, die ich ohne sie verbracht habe, ist mein Bedürfnis nach ihr größer denn je. Selbst nach unserer Zeit im Red Room habe ich noch nicht genug von ihr.

Als ich auf ihre Tür zusteuere, bemerke ich, dass eines der Fenster im Flur offen steht. Der bittere Winterwind peitscht herein, weht die Vorhänge auf und treibt den Schnee über den Teppich und die Wände.

Seltsam. Diese Fenster werden selten geöffnet, außer in den wärmeren Monaten oder wenn die Bediensteten das Haus gründlich reinigen. Und nur eines? Das kann nicht sein.

Ich werfe einen Blick auf Arias Tür, die einen Spalt offen steht, und ein Anflug von Angst durchflutet mich. Irgendetwas stimmt hier nicht. Das spüre ich tief in meiner Seele.

Ich stürze auf ihre Schlafzimmertür zu und reiße sie mit solcher Wucht auf, dass sie gegen die Wand knallt und die Wände wackeln. Der Krach dröhnt durchs Haus wie ein Schuss und ich höre sofort Elias' und Dorians schnelle Schritte, die die Treppe hochkommen.

Aber mein rasendes Herz kommt angesichts dessen, was ich da sehe, nicht zur Ruhe. Ein leeres Zimmer. Ein leeres Bett.

Als ich durch den Raum eile, finde ich auch das Badezimmer leer vor. Keine Aria.

Ich wirble herum und sehe Elias und Dorian vor der Tür stehen, die irritiert und ein bisschen verstört aussehen. Ich muss sie geweckt oder erschreckt haben, aber das hat seinen guten Grund.

Dorians Blick fällt auf das leere Bett von Aria und er wird blass. „Bitte sagt mir, dass sie bei einem von euch ist", sagt er mit vor Panik zitternder Stimme.

„Ich bin gerade erst nach Hause gekommen", antworte ich und meine Kehle schnürt sich zu.

„Sie sollte doch schlafen", sagt Elias.

Ich deute mit der Hand auf das Bett. Mein Ärger schwingt unweigerlich in meinem Tonfall mit. „Siehst du sie dort etwa schlafen?"

„Sie muss irgendwo anders in der Villa sein. Vielleicht in der Küche auf einen kleinen Snack?"

Elias schnuppert in der Luft, folgt einem Geruch, den wir offensichtlich nicht wahrnehmen können, und steuert auf das offene Fenster im Flur zu. Wir folgen ihm, und er hockt sich näher an die Fensterbank und atmet tief ein. Dann lehnt er sich hinaus und sucht den Bereich unter uns ab.

„Und?", bedrängt Dorian ihn. „Das ist nicht der richtige Zeitpunkt, um nachdenklich und leise zu sein."

Elias dreht sich zu uns um. „Sie ist nicht in der Villa", sagt er schnell. „Nicht mehr."

„Scheiße!" Dorian reißt die Hände in die Höhe und beginnt, im Flur auf und ab zu laufen. „Sie ist wieder abgehauen, oder?"

Elias ignoriert ihn und sieht mich an. „Es gibt noch eine andere Fährte neben ihrer", sagt er und seine Worte lassen mir das Blut in den Adern gefrieren. Irgendwie kenne ich die Antwort schon, bevor er sie überhaupt aussprechen muss. Das Grauen steckt mir in den Knochen. Sogar Dorian hat sein unruhiges Auf- und Abgehen unterbrochen.

Wir alle hängen unseren Gedanken nach. Nach unserem Zusammentreffen im Foyer war es nur eine Frage der Zeit ...

Maverick.

Er ist zurückgekommen, um Aria zu holen. Für Luzifer. Ich brenne innerlich, Wut treibt meinen Puls in die Höhe. Jeder Muskel spannt sich an, weil ich jemanden vernichten will. Man hat mir Aria weggenommen.

„Verdammt! Scheiße! Mist! Fuck!" Dorian stößt alle erdenklichen Flüche aus und fährt sich mit den Fingern durch die Haare. „Was sollen wir denn jetzt machen?"

Dröhnend durchquert Elias den Flur mit langen Schritten und hämmert seine Faust gegen die Wand, sodass ein Loch im Putz entsteht. Als er seine Faust zurückzieht, glänzen seine Fingerknöchel blutig, aber wenn er Schmerzen hat, lässt er sie sich nicht anmerken. Seine Miene besteht nur aus Wut. „Wir hätten das Ritual durchziehen sollen, um sie zu beschützen. Jetzt ist sie am Arsch."

„*Wir* sind am Arsch", sage ich, während ich versuche, mich zu beruhigen, aber eigentlich bin ich nur wütend über die Hinterlist meines Bruders und darüber, wie tief er in seinem Verrat versunken ist. Ich hätte ihn an jenem Tag von Luzifer töten lassen sollen, anstatt sein erbärmliches Leben zu retten. Ich bin wütend auf meinen Vater für seine Beteiligung an dieser Sache. Wie immer ist er derjenige, der die Fäden zieht. Aber am meisten bin ich wütend auf mich selbst, weil ich das Ritual nicht früher durchgeführt habe. Und weil ich Aria in das Chaos meiner Familie hineingezogen habe.

Das ist meine verdammte Schuld und ich bin stinksauer, und habe die Hände zu Fäusten geballt.

„Was sollen wir tun?" Dorian starrt mich mit einer Mischung aus Verzweiflung, Angst und Entschlossenheit in seinen Augen an. Als ich Elias anblicke, stelle ich fest, dass auch er auf eine Anweisung von mir wartet und sein ganzer Körper vor Wut vibriert.

Sie sind bereit, alles zu tun, um Aria zurückzubekommen, und ich bin ganz bei ihnen. Das Problem ist nur, dass ich keinen Zweifel daran habe, dass Maverick sie an den einzigen Ort gebracht hat, zu dem wir nicht gelangen können. In die Hölle. Das macht die Sache ein bisschen komplizierter.

Aber eines ist sicher. Wenn ich meinen kleinen Bruder in die Finger kriege, reiße ich ihn in Stücke und werde zusehen, wie das Leben in seinen Augen erlischt. Es wird mir ein wahres Vergnügen sein, das zu Ende zu bringen, was mein Vater mit seinem Wunsch, ihn zu töten, begonnen hat und was ich hätte zulassen sollen.

„Das ist doch offensichtlich, oder?", sage ich zu meinen beiden *echten* Brüdern. „Wir sind auf dem Weg in die Hölle. Wir sind direkt auf der Überholspur dorthin."

„Wir haben über ein Jahrhundert lang nach den Relikten gesucht. Wie sollen wir das ohne Arias Gabe bloß beschleunigen?", grummelt Elias.

Wir müssen uns dringend etwas einfallen lassen, denn das ist unser einziger Weg zurück durch das Höllentor.

„Und was ist mit Arias Seele?", wirft Dorian ein. „Sie ist nicht wie wir. Sie wird sterben, sobald sie den Schleier zu einer unbelebten Ebene durchschritten hat. Wir können sie vielleicht gar nicht mehr zurückholen."

Allein der Gedanke, dass Arias Seele für uns verloren sein könnte, lässt mir die Galle hochkommen. Aber zum Glück für uns hat Maverick eine Sache richtig gemacht. „Der Ring – Mavericks Ring wird sie beschützen, solange sie in der Hölle ist. Für wie lange, kann ich nicht sagen, aber das muss der Grund sein, warum mein Bruder ihn ihr überhaupt angelegt hat. Um sie für den Übertritt zu schützen."

„Aber warum? Genau das begreife ich nicht. Wenn Luzifer sie will, ist es doch egal, ob sie noch lebt oder ob er nur ihre Seele hat?", fragt Dorian.

„Offensichtlich braucht er sie aus irgendeinem Grund lebendig." Elias wischt sich das Blut von seinen zerschundenen Fingerknöcheln. „Glaubt ihr, er weiß, was sie ist?"

„Vielleicht nicht ganz, aber er ist auf jeden Fall sehr interessiert. Und genau dieses Interesse hält sie vielleicht am Leben, bis wir Luzifer zur Strecke bringen und sie herausholen können." Das hoffe ich zumindest.

Es ist wohl an der Zeit, alle unsere Spähtrupps zu kontaktieren und zu sehen, ob jemand Hinweise auf die fehlenden Relikte erhalten hat. Mit dem Rückgrat haben wir mindestens vier, und das bedeutet, dass wir noch drei weitere brauchen. Wir brauchen jetzt richtig Feuer unterm Hintern und müssen bei der Suche mehr Eigeninitiative zeigen. Arias Leben – und ihr mögliches Leben nach dem Tod – hängt davon ab.

Ich dränge mich an Dorian und Elias vorbei und laufe die Treppe hinunter.

„Hey, wo willst du denn hin?", ruft Dorian und läuft mir hinterher. Elias schließt sich ihm an. „Du kannst nicht einfach wortlos losstürmen. Wir müssen wissen, was hier los ist. Was können wir tun?"

„Ich gehe in mein Büro und rufe unsere Suchmannschaften an. Mal sehen, ob sie kurz davor stehen, ein weiteres Relikt zu finden."

„Es wird zu lange dauern, alle Teile der Harfe zu sammeln", ärgert sich Elias. „Es hat hundert Jahre gedauert, um das zu finden, was wir haben. So viel Zeit haben wir nicht ..."

Ich drehe mich auf halbem Weg um und starre ihn an. „Ich weiß!", schnauze ich und meine Stimme wird noch tiefer, als meine Wut ausbricht. „Glaubst du, ich weiß das nicht?"

Dorian macht zwei Sprünge, um sich schnell zwischen uns zu stellen. „Okay, lass uns erst mal kurz Luft holen. Wir sind alle angespannt und nervös nach dem, was passiert ist. Wir haben viel durchgemacht und es kommt noch viel mehr auf uns zu. Wir müssen einen kühlen Kopf bewahren."

Ich atme nervös ein und versuche, meine aufsteigende Wut zu unterdrücken. Natürlich bin ich nicht wirklich wütend auf Elias, und Dorian hat Recht. Wir haben eine Menge Arbeit vor uns und nicht viel Zeit. Es ist besser, jetzt nach vorne zu schauen und sich auf eine Lösung zu konzentrieren, als sich gegenseitig an die Gurgel zu gehen. Das würde meinem Vater in die Hände spielen, und ich weigere mich, ihm diesen Gefallen zu tun.

Als ich wieder spreche, ist mein Tonfall ruhig. „Wenn es einen anderen Weg zurück in die Hölle gäbe, hätte ich ihn schon gefunden. Ich habe meine gesamte Zeit auf der Erde darauf verwendet, einen Weg zurück zu finden. Ich habe jedes Buch gelesen, jede Legende studiert, und die Harfe ist der einzige Weg, wie wir zurückkehren können."

Elias knurrt, weil er noch immer nicht zufrieden ist, wenn er keine unmittelbare Antwort bekommt. „Und wenn wir einen anderen Dämon beschwören? Vielleicht einen deiner anderen Brüder, der uns hilft. Nix vielleicht, wenn er gelangweilt genug ist. Vergiss Raz. Er würde keinen Finger rühren, wenn er nicht eine Gegenleistung dafür bekäme. Und Torryn ..."

„Was ist mit Maverick?", wirft Dorian ein.

Ich bin mir nicht sicher, ob ich ihn richtig verstanden habe. „Maverick?"

Er nickt.

„Das Arschloch, das uns gerade Aria weggenommen hat?", fragt Elias nach.

Er nickt wieder. „Er hat Aria bei sich. Genau ihn brauchen wir. Ich schlage vor, wir beschwören seinen Arsch zurück auf diese Ebene und zwingen ihn, sie uns zurückzubringen."

„Wenn ich dieses Stück Scheiße noch einmal sehe, bringe ich ihn um", knurrt Elias.

Ich denke das Gleiche.

„Da bin ich ganz deiner Meinung, aber zuerst zwingen wir ihn, uns Aria zu bringen. Dann können wir unseren Spaß mit ihm haben."

„Das Problem ist, dass wir selbst keine Dämonen beschwören können", erkläre ich. Da wir selbst Kreaturen der Hölle sind, haben wir nicht die Fähigkeit dazu.

„Wir lassen es jemand anderen für uns tun", sagt Elias. Offensichtlich ist er auch bei diesem Plan dabei. Mehr als bei der Harfe. „Wir bestechen jemand. Bedrohen jemand. Was auch immer nötig ist."

Dorian klopft sich nachdenklich auf sein Kinn. „Was, wenn wir das gar nicht müssen?", fragt er, und eine Idee reift in ihm. „Was ist, wenn die beste Person für diesen Job hier unter uns ist? Und zwar genau jetzt."

Zuerst habe ich keine Ahnung, von wem er spricht, aber dann fällt es mir ein. Wir hatten vor kurzem einen neuen Gast bekommen. Eine, die ihre Seele mit Maverick selbst verbunden hat und eine perfekte Verbindung zu dem Dämon darstellt. „Die Hexe."

Dorian berührt seine Nase, um mir zu sagen, dass ich es verstanden habe. „Bingo. Das geht schneller als die letzten drei Reliquien zu finden und ist einen Versuch wert."

Elias antwortet nicht. Er springt schon wieder die Treppe drei Stufen auf einmal nehmend hoch, um zurück in den dritten Stock zu gelangen, wo Arias Freundin Joseline wohnt. Wir hören, wie Elias die Wache anschnauzt, dann die Tür aufreißt und dann ein wütendes Brüllen von sich gibt, das mehr nach Tier als nach Mensch klingt.

Dorian und ich stürmen zu ihm hoch. Als wir uns ins Schlafzimmer drängen, sehen wir, wie Elias sich über das zerbrochene Buntglasfenster sowie die verknoteten Bettlaken beugt,, die vom Bett abgezogen und hinausgeworfen wurden. Joseline ist verschwunden.

„Soll das ein Scherz sein? Schon wieder?" Dorian durchquert den Raum und lehnt sich aus dem Fenster, um nach unten zu schauen. „Wenigstens wissen wir, wo Aria es gelernt hat. Diese Pflegekinder sind wirklich zäh."

„Es sieht so aus, als ob das Laken nicht den ganzen Weg nach unten gereicht hat. Sie musste den Rest der Strecke springen", sagt Elias. „Ich wette, sie ist verletzt. Mindestens ein gebrochener Knöchel."

„Das wird sie verlangsamen." Dorian blickt zu ihm auf.

Elias scheint mit ihm einer Meinung zu sein, entledigt sich seiner Kleidung und steuert auf die Tür zu.

Dorian eilt ihm hinterher, hält aber oben an der Treppe inne und wirft mir einen Blick zu. „Kommst du mit?"

Ich schüttle den Kopf und signalisiere ihm, dass er weitergehen soll. „Ich werde noch ein paar Anrufe tätigen", sage ich. „Nur für den Fall."

„Gute Idee. Ich melde mich, wenn wir sie gefunden haben." Er geht noch einen Schritt weiter, bleibt aber wieder stehen und wirft mir einen wissenden, leicht mitleidigen Blick zu. „Mach dich deswegen nicht zu sehr fertig. Luzifers und Mavericks Unberechenbarkeit geht nicht auf dein Konto. Wir holen sie zurück."

„Ja, ich weiß." Ich spüre, wie die Dunkelheit in mir aufsteigt und meine Kraft immer stärker wird. „Und dafür werde ich die Hölle auf den Kopf stellen."

ARIA

Schnelle Schritte hallen vor der Tür wider und ich springe auf, als sie sich nähern. Da ich weiß, dass dies Mavericks Zimmer in seinem Haus ist, traue ich nichts und niemandem hier, genauso wenig wie dem Mann, dem das alles gehört. Wie Maverick ist auch hier nichts so, wie es scheint.

Eine aufgeregte Stimme dröhnt durch den Flur, eine, die ich noch nie gehört habe. „Du hast mir nicht gesagt, dass du einen *Menschen* hergebracht hast, Bruder! Einen lebendigen *Menschen!*"

Bruder? Angst schießt mir durch die Glieder, als ich höre, dass dieser Fremde von mir spricht, sich darüber freut, dass ich hier bin, und mit Maverick verwandt ist. Und damit mit Cain. Ein weiterer Ursündendämon? So muss es sein. Und das bedeutet, dass ich bald in noch größeren Schwierigkeiten stecke.

Die Schlafzimmertür fliegt mit solcher Wucht auf, dass sie gegen die Steinwand knallt und zurückspringt, um dann von einem auffallend gut aussehenden Mann mit langen dunklen Haaren, mandelförmigen Augen und markanten, majestätischen Gesichtszügen aufgefangen zu werden. Er tritt ein, seine Augen sind neugierig auf mich gerichtet, und ich ziehe mich noch weiter in den Raum zurück. Er sieht nicht nur hübsch aus, er ist wunderschön.

Bald taucht Maverick hinter dem schönen Fremden auf und sieht verärgert über dessen Eindringen aus, aber dieser scheint sich nicht im Geringsten daran zu stören. Seine grünen Augen leuchten, als sie mich von Kopf bis Fuß mustern, und ich kann nicht anders, als mich unter seinen Blicken zu winden.

„Oh, Bruder", sagt der Dämon, als wäre ich ein gerade entdeckter Schatz, auf den er schon lange gewartet hat. „Du hast nicht gesagt, dass sie so ein ... köstliches kleines Ding ist. Mmmm."

Ich schlinge meine Arme um mich und fühle mich plötzlich nackter als je zuvor.

„Lass sie in Ruhe, Nix. Ich habe dir doch gesagt, dass du nicht herkommen sollst", faucht Maverick.

„Aber wie könnte ich widerstehen?", sagt der Dämon namens Nix. „Ein lebendiger Mensch in der Hölle? Es ist nur eine Frage von Sekunden, bis jede Kreatur der Hölle an deine Tür klopft."

Wenn dieser Nix wirklich einer von Mavericks und Cains Brüdern und eine Sünde ist, welche der sieben kann er dann sein?

Ich überprüfe ihn nach irgendwelchen Anhaltspunkten. Anders als die Anzüge, die Cain normalerweise trägt, hat Nix eine Röhrenjeans und ein T-Shirt mit tiefem V-Ausschnitt an. Er ist viel lässiger als die anderen. Aber das überrascht mich nicht am meisten. In seinen auffallend grünen Augen liegt ein unstillbarer Hunger. Etwas, das ich von Cains Blick kenne, wenn er mich verschlingen will. Also, sexuell. Aber dieser Dämon trägt diesen urtümlichen Ausdruck die ganze Zeit mit sich herum.

„Wie süß", sagt Nix unerwartet. „Sie versucht, mich zu durchschauen. Lass mich dir ein bisschen helfen, Süße. Du brauchst kein Aneurysma zu bekommen. Du bist doch gerade erst eingetroffen." Er räuspert sich, bereit, sich mir offiziell vorzustellen. „Ich bin Nix. Der drittälteste Bruder und der Dämon der Lust."

Ich verschlucke mich fast an meiner eigenen Zunge. „Lust?"

„Ist das so schwer zu glauben?" Er stößt ein Lachen aus. „Anders als meine anderen Geschwister kann ich dich in Lust ertränken. Ich kann dir Dinge zeigen, von denen du nicht einmal wusstest, dass es sie gibt, und dich von all deinen Hemmungen befreien. Und das schon in den ersten zehn Sekunden!" Diesmal gluckst er noch lauter.

Ich bin allerdings nicht sonderlich beeindruckt. „Dann bist du also wie Dorian."

Sein Lachen verstummt abrupt und stattdessen

verziehen sich seine Lippen zu einem bösartigen Knurren. „Du beleidigst mich! Ein Inkubus? Ha! Sie können nur die Oberfläche streifen. Ich hingegen kann bis in deine Seele vordringen und dir deine tiefsten und dunkelsten Sehnsüchte entlocken.“

„Nix“, warnt Maverick von hinter ihm, aber er schüttelt ihn nur schroff ab.

„Sie glaubt mir nicht, Bruder“, antwortet er enttäuscht. „Ich werde ihr zeigen müssen, was ich meine.“

„Nicht in meinem Haus.“ Mavericks Stimme ist ein drohendes Grollen. „Auf keinen Fall.“

Nix zieht einen Schmollmund und stellt sich aufrecht hin, als hätte man ihm die Chance verwehrt, mit einem schicken neuen Spielzeug zu spielen. Als er sich wieder zu mir umdreht, beginnt die Haut in seinem Gesicht Wellen zu schlagen. Es blubbert, als ob seine Muskeln darunter kochen würden. Die ganze Zeit über bleiben seine Augen auf mich gerichtet und leuchten mit einem ganz eigenen, unheimlichen Licht.

Ich halte meinen Atem an.

„Nix!“, schreit Maverick und greift nach seinem Arm, um ihn zu stoppen, aber er hört nicht damit auf. Seine Haut bewegt und verändert sich weiter.

„Ah …“, sinniert er, während sich sein Gesicht verzerrt. „Das hätte ich mir denken können.“

Mein Blick wandert zu Maverick, im Versuch, mehr zu verstehen. Er versucht, Nix loszureißen, aber der ist wie angewurzelt.

„Das ist fast zu einfach“, sagt er. Dann wird seine Haut heller, sein Haar zieht sich zurück und verliert an Fülle und Länge, bis es auf dem Kopf kurz geschnitten erscheint. Seine Wangen gleiten in eine kräftige Kieferpartie, seine Lippen werden breiter und seine Augenbrauen fülliger. Als Letztes sind da noch seine Augen, die jedes Mal, wenn er blinzelt, von elektrischem Grün zu einem schockierenden Blau umschlagen, und dann starre ich wie gebannt auf den Mann vor mir.

Er ist nicht mehr Nix, sondern Cain.

„C... Cain?", stottere ich und kann nicht glauben, was ich da vor mir sehe. Nein, das kann nicht sein. Nicht wirklich. Es ist Nix in einem Cain-Kostüm. Eine Maske. Das Einzige, was seine wahre Identität verrät, ist seine Kleidung, die unverändert aus Jeans und T-Shirt besteht, und der Ring an seinem Finger, der einen leuchtend roten Stein und eingravierte Rosen an den Seiten trägt, deren Blätter den Rest des Rings bilden.

Er streckt seine Hände aus und präsentiert sich mir erneut, nur diesmal noch stolzer auf sich selbst. „Er ist der, nach dem sich dein Herz in diesem Moment sehnt." Er wirft einen Blick auf Maverick, in dessen Augen Zorn geschrieben steht. „Unser ältester Bruder. Kannst du das glauben? Sie ist ganz vernarrt in ihn."

Maverick beißt die Zähne zusammen, sagt aber nichts.

„Du kannst dich also nach Belieben in einen anderen Dämon verwandeln?", frage ich ihn. Es ist mehr als seltsam, Cain gegenüberzustehen und zu wissen, dass er es nicht wirklich ist. Ich habe die Verwandlung selbst gesehen, doch mein Herzschlag beschleunigt sich reflexartig und verrät mich.

„Nicht nur in irgendeinen Dämon, mein Schatz. *In Jeden.* Es sind keinerlei Grenzen gesetzt."

Wow. Das ist ziemlich cool und gleichzeitig extrem erschreckend.

Er grinst breit, und so einen Gesichtsausdruck bei

Cain zu sehen, ist einfach zu seltsam für mich. Das passt überhaupt nicht zu ihm.

„Verwandle dich zurück", knurrt Maverick leise.

„Da hast du Recht, Bruder", beginnt Nix. „Ich kann so nicht draußen herumlaufen. Vater würde mich sofort abschlachten."

Wie aufs Stichwort fängt seine Haut an zu beben und zu blubbern, sie wird braun und sein Haar wächst wieder auf Hüftlänge. Seine Wangen werden hohl, sein Kiefer wird schmaler und innerhalb von Sekunden ist er wieder der Dämon, der eben noch in den Raum gestürmt ist.

„Das ist ein toller Trick", sage ich mit sarkastischer Stimme. „Du bist wie eine wandelnde multiple Persönlichkeitsstörung."

Er runzelt die Stirn. „Wenn du so weiterredest, könntest du meine Gefühle verletzen."

„Du Armer."

Er starrt mich an und will einen Schritt auf mich zugehen, aber Mavericks Hand ist schnell an seinem Arm. „Zieh Leine, Nix. Sofort."

„Sie hat eine scharfe Zunge, die man im Zaum halten muss", antwortet er. „Sie weiß nicht, mit wem sie es zu tun hat."

„Jetzt", sagt er, diesmal mit Nachdruck, und schiebt ihn zur Tür.

Nix ist nicht erfreut, aber er geht ohne Widerstand hinaus. Sein Blick verweilt noch ein wenig länger auf mir, eine Warnung liegt darin. Als die beiden den Flur hinunter verschwinden, schließt sich die Tür hinter ihnen von selbst und ein heftiger Schauer läuft mir über den Rücken. Ich bin nicht nur in diesem Tollhaus der Hölle, sondern muss mich jetzt auch noch um die anderen

Ursündendämonen kümmern. Wie Lust, ein wandelbarer, eingebildeter Bastard, der offensichtlich denkt, dass ich von seinen Taschenspielertricks beeindruckt sein sollte. Und wenn es nach ihm geht, werden noch mehr Kreaturen aus der Hölle anklopfen.

Und die sind vielleicht nicht so freundlich.

ARIA

Ich vermisse Cassiel, so albern das im Moment auch klingen mag. Besonders, da ich in der Hölle gefangen bin, umgeben von Feuer und Schwefel und wer weiß, was noch allem. Aber ich bin jetzt schon seit gefühlten Stunden allein und in dieser Stille habe ich viel über die Dinge nachgedacht, die ich vermisse. Cassiel, zum Beispiel. Ich könnte seine überdimensionalen, flauschigen Umarmungen im Moment wirklich gut gebrauchen. Ganz zu schweigen davon, dass er Maverick wahrscheinlich das Gesicht abreißen würde, wenn er ihm zu nahe käme, was an sich schon ein tröstlicher Gedanke ist.

Natürlich gibt es auch noch die Dämonen. Was würde ich nicht dafür geben, sie hier bei mir zu haben. Als Nix sich in Cain verwandelt hatte, wäre ich fast durchgedreht. Ihn wieder zu sehen, auch wenn er es nicht wirklich war, ließ mein Herz höher schlagen. Er, Dorian und Elias müssen derzeit den Verstand verlieren, nachdem sie festgestellt haben, dass ich weg bin. Ein Teil von mir hofft, dass sie versuchen, eine Möglichkeit zu finden, mich hier rauszuholen, aber der andere Teil hofft, dass sie sich von mir fernhalten. Nachdem ich gesehen habe, wie Luzifer Elias und Dorian durch das Foyer geschleudert hat, ohne auch nur einen Finger zu rühren, kann ich es nicht gebrauchen, dass sie sich für mich opfern.

Und da die Höllenharfe und die anderen Reliquien die einzige Möglichkeit sind, das Tor zu öffnen und hierher zu gelangen, bin ich mir nicht sicher, wie sie an mich herankommen wollen. Vielleicht bin ich bis dahin schon tot.

Ich werde selbst einen Weg hier raus finden. Irgendwie.

Ich werfe wieder einen Blick auf den Ring an meiner Hand. Der Smaragd schimmert und verhöhnt mich, und ich versuche zum hundertsten Mal, ihn abzustreifen. Wie erwartet, lässt er sich nicht lösen, und ich fluche.

„Verfluchter Maverick und sein Scheißring!"

„Der *Ring* ist das, was deine Seele im Moment am Leben erhält."

Mein Kopf zuckt hoch und ich sehe, wie er mit verschränkten Armen an der Tür lehnt und amüsiert beobachtet, wie ich mich abmühe.

„Wovon redest du?", schnauze ich ihn an.

„Selbst wenn du ihn abnehmen könntest, würde ich das nicht vorschlagen", fährt er fort und stößt sich vom Türrahmen ab. „Lebendige Menschen können nicht in eine unbelebte Ebene wechseln, ohne dabei zu sterben. Mein Ring ermöglicht es dir, hier zu sein und deine Seele zu behalten. Ohne ihn würde deine Seele deinem Körper entrissen werden und hier gefangen sein."

Huch.

Ich lasse meine Hände sinken. Ich schätze, der Ring bleibt dran, zumindest bis ich wieder einen Weg nach oben gefunden habe.

„Du beschützt mich also?", frage ich.

„Freue dich nicht zu früh. Das ist nur so, weil mein Vater es so will. Zumindest im Moment."

Na, das ist ja beruhigend.

„Wie ist es, Luzifers Schoßhündchen zu sein? Füttert er dich mit Keksen? Oder reicht es, wenn er dir die Ohren krault?"

Seine Augen verengen sich. „Es wäre klug, wenn du den Mund hieltest, solange du hier bist, Aria."

Ich erwidere seinen Blick und straffe meine Schultern, obwohl mich die Angst übermannt. „Ich kann es kaum erwarten, dass Cain dich in Stücke reißt. Das wird ein Riesenspaß für mich, ihm dabei zuzusehen

Mit rasender Geschwindigkeit stürzt er sich auf mich und holt mit einem Arm aus. Ich werde an der Brust getroffen und zur Seite geschleudert. Mein Kopf schlägt auf den schwarzen Steinen des Kamins auf und Schmerz schießt sofort durch meinen Schädel. Ich stürze auf den Boden, meine Sicht verdunkelt sich und meine Brust krampft sich zusammen, während ich nach Luft ringe. Ich stöhne auf und kann mich kaum auf wackeligen Armen aufrichten, als weitere Schmerzen durch meinen Kopf und meine Lunge schießen.

Tränen steigen mir in die Augen. Es fühlt sich an, als wären meine Rippen geprellt.

Als ich meinen Kopf seitlich berühre, glänzen meine Finger vor Blut.

Oh Scheiße.

Mavericks polierte Schuhe sind direkt vor mir, und ich

falle ruckartig auf meinen Hintern und taste nach der Wand, um mich wieder aufzurichten. Mein Kopf schwirrt abermals, und gleichzeitig überkommt mich Übelkeit. Auch noch eine Gehirnerschütterung? Gott, ich hoffe nicht.

Ich versuche, den Schwindel zu überwinden und mich aufrecht zu halten, und schaue wieder zu Maverick hoch. Seine silberweißen Flügel sind ausgebreitet, seine Haut ist totenbleich und fast durchsichtig, und aus seinem weißen Haar ragen gebogene Hörner heraus. Er steht in seiner wahren Dämonengestalt vor mir, und ich weiß nicht, wie ich ihn jemals für einen Engel halten konnte. Er hat überhaupt nichts Engelhaftes an sich.

Seine Flügel schießen hervor und umschließen mich auf beiden Seiten, und ich drücke mich näher an die Wand, als er sich zu mir hinunterbeugt. Seine Hand fasst nach der Wunde an meinem Kopf und berührt mit sanften Fingern das Blut, bevor er sie zwischen uns schiebt, damit wir beide sie sehen können. Er reibt seine beiden Finger aneinander und bewundert mein Blut, als wäre es ein wertvolles Juwel.

„Lass uns hier und jetzt eines klarstellen. Ich bin nicht wie mein erbärmlicher Bruder. Seine Zeit auf der Erde hat ihn weich gemacht. Im Gegensatz zu ihm, werde ich nicht zögern, dich zu töten."

„Dann sind wir schon zwei", keuche ich gegen den Schmerz an.

Er lacht und seine Schultern hüpfen. Das Geräusch schürt nur noch mehr meinen Hass.

In mir regt sich etwas Dunkles und Vertrautes. Ein Kitzeln der wieder erwachenden Macht.

Sayah.

Ich erstarre. Sie ist nicht annähernd so stark wie sonst, aber ich bin überrascht, dass ich sie überhaupt spüre, vor allem, weil ich Mavericks Ring immer noch trage. Es sieht so aus, als würde Mavericks Macht über sie nachlassen oder sie ist zu stark für ihn.

Beides sind beunruhigende Gedanken, aber es ist eine Erleichterung, sie wieder bei mir zu haben, so unberechenbar sie auch ist. Wenigstens bin ich nicht allein in der Hölle.

Mavericks misstrauischer Blick wandert über mein Gesicht. Obwohl mein Herz rast, tue ich mein Bestes, um die Gefühle aus meinem Gesichtsausdruck zu halten. Es ist gut möglich, dass er nichts von Sayahs Wiederauftauchen ahnt, und das bedeutet, dass ich sie vielleicht später als Werkzeug benutzen kann. WENN sie mitmacht.

Langsam lässt er von mir ab, seine Flügel fallen von mir ab und ich habe plötzlich nicht mehr das Gefühl zu ersticken. Ich wünschte, ich wüsste, was er oder Luzifer von mir wollen. Sicherlich kann es nicht nur darum gehen, Cain zu verletzen. Nein, da muss mehr dahinterstecken. Und da sie beide von Sayah wissen, frage ich mich, ob sie auch ihr Interesse geweckt hat. Aber ist ein widerspenstiger Schattengeist wirklich all das wert? Ich kann nicht erkennen, wozu das gut sein soll.

Maverick rollt mit den Schultern und bändigt seinen Dämon wieder. Er knirscht mit den Zähnen, als würde ihn diese Prozedur sehr schmerzen. Warum unterdrückt er ihn überhaupt? Er ist in der Hölle, nicht auf der Erde.

„Ich habe keine Angst, weder vor dir noch vor deinem Dämon, nur damit das klar ist", sage ich.

„Dann bist du eine größere Idiotin, als ich ursprünglich dachte."

Arschloch.

Kein Wunder, dass Elias ihm sofort ins Gesicht schlug, als er durch die Tür kam. Ich wollte noch nie jemandem so sehr eine reinhauen.

„Warum bin ich überhaupt hier?", stoße ich aus und meine Verärgerung wird von Sekunde zu Sekunde größer.

„Das musst du Luzifer selbst fragen", antwortet er.

„Also gut. Wo ist der Bastard?"

Mit einem Grinsen auf den Lippen begibt er sich wieder zum Kamin und klopft zweimal auf den Kaminsims. Eisblaue Flammen schießen aus dem Kamin, so hoch wie ich, und die Hitze schlägt mir ins Gesicht. Ich trete zurück.

„Er ist auf der anderen Seite des Kamins", sagt Maverick und freut sich über meine Reaktion. „Er hat auf dich gewartet."

Meine vorgetäuschte Tapferkeit verfliegt augenblicklich, und Angst durchströmt mich. Ich habe nicht damit gerechnet, dass ich den König der Hölle gleich treffen würde. Genau in diesem Moment.

„Was ist los, Aria? Ich dachte, du wolltest mit deinen Beschwerden zum Boss gehen?" Er lacht wieder und das blaue Licht des Feuers tanzt über sein hübsches Gesicht.

Da fällt mir auf, wie sehr ich sein Lachen hasse. Es scheuert an meinen Trommelfellen. In meinem Inneren zeigt sogar Sayah eine Reaktion und schiebt sich noch ein bisschen mehr aus ihrer dunklen Ecke hervor.

Maverick streckt seinen Arm in Richtung des Feuers aus und fordert mich mit einer Geste auf, hindurchzutreten, um meinen Mut unter Beweis zu stellen. Das zufriedene Grinsen verharrt die ganze Zeit über auf seinem Gesicht. „Nach dir."

Ich trete näher an die Feuerstelle heran. Obwohl ich innerlich zittere, will ich ihm nicht die Genugtuung gönnen, dass er mit mir Recht hat, und dieses Gefühl siegt über alles. Sogar über meinen gesunden Menschenverstand, der schreit: *„Tritt nicht ins Feuer, Aria. Du bist nicht wie sie. Du wirst verbrennen."* Stattdessen atme ich tief durch, hebe mein Kinn und schreite durch die tanzenden Flammen.

Die Hitze umgibt mich und lässt mich schwitzen, aber es tut nicht weh. Das Feuer berührt mich nicht wirklich, es umgibt mich nur, greift nach meiner Haut, kann sie aber nicht berühren.

Es erinnert mich an Harry Potter und daran, wie die Figuren durch Kamine zu anderen Zielen reisen, nur viel weniger cool und viel furchteinflößender. In der Hölle verliert alles eindeutig seinen Charme.

Als ich auf der anderen Seite ankomme, trete ich von einem weiteren gewaltigen steinernen Kamin hinunter in einen ebenso kolossalen runden Raum, der in Rot und Gold gehüllt ist und aus poliertem schwarzen Marmor besteht. Kerzen leuchten schwach von den Armleuchtern, die überall im Raum stehen, und oben auf einem Podest steht ein goldener Thron hinter einem Altar. Auf den ersten Blick erinnert mich die ganze Einrichtung an eine Kirche mit ihrer gewölbten Decke und den religiösen Bildnissen und Gemälden an den Wänden, aber bei näherer Betrachtung stelle ich fest, dass es sich nicht um Heilige oder Engel handelt. Es sind grausame Schlachtszenen mit gehörnten Bestien, Flüssen aus Blut und Seelen, die auf unvorstellbare Weise gequält werden.

Ich muss meinen Blick abwenden, und ich erblicke den Mann – nein, das Schlangenwesen -, der hier unten

das Sagen hat. Luzifer selbst steht auf der anderen Seite
des Raumes, in der gleichen schicken Aufmachung, in der
ich ihn schon bei seinem Auftauchen im Haus gesehen
hatte. Seine Lippen sind zu einem verschmitzten Grinsen
verzogen.

„Aria!" Er empfängt mich wie einen alten Freund mit
offenen Armen. „Wie schön, dass du auf einen kleinen
Besuch vorbeikommst."

„Ich hatte ja auch keine andere Wahl ...", sage ich und
mustere ihn, während er durch den Raum schreitet.
Maverick tritt als nächstes durch den Kamin und die
blauen Flammen erlöschen sofort. Ohne das Feuer legt
sich eine eisige Kälte über den Raum.

Luzifers Blick wandert zu Maverick und dann wieder
zu mir. „Ich hoffe, mein Sohn hat dafür gesorgt, dass du
dich hier wohl fühlst?"

Was zum Teufel hat er sich dabei gedacht? Dass ich im
Urlaub war oder so was in der Art? Denn das hier war
weit davon entfernt, in einem Fünf-Sterne-Resort in
Mexiko am Meer fruchtige Cocktails zu schlürfen.

„Du kommst mir nicht wie eine zurückhaltende Frau
vor", sagt er und mustert mich von Kopf bis Fuß. „Wenn
du etwas zu sagen hast, dann sprich es einfach aus. Das
hier ist ein sicherer Ort." Sein Lächeln wird breiter.

Er ist nicht näher an mich herangekommen, aber ein
warnendes Kribbeln durchfährt meine Wirbelsäule. Seine
Anwesenheit ist so beeindruckend, dass er den ganzen
Raum ausfüllt, und ich fühle mich vor ihm verletzlich. Es
ist, als wäre ich direkt in die Höhle eines hungrigen Raub-
tiers gelaufen und er schätzt mich ein, um mich schließlich zur Strecke zu bringen.

Sogar Maverick rückt näher an meine Seite.

„Und?", drängt Luzifer.

Ich versuche, mich an alles zu erinnern, was ich von den Dämonen, vor allem von Cain, über Luzifer gelernt habe. Es war nicht viel, abgesehen davon, dass er verrückt, hinterhältig und verdammt böse war. Er hatte seine sieben Söhne erschaffen, um mit ihm über die Unterwelt zu herrschen, indem er sie alle aus einem Stück seiner Seele riss, aber es gab keine familiäre Liebe zwischen ihnen. Auch zwischen den Brüdern gab es keine Geschwisterbande. Und Cain, der Stolz und der Erstgeborene, hatte solche Angst, so zu sein wie er, dass es an ihm nagte, während Luzifer ihn als die größte Bedrohung sah.

Eines weiß ich ganz sicher: Ich werde nicht vor ihm auf die Knie fallen oder um mein Leben betteln. Wenn er meinen Tod gewollt hätte, hätte er nicht diese ausgeklügelte Scharade mit Maverick veranstaltet, der sich als Engel ausgab, mir seinen Ring schenkte und mich hierher brachte. Er braucht mich für etwas. Und ich werde herausfinden, was das ist.

„Warum bin ich hier?" Ich wiederhole die Frage, die ich ursprünglich Maverick gestellt hatte. „Ich habe keine Lust, in dein Familiendrama verwickelt zu werden."

Er reibt sich den Schnauzer und den Bart und seine dunklen Augen glänzen vor Interesse. „Aber du wohnst doch mit meinem ältesten Sohn und seinen beiden Schwachköpfen zusammen, nicht wahr? Das zieht dich automatisch in unsere kleinen Zwistigkeiten hinein. Meinst du nicht auch?"

„Nein, ich wurde dazu gezwungen. Mein Ziehvater hat meine Seele eingetauscht, um ihn von seinem Vertrag zu befreien." Allein der Gedanke daran weckt in mir bittere Gefühle der Wut und des Verlustes. Es ist zwar schon eine

Weile her, aber die Wunden sind immer noch da und sie schmerzen immer noch.

„Was du nicht sagst …" Er fängt an, durch den Raum zu schreiten. Ich möchte mich auch ein Stück weiter von ihm entfernen, aber das hieße, meine Angst zu zeigen und Schwäche zu demonstrieren. Zwei Dinge, die ich nicht tun möchte, also bleibe ich stehen.

Er pirscht sich weiter heran. „Vielleicht kann ich dir dabei helfen, verstehst du? Den Vertrag zu brechen."

Cain hatte mir gesagt, dass man eine Seele nur dann aus einem Vertrag mit einem Dämon befreien kann, wenn der verantwortliche Dämon die Bedingungen ändert oder wenn man ihn tötet. Und ich werde bestimmt nicht zustimmen, dass er Cain, Dorian und Elias umbringt, nur um mich zu befreien. Das geht auf keinen Fall.

„Nein, danke. Ich habe das schon erledigt", sage ich. Er steht jetzt hinter mir und Maverick und ich spüre, wie sich Maverick in der Nähe anspannt, seine Muskeln sind steif, als wäre er bereit, seinen Vater zu schlagen, wenn er ihm einen Anlass dazu gibt.

Seltsam … Und ich dachte, die beiden arbeiten zusammen, um in meinem Leben Chaos zu stiften, aber wenn ich es nicht besser wüsste, würde ich sagen, dass es auch hier Spannungen gibt.

Luzifer schreitet weiter durch den runden Raum, beobachtet mich und reibt sich die dunklen Haare um Mund und Kiefer. „Wenn schon nicht du, was ist dann mit deiner kleinen Hexenfreundin? Ist dir ihre Seele irgendetwas wert?"

Mein Herz schlägt mir bis zum Hals und ich verschlucke ihren Namen: „Joseline?"

Er nickt. „Genau die. Ja. Joseline. Sie hat sich in eine

ziemliche Zwickmühle gebracht, findest du nicht? Es ist erstaunlich, was jemand für ein bisschen Geld alles tut." Sein Blick wandert zu Maverick, der Sünde der Gier. „Ist es nicht so, mein Sohn?"

Doch Maverick antwortet nicht und sein Schweigen überrascht mich. Ich hatte erwartet, dass er Luzifers Stiefel lecken würde oder so. Er war so starr und stumm wie eine Statue.

„Sonst kommt sie, sobald ihre Schulden eingetrieben sind, hierher, gehäutet wie ein Fisch, ihre Eingeweide herausgenommen und auf einen Haken aufgespießt, damit alle es sehen können. Sie wird gezwungen, diesen Schmerz bis in alle Ewigkeit zu ertragen, so wie sie es unterschrieben hat."

Ich gerate in Panik und mache einen Satz nach vorne. Die Bilder, die mir in den Sinn kommen, sind ein Albtraum. „Nein!" Das konnte Joseline auf keinen Fall wissen, als sie Mavericks Deal zustimmte. „Das darfst du nicht!"

„Ich bin sicher, Maverick würde sich überwinden, seine Verbindung zu ihr zu lösen und sie zu befreien, wenn ..."

„Wenn was?"

Luzifer bleibt stehen und erklimmt die wenigen Stufen des Podests zu seinem Thron. „Wenn du dich mir anschließt."

„Mich dir anschließen?" Was zum Teufel soll das heißen?

Wieder öffnet er seine Arme weit. „Du bist etwas Besonderes, Aria. Etwas Besonderes und unglaublich mächtig. Du bist dazu bestimmt, große Dinge zu tun. Spürst du das nicht?"

Das Einzige, was ich in diesem Moment spüre, ist Verwirrung und ein bisschen Übelkeit.

„Ich bin ein ganz normaler Mensch", sage ich und erinnere mich an meine alte Ausrede. Selbst nach all der Zeit kommt sie mir leicht über die Lippen.

„Nein, meine Liebe. Du bist *außergewöhnlich*." Seine Stimme hallt von den Marmorwänden um uns herum wider. „Die dunkle Macht in dir ist eine uralte Macht, die selbst mir unbekannt ist, und ich bin schon seit ewigen Zeiten hier. Sie ist genau das, was ich brauche, um meine Rache zu üben."

Uralt? Er lügt doch. Ich bin erst achtzehn. Aber eines ist sicher: Er will mich als Waffe benutzen. Oder Sayah, sollte ich sagen.

Maverick tritt vor, die Stirn in Falten gelegt. Sehe ich da Sorgen in seinem Gesicht, oder bilde ich mir das nur ein? „Vater, du meinst doch nicht etwa ..."

„Sei still, Junge!", schreit Luzifer und seine Augen blitzen schwarz wie die von Cain. Das allein lässt Maverick zurückweichen. Als er sich wieder zu mir umdreht, ist sein Blick kühl, und auf seinen dünnen Lippen liegt ein Lächeln, das eine falsche Aufrichtigkeit vortäuscht. „Mein Reich ist groß, Aria, aber es wird ständig von den Heiligen da oben bedroht. Ich habe auf meine Chance gewartet, das zurückzuerobern, was mir rechtmäßig gehört, und ich glaube, dass ich dich dazu brauchen kann. Und wenn wir gewonnen haben, kannst du an meiner Seite herrschen und all den Luxus genießen, den die Hölle zu bieten hat."

„Wie arme Seelen, die an Haken aufgehängt sind?", schnauze ich.

Er bleibt unbeeindruckt. „Wenn es das ist, was du willst."

Ich antworte nicht. Wie könnte ich auch? Ich schüttle den Kopf und versuche, die schrecklichen Bilder von meiner Freundin loszuwerden, die auf diese Weise gefoltert wurde. Ich könnte sie retten, indem ich auf sein Angebot eingehe; ich könnte ihre Seele befreien, aber zu welchem Preis? Dass Luzifer mich benutzt, um eine Art Dämonenarmee gegen den Himmel aufzustellen?

Das ist doch absurd.

Doch dann kommt mir ein anderer Gedanke. „Was, wenn ich Maverick einfach töte?", sage ich. „Das würde Joselines Vertrag brechen, oder?" Dann müsste ich mich niemandem und seinen apokalyptischen Plänen anschließen.

Sein Lachen überrollt mich und jagt mir Schauer über die Haut. „Du hast Recht. Das stimmt." Er schnappt sich etwas vom Altar und wirft es in unsere Richtung. Es schlittert über den Boden, prallt von meinen Füßen ab und dreht sich, bis es schließlich zum Stillstand kommt. Es ist ein Dolch, tödlich scharf und mit einem goldenen Griff. Ich starre ihn nur an.

„Mach schon", ermutigt Luzifer, dieser kranke Bastard. „Dann tu es."

Das ist doch nicht sein Ernst ... Es geht um seinen Sohn.

Ich drehe mich um und sehe Maverick, der mich herausfordernd anschaut. „Du kannst es versuchen", ist alles, was er sagt.

„Warte, du hast recht, Maverick. Lass uns ihr ein bisschen helfen, ja?" Er macht eine Handbewegung und zwei riesige Männer mit stierähnlichen Beinen, Hufen und

breiten Oberkörpern treten aus den schwarzen Marmorsäulen des Kamins hervor, als wären sie aus demselben
Material geschaffen worden. Sie packen Maverick an den
Armen und halten ihn fest. Er versucht, sich zu befreien,
aber sie rühren sich nicht von der Stelle.

„Vater! Was soll das? Lass mich frei! Sofort!" Er kämpft
weiter gegen die Umklammerung durch die Kreaturen,
aber nichts scheint zu funktionieren.

Luzifer ignoriert ihn und spricht weiter nur mit mir.
„Na bitte, liebe Aria. Ich habe es dir sogar leicht gemacht.
Töte ihn. Rette deine Freundin."

Die Stimme in meinem Kopf schreit: *Er ist wahnsinnig!
Er will, dass ich seinen Sohn töte? Ich bin doch keine Mörderin.
Das kann ich nicht.* Trotzdem bücke ich mich und hebe
den Dolch auf, um die Klinge zu begutachten.

In meinem Inneren regt sich Sayah, weil ihr die vergif-
teten Gedanken gefallen, die zu ihr durchsickern. *Er hat
Recht. Maverick zu töten, rettet Joseline. Und er hat dich
schließlich reingelegt! Er hat dich hierher gebracht. Er hat es
verdient.*

Meine unterschwellige Wut bricht hervor und lässt die
zweite Stimme lauter werden. Er hatte sich von Cain abge-
wandt, seinem eigenen Bruder. Er hat mich von den
Dämonen weggeholt, mich betrogen, Joseline ausgenutzt
und ihre Seele an sich gerissen. Ich kann es wieder in
Ordnung bringen.

„Komm schon, Aria", sagt Luzifer. „Du weißt, dass du
das willst."

Mensch, und ob ich das will.

Adrenalin jagt durch meine Adern, ich rücke näher an
Maverick heran, stelle mich auf die Zehenspitzen und
drücke ihm die Klinge an die Kehle. Er knurrt mich an. Er

knurrt tatsächlich. Ich verstärke den Druck, das Blut sprudelt aus seiner Haut und benetzt den Dolch.

Mein Blick wandert von dem Messer zu seinen Lippen und etwas in mir verändert sich. Mein Herz pocht wie wild in meiner Brust. Das Bedürfnis, meinen Mund auf seinen zu pressen, prallt auf das ebenso starke Bedürfnis, ihm die Kehle aufzuschlitzen, und plötzlich kämpfe ich mit diesen beiden Gefühlen.

Mich überrascht und erschreckt diese Reaktion meines Körpers gleichermaßen. Der Anblick seines Blutes sollte mich nicht erregen. Aber ich muss einfach auf seinen Mund starren und mich fragen, wie er wohl schmecken würde, wie seine Schreie wohl klingen würden, wenn ich mit der Klinge tiefer eindringen würde. Ich spüre, wie mein Puls zwischen meinen Beinen pocht, wenn ich nur daran denke.

Was ist nur los mit mir?

Doch plötzlich schießen Mavericks Flügel aus seinem Rücken, lösen die beiden Marmorwesen von seinen Armen und schleudern sie quer durch den Raum. Jetzt, wo er frei ist, packt er mich an der Kehle, und meine Luftzufuhr wird abrupt unterbrochen. Mein Messer zittert nicht und wir stehen da, mit gekreuzten Armen, beide nur Zentimeter von einem schnellen Tod durch die Hand des anderen entfernt.

Auch in seinen Augen funkelt etwas, der gleiche feurige Hunger, den ich zuvor in seinem Zimmer gesehen habe, und ich bin mir nicht sicher, ob er mich töten oder hier mitten in diesem Raum ficken will.

Noch beängstigender ist, dass ich nicht weiß, was ich tun würde, wenn es letzteres wäre.

Ein langsames Klatschen ertönt um uns herum und

mir fällt wieder ein, dass wir nicht allein sind. Wie aus dem Schlaf gerissen, lässt Maverick mich los und ich lasse gleichzeitig das Messer fallen, während er nach Luft schnappt. Er fasst sich an die Kehle und starrt auf seine blutige Hand.

„Das war eine tolle Show", beginnt Luzifer mit einem beeindruckten Blick auf uns beide. „Ich habe es wirklich genossen."

„Du bist wahnsinnig", zische ich ihm zu. „Völlig durchgeknallt."

„Was hast du denn erwartet, Süße? Martha Stewart?" Er wirft den Kopf zurück und lacht.

„Du hast ihr gesagt, sie soll mich töten!", schreit Maverick ihn an und sein Tonfall ist voller Wut.

Luzifers Kopf schießt in seine Richtung. „Oh, entspann dich, Junge. Du kannst hier nicht sterben, schon vergessen? Nicht in der Hölle."

„Mit dieser Klinge schon", erwidert er. „Eine Engelsklinge!"

„Oh, stimmt ja. Das muss mir wohl entgangen sein."

Maverick schnaubt und kauft Luzifer seine falsche Unschuld offensichtlich nicht ab.

Ich werfe einen Blick auf den Dolch auf dem Boden. Er sieht ziemlich einfach aus, mit einer leicht gebogenen Schneide und einem gravierten Griff. Ich kann nicht wirklich erkennen, was ihn besonders macht, aber laut Maverick kann er einen Dämon töten. Selbst wenn er unter dem Schutz der Hölle steht. Das wäre ein sehr praktischer Gegenstand.

Ich greife danach, aber Maverick packt mich an der Schulter und reißt mich weg. „Das würde ich an deiner Stelle nicht tun."

Das seltsame Kribbeln, das immer auftritt, wenn er mich berührt, setzt wieder ein, aber ich lasse nicht zu, dass er seine Kräfte erneut gegen mich einsetzt.

Ich starre ihn an und wehre mich gegen seinen Griff. „Fass mich nicht an."

„Sie ist ganz schön temperamentvoll. Das muss ich ihr lassen", gluckst Luzifer.

Ich drehe mich wieder zu ihm um. „Übrigens lautet meine Antwort nein. Nein, ich werde mich deiner Mission, den Himmel zu stürzen, nicht anschließen, also hast du hier deine Zeit verschwendet."

„Ich bitte um Entschuldigung. Du hast mich missverstanden", sagt er und steigt vom Podest herunter. Seine Worte mögen lieblich klingen, aber seine Lippen zucken, als ob die Maske jeden Moment aufbrechen könnte, während er durch den Raum schreitet. Er bleibt vor mir stehen und neigt den Kopf, bevor er mich am Kinn packt und fest zudrückt. Schmerz schießt durch meine Schläfen. „Ich habe dich glauben lassen, du hättest eine Wahl."

Er verstärkt seinen Griff, ich umklammere seinen Arm und schreie auf, als meine Knochen aneinander knirschen. Er wird sie mit seinen bloßen Händen zermalmen. Sayah rutscht ein wenig mehr aus ihrem dunklen Gefängnis in meinem Kopf heraus, sie bewegt sich hin und her, will helfen, kann es aber noch nicht. Mavericks Ring muss immer noch eine gewisse Macht über sie ausüben.

„Vater, es reicht", bellt Maverick und taucht an meiner Seite auf. „Wir haben sie hier. Sie wird nirgendwo hingehen. Das ist nicht nötig."

Aber Luzifer lässt nicht locker und ich kralle mich in seinem Arm fest, wobei meine Nägel über seine Haut fahren und das Blut so schwarz ist wie das von Cain, als er sich in diesen Dämon verwandelt hat. Luzifer zuckt nicht einmal zurück.

„Vater." Er legt eine Hand auf Luzifers Oberarm, und aus irgendeinem Grund lässt dieser von mir ab.

Ich reibe mein Kinn, um den Schmerz etwas zu lindern. Nach den Schlägen von Maverick vorhin und allem gerade eben kämpfe ich mit einer höllischen Migräne.

Sein Blick wandert zu Maverick und eine stumme Warnung geht durch seinen Blick, die ich nicht verstehe, aber Maverick scheint sie zu verstehen, denn er weicht zurück.

Als er wieder auf mich hinunterschaut, verzieht sich Luzifers Mundwinkel. Mir dreht sich der Magen um. Die Dämonen hatten mit ihm nicht übertrieben. Er ist ein verrückter, soziopathischer Hurensohn.

„Ich habe eine Überraschung für dich, Aria", flötet er.

Oh nein! Ich will nichts, was dieser Mann mir geben will. Nicht das Geringste.

Ohne den Blick von mir zu nehmen, hebt er einen Finger und gibt jemandem hinter ihm ein Zeichen, vorzutreten. Ein Mann tritt aus dem Schatten zwischen zwei Säulen hervor. Seine Kleidung ist zerrissen und schmutzig, und er hat überwiegend dunkles Haar, abgesehen von einigen grauen Strähnen. Er blickt mich nervös mit eingefallenen Augen an und sein Mund ist schmal und umgeben von einem Dreitagebart.

Als ich zwischen den beiden hin- und herschaue, verstehe ich nicht, worum es hier geht. Ich habe keine Ahnung, wer dieser Mann ist; ich habe ihn noch nie in meinem Leben gesehen.

„Ah, da ist er ja!" Luzifer dreht sich schließlich um und bedeutet ihm, zu uns rüberzukommen. Langsam und humpelnd kommt er heran. An seinem ungepflegten Zustand kann man erkennen, dass er schon eine Weile in der Hölle ist, wahrscheinlich eine der vielen armen, gequälten Seelen, die hier leben.

Luzifer packt den Mann an den Schultern und versetzt ihm einen Stoß, sodass er auf mich zustolpert.

Ich suche sein Gesicht nach etwas Vertrautem ab, finde aber nichts. „Ich ... Ich verstehe nicht", sage ich zu den beiden Dämonen. „Ich weiß nicht, wer das ist."

Luzifer grinst und wendet sich wieder an den Mann. „Warum nennst du der kleinen Dame nicht deinen Namen?"

Der Fremde hebt sein Kinn an, um mich anzuschauen. Meine Brust krampft sich zusammen und ich bin mir nicht sicher, warum. Sogar Sayah wackelt hin und her, weil sie ihn vor mir erkannt hat. Ich kann beim besten Willen keinen Zusammenhang erkennen.

„Sag es ihr." Luzifers Stimme dröhnt, und er zuckt zusammen.

Seine rissigen Lippen öffnen sich, um zu sprechen. „Liam ...", keucht er und hat Mühe, überhaupt Worte hervorzubringen. „Liam ... Cross."

Cross? Aber das ist doch mein Nachname.

Wer ...

„Stimmt, Aria", sagt Luzifer, bemerkt meinen verwirrten Blick und grinst breit. „Es ist dein geliebter Daddy."

8

—————

DORIAN

„Sie ist weg", höhnt Elias. „Die Hexe ist nicht in ihrer Wohnung, und ihr Geruch auch nicht. Wo auch immer sie hingegangen ist, von ihr fehlt jede Spur. Ich habe sogar das alte Viertel, in dem sie mit Murray aufgewachsen ist, abgesucht, aber ich habe ihren Geruch nicht wahrgenommen."

„Na toll", knurre ich. „Bei Cain gibt es nichts Neues bezüglich der Reliquien, und ohne Joseline stehen wir wieder ganz am Anfang."

Cain sitzt schweigend am Schreibtisch in seinem Büro, während Elias in der Tür steht, nur mit Jeans bekleidet und mit die Haare so wild wie der Wolf, der in seinem Geist herumstreift. Ich drücke mich mit dem Rücken an die Wand und ärgere mich, dass wir in einer Sackgasse gelandet sind, aus der es keinen Ausweg gibt.

„Also, was wissen wir bis jetzt?", frage ich.

„Dass Maverick sie entführt hat", knurrt Elias und stürmt in den Raum, wobei sich seine Brust bei jedem wütenden Atemzug hebt. „Ich bringe ihn um", zischt er durch zusammengebissene Zähne. „Und wir können auch nicht einfach zurück in die Hölle marschieren. Soweit sind wir, verdammt."

„Wir wissen nicht, was Maverick Luzifer über sie erzählt hat", fügt Cain hinzu.

„Meinst du, es geht um Sayah?", fragt Elias; eine Frage, die er schon mehrmals gestellt hat, und er klingt wie eine kaputte Schallplatte.

„Äh ..." Ich zögere und beschließe, dass ich die Wahrheit sagen muss. Es hängt viel davon ab, dass wir alle Fakten auf dem Tisch haben. Arias Leben. Unsere Zukunft in der Hölle und ob es eine gibt, nachdem Luzifer in unserem Haus aufgekreuzt ist.

„Was ist es dann?", fragt Cain.

„Als ich in Schottland war, hat Maverick mir einen Besuch abgestattet." Ich halte inne, als Cain sich versteift und auf die Kante seines Sitzes rutscht, die Fragen in seinem Gesicht sind unübersehbar. „Er hat mich gefragt, ob wir Aria als Geheimwaffe einsetzen."

Cain ist in Sekundenschnelle auf den Beinen und bewegt sich blitzschnell, sodass ich nicht rechtzeitig reagiere. Seine Hand umschließt meinen Hals und drückt mich hart gegen die Wand.

Schwarze Linien schlängeln sich unter seiner Haut über sein Gesicht und Wut verfinstert seine Augen. Ein rötliches Glühen umhüllt seine andere Faust, Höllenfeuer.

„Du hast das vor mir verheimlicht?"

Ich würde lügen, wenn ich behaupten würde, dass mich seine Aggression nicht ein wenig einschüchtert, aber ich stehe erhobenen Hauptes da und sehe ihm in die Augen. Cain weiß, wie er seine Wut kontrol-

lieren kann, aber wenn er sie verliert, ist er furchterregend.

Ich schlucke heftig. „Lass los, dann sag ich's dir."

„Sprich", knurrt er mir ins Gesicht und seine Hand
drückt meine Kehle zusammen, was das Sprechen etwas
erschwert.

„Maverick hat mir gesagt, dass Luzifer von ihrer
Macht weiß", stoße ich hervor.

„Welche Macht?", brüllt er, seine Hand drückt fester
zu und ich verkrampfe mich, bereit, meine Fäuste in seine
verdammte Brust zu stoßen, um ihn abzuwehren. Er mag
zwar ein Sündendämon sein, aber ich werde nicht klein
beigeben und kann verdammt genauso gut austeilen.

„Ich glaube nicht, dass er etwas sagen kann, wenn du
ihn zu Tode würgst", wirft Elias ein, der neben mir steht
und mich belustigt beobachtet. „Willst du, dass ich übernehme, damit er vielleicht schneller redet?"

Cain lässt mich mit einem Knurren los und ich starre
Elias an. „Lasst mich in Frieden." Ich schiebe mich an den
beiden vorbei, um tief Luft zu holen, während die Wut in
meiner Brust auflodert.

Ich drehe mich um und sehe sie an. Zwei Dämonen,
mit denen ich mein Zuhause verloren habe, mit denen
ich erfahren habe, was es bedeutet, verlassen zu werden,
und die sich nun wiedergefunden haben. Ich erinnere
mich daran, dass sie nicht die Feinde sind, sondern
einfach nur verdammt sauer auf Maverick und Luzifer
sind.

„Ich habe ihm die gleiche Frage über Arias Macht
gestellt und er hat sich aus dem Staub gemacht. Luzifer
weiß also viel mehr, als es scheint. Und Maverick auch."

„Oder er lügt dich einfach an. Ich meine, er ist von uns

dreien zu dir gegangen, also muss er denken, dass du der Leichtgläubige bist."

Mein Blick verengt sich in Elias' Richtung, meine Wut kocht angesichts seiner gehässigen Worte hoch. „Du warst schon immer ein Arschloch und hast dich zu Hause nie anpassen können, also komm mir nicht mit deinem Eifersuchtsmist."

Elias kommt auf mich zu, ein Knurren entweicht seinen Lippen, aber es ist Cain, der ihm Einhalt gebietet. „Nicht jetzt. Wenn wir Aria gefunden haben, könnt ihr euch von mir aus gegenseitig die Köpfe abreißen." Seine Stimme ist rau, und seine Aufmerksamkeit richtet sich auf mich. „Jetzt erzähl mir alles und zwing mich nicht, dir wehzutun, um alles herauszubekommen, was du mir verheimlicht hast."

Cain ist ein Meister darin, den ruhigen Typ zu spielen, während der Psychopath, der dahinter steckt, zehnmal gefährlicher ist als Elias. Elias trägt seine wahren Gefühle immer auf der Zunge, sodass man wenigstens weiß, wann er einen töten will.

Also erzähle ich jede Begegnung mit Maverick, jede Bemerkung, jeden Besuch, Wort für Wort. „Er hat mich in der Vergangenheit besucht, aber meistens, um Informationen zu beschaffen, die ich ihm nicht gegeben habe, und er hat mir gar nichts erzählt. Ich hielt es nicht für erwähnenswert, da er nichts weiter als ein neugieriges Arschloch war, das eindeutig von seinem großen Bruder eingeschüchtert ist."

„Hat er also nur über Sayah gesprochen?", fragt Elias.

„Ich habe keine Ahnung", sage ich. „Aber wenn er sie jetzt in seine dreckigen Hände bekommt, wird er es herausfinden."

„Und wie ich Luzifer kenne, wird er alles tun, um das zu bekommen, was er will."

Bei dem Gedanken läuft mir ein Schauer über den Rücken, denn ich habe schon gesehen, wie Luzifer Menschen gefoltert hat, weil sie ihm aus Versehen über den Weg gelaufen sind, und der Bastard hatte seinen Spaß dabei. Ich kann mich zwar nicht wirklich beschweren, denn ich habe auch schon einige Dämonen gejagt, aber wenn ich mir das im Zusammenhang mit Aria vorstelle, läuft es mir kalt den Rücken hinunter.

„Sonst noch was?", bellt Cain mich an und sein Misstrauen ist nicht zu überhören. Ich ärgere mich über seinen Tonfall, aber der Gedanke, dass ich schon früher etwas hätte sagen sollen, lässt mich erschaudern. Aber die Scheiße ist nun mal passiert und ich lebe nicht in der verdammten Vergangenheit, wo ich etwas ändern könnte.

„Das ist alles."

Cain dreht sich zu Elias um. „Was ist mit dir? Hast du Geheimnisse vor mir?"

Elias' Schultern ziehen sich zurück und Verachtung blitzt in seinem Gesicht auf. „Willst du mich verarschen? Ich bin beleidigt, dass du mich das überhaupt fragst."

„Jeder außerhalb unseres Hauses gilt als Feind, aber anscheinend leben auch Schlangen innerhalb dieser Mauern, also ja, ich frage dich das."

Elias zieht seine Oberlippe zu einem lautlosen Knurren zusammen und blickt Cain eindringlich an. „Ich bin kein Verräter."

Okay, diese Bemerkung war hart für mich. „Verdammt, Elias, schalt mal einen Gang zurück."

Bevor er darauf angriffslustig reagieren kann, klingelt Cains Handy, er nimmt es vom Tisch, starrt aufs Display, wo der Anrufer erkennbar ist, und wendet sich von uns ab.

„Rede", antwortet er.

Er sagt kein Wort, sondern nickt nur, und aus dem Telefon kommt nur ein leises Flüstern einer Männerstimme.

„Bist du sicher? Das kann so nicht stimmen", stellt Cain fest.

Es herrscht Stille, und ich schaue zu Elias hinüber, der sauer ist, und als er mich ansieht, zeichnet sich Rachelust auf seinem Gesicht ab. Das ist gut so, denn nach allem, was passiert ist, muss ich mal richtig auf wen einschlagen.

„Gib mir den Standort", befiehlt Cain und legt dann auf, während er das Handy in seine Gesäßtasche steckt.

„Was ist los?", fragt Elias.

„Einer meiner Leute hat in Glenside eine seltsame Energiequelle entdeckt."

Ich zucke mit den Schultern. „Und?"

„Mein Team sucht nach Relikten und Zay sagte, sie hätten etwas gewittert. Vielleicht ist es nichts, aber er wollte, dass ich Bescheid weiß. Der Typ ist ein Elf, der seine Kraft aus den Elementen schöpft, deshalb spürt er schwache Störungen in der Luft, die ungewöhnliche Energien ausstrahlen."

„Ich bezweifle, dass es ein Relikt in der Stadt gibt, wenn er das andeutet, sonst hätte Aria es schon wahrgenommen", sagt Elias.

„Das war auch mein erster Gedanke", erwidert Cain, geht hinter seinen Schreibtisch und durchstöbert die oberste Schublade.

„Und du willst die Sache trotzdem weiterverfolgen?", frage ich.

Er antwortet erst einmal nicht.

„Was auch immer es ist, es passiert in unserem Revier. Wir dürfen die Kontrolle über die Stadt nicht verlieren. Ganz zu schweigen davon, dass ich, wenn ich noch eine Sekunde länger hier bleibe, etwas tun werde, was ich bereuen werde, wie dir die Kehle aufzuschneiden." Die Schärfe in Cains Blick zeigt mir, dass er jedes Wort ernst meint.

„Ihr zwei geht wieder raus und sucht Joseline, verdammt noch mal", befiehlt er.

„Schon dabei", grunzt Elias und stürmt aus dem Zimmer, wobei er mir beim Hinausgehen absichtlich die Schulter stößt.

„Geh mir aus den Augen, Dorian." Cain wendet sich von mir ab und ich stürme hinaus, weil ich es satt habe, mich mit diesen emotionsgeladenen Arschlöchern auseinanderzusetzen.

Die Informationen, die ich hatte, brachten uns zwar nicht näher an Aria heran, aber die Schuldgefühle, die sich tief in meiner Brust ausbreiteten, ließen nicht nach. Denn die Nerven liegen blank, und ich hatte es wirklich vermasselt.

CAIN

Das Auto brummt, als wir durch die Stadt rasen, und ich sitze auf dem Rücksitz und höre das Radio, das Holmes eingeschaltet hat. Zur Abwechslung freue ich mich über die Ablenkung. Ich brauche irgendetwas, um mich von Aria abzulenken, davon, wie wir Joseline entkommen ließen, und dann auch noch von Dorians

Betrug zu hören war der Höhepunkt. Die ganze Zeit über hatte er Geheimnisse vor uns. Mavericks Besuche und Luzifers Interesse waren nicht so unvermutet, wie ich ursprünglich dachte. Sie hatten das Spiel schon eine Weile gespielt, aber durch Dorian.

Ich hatte angenommen, dass alles mit mir zu tun hatte, aber da hatte ich mich geirrt. Es geht einzig und allein um Aria. Ich rücke unruhig hin und her und starre hinaus in die Landschaft, während wir an ihr vorbeiziehen. Was mich noch mehr wütend macht, ist, dass ich mir nicht mehr Zeit genommen habe, um herauszufinden, was an Aria anders war. Sie war die ganze Zeit mit mir zusammen und ich war so sehr mit allem anderen beschäftigt, dass ich das Offensichtliche übersehen habe. So sehr, dass sogar Maverick und mein Vater ihr Potenzial aus der Hölle erkannt hatten.

Ich beiße die Zähne zusammen und bin mehr als alles andere auf mich selbst wütend. Ich habe sie im Stich gelassen, und das brennt in mir wie Säure.

Eine nervige, aufgeregte Stimme im Radio reißt mich aus meinen Gedanken und ich lausche dem, was sie sagt.

„Berichte des Polizeichefs von Glenside bestätigen, dass allein in dieser Woche zweiundzwanzig Menschen an einer Überdosis der neuen Droge Hush gestorben sind. Es wurden keine weiteren Informationen über dieses Rauschgift veröffentlicht oder woher es stammt. Aber Augenzeugenberichten zufolge erleben diejenigen, die eine Überdosis genommen haben, eine extreme Stimulation, verlieren ihre Hemmungen und werden vom ersten Konsum an euphorisch und süchtig.

„Mach es aus", rufe ich Holmes zu, denn ich habe kein Interesse an Menschen, die sich dafür entscheiden, ihr

Leben zu zerstören. Ich werde alles tun, um Aria zurückzuholen, bevor es zu spät ist, denn ich kann den
Gedanken nicht ertragen, sie zu verlieren.

Die Zeit vergeht schnell und schon bald rollen wir
durch ein Wohngebiet, in dem Bäume die Bürgersteige
vor den Queen Anne-Stadthäusern säumen, die dicht an
dicht stehen, jedes zweistöckig und in einer anderen
Farbe.

Ich habe nie verstanden, warum die Menschen so
gerne so dicht beieinander wohnen.

Holmes parkt an einem freien Platz unter einem
Baum, der uns vor der Sonne schützt, und ich werfe einen
Blick auf das Haus mit der Nummer fünfundfünfzig an
der Eingangstür. Das Gebäude ist in einem blassen
Abendrotton gehalten und die Fenster sind mit dunklen
Vorhängen verhängt. Der Rasen vor dem Haus ist verwildert, der Briefkasten quillt über und das Haus wirkt im
Vergleich zu den anderen Häusern in der Nähe ziemlich
heruntergekommen.

Ich stoße die Tür auf und schaue zu Holmes auf dem
Fahrersitz hinüber. „Es wird nicht lange dauern.“

Ich will schnell nachsehen, was es hier zu sehen gibt,
obwohl mein erster Instinkt mir sagt, dass es eine verlorene Spur ist und ich meine Zeit verschwende. Aber ich
will nichts unversucht lassen, falls es sich um einen
Hinweis handelt – irgendetwas, das uns zu einem Relikt
führen könnte.

Oben auf der Veranda starre ich auf die Haustür, auf
der ein seltsames Symbol in Rot aufgemalt ist: ein auf
dem Kopf stehendes Dreieck mit einem Kreuz darin. Seltsam, aber das ganze Haus sieht aus, als würde es auseinanderfallen, also ist es keine Überraschung, dass es mit

Graffiti beschmiert ist.

Ich klopfe an die Tür und warte.

Niemand macht auf, und ich kann nur vermuten, dass niemand zu Hause ist. Es ist mitten am Tag, also könnten die Bewohner auf der Arbeit sein. Als auch ein weiteres Klopfen niemanden dazu bringt, die Tür zu öffnen, versuche ich es mit der Klinke. Zu meiner Überraschung öffnet sie sich knarrend.

Das Sonnenlicht durchbricht die Dunkelheit und enthüllt einen langen, leeren Flur und eine Holztreppe auf der linken Seite. Genau wie draußen ist das Haus auch drinnen abgenutzt, die Tapete blättert von den Wänden ab, eine der Stufen ist kaputt und ich bin mir jetzt noch sicherer, dass hier niemand wohnt. Na ja, außer Hausbesetzern, die ein leerstehendes Haus gefunden haben.

Ich trete ein und werfe einen Blick in das erste Zimmer zu meiner Rechten, in dem es dunkel ist und nur ein paar Lichtstrahlen an den Rändern des Vorhangs einfallen. Ich trete näher heran und ziehe einen auf, damit ich mehr vom offenen Zimmer sehen kann, das in eine schmutzige Küche führt.

Die Möbel sind abgenutzt und fleckig. Ich schnuppere an der stickigen Luft, die von fauligem Gestank und dem Geruch von Blut verpestet ist. Je tiefer ich in das Haus eindringe, desto stärker wird der metallische Geruch, und ich kann ihn schon auf der Zunge schmecken.

Die Neugier treibt mich an, herauszufinden, was hier vor sich geht und warum die Elfen eine ungewöhnliche Energie in diesem Haus wahrgenommen haben.

Ich gehe den langen Korridor entlang. Die ersten paar Türen, an denen ich vorbeikomme, sind verschlossen, die letzte öffnet sich auf meine Berührung hin, als wäre das Schloss schon lange aufgebrochen worden.

Ein heftiger Gestank von Blut schlägt mir als erstes entgegen, so dick und schwer liegt er in der Luft, dass ich daran ersticke. Ich habe schon einiges an Tod und Blutvergießen gesehen, aber dass es sich in einem kleinen Raum konzentriert, verstärkt den schrecklichen Gestank noch.

Meine Augen tasten die Dunkelheit ab, als ein schwacher Lichtschein hinter mir ins Innere dringt.

Das reicht aus, um mir die Vampire zu zeigen.

Drei von ihnen hängen kopfüber von der Decke, ihre Seelen sind so dunkel wie die Gräber, aus denen sie entstiegen sind.

Sie baumeln an Balken, die sich quer über die Decke ziehen, und halten sich mit ihren Krallenfüßen fest wie Fledermäuse. Die Arme um sich geschlungen, hängen sie da wie Leichen, ihre Gesichter sind totenbleich. In den Ecken des Raums liegen zusammengesunkene Leichen, mindestens drei an der Zahl, und ihren aufgerissenen Kehlen und dem fauligen Geruch nach zu urteilen, sind sie keine neu erschaffenen Vampire, sondern Nahrung.

Beim Anblick der Menschen dreht sich mir der Magen um.

Viktor herrscht über die Vampire in Glenside und wir hatten vereinbart, dass es verboten ist, Menschen aus der Stadt zu töten, um keinen Verdacht zu erregen. Das war eine wichtige Regel, der alle Rudelanführer in Glenside zustimmten. Er hatte spezielle Orte für seine Brut am Rande der Stadt eingerichtet, um sicherzustellen, dass keiner der Bluthungrigen sich in der Nähe der Menschen aufhält. Was zum Teufel habe ich da gerade entdeckt?

Ich ziehe mich zurück und schließe die Tür, dann schleiche ich zurück durchs Haus und finde weitere Vampire und Tote, während ich die Zeit nutze, um nach allem zu suchen, was einer Reliquie ähneln könnte. Ich habe nicht das gefunden, weswegen ich hergekommen bin. Stattdessen habe ich ein Nest von abtrünnigen Vampiren gefunden, die sich an ihrer Nachbarschaft laben.

Mein Herz krampft sich angesichts der Todesfälle zusammen. Viktor muss seinen verdammten Clan in Ordnung bringen.

Das Problem mit den Untoten ist, dass sie eine Stimmung ausstrahlen, die wie ein schlechter Geruch in der Luft hängt. Wenn man mehrere von ihnen zusammenbringt, verstärkt sich diese Energie, was bedeutet, dass es sich um das handeln könnte, was die Elfen aufgeschnappt haben, und nicht um ein Relikt.

Mit dem Gefühl, in einer Sackgasse gelandet zu sein, stürme ich nach draußen, während sich in mir eine gewisse Hoffnungslosigkeit breit macht. Der Gedanke, noch mehrere Jahrzehnte damit zu verbringen, die restlichen Relikte zu finden, frisst mich auf. Selbst nächste Woche könnte schon zu spät sein, um Aria in der Hölle zurückzulassen, und Angst macht sich in mir breit. Das Zittern begleitet jeden Schlag meines Herzens.

Ich springe auf den Rücksitz der Limousine. „Nach Hause.“

Als ich auf das Haus zurückblicke, bekomme ich die Bilder von all den Vampiren und den Toten nicht aus dem Kopf. Ich checke mein Handy auf Nachrichten von meinem Team, aber da ist nichts.

Ich hebe meinen Blick zu Holmes auf dem Fahrersitz. „Lass uns einen Abstecher zu Viktors Anwesen machen."

Er nickt und ich lehne mich zurück. Ich muss diesen Besuch schnell hinter mich bringen und hoffe, dass Elias und Dorian erfolgreicher waren als ich.

Als wir vor Viktors Anwesen halten und durch die offenen Tore fahren, kommt mir etwas komisch vor. Vor dem Haus sind keine Wachen zu sehen.

Holmes hält vor der prächtigen Villa, dessen Marmorsäulen mir immer das Gefühl gaben, in der Zeit zurückzureisen. Vampire sind furchtbar nostalgisch, wenn es um ihre Vergangenheit geht, und Viktor hat römisches Blut.

Ehe ich mich versehe, bin ich aus dem Auto ausgestiegen und klopfe an die Haustür. Ein Bediensteter öffnet die Tür und starrt mich erschrocken an.

„Ich bin hier, um deinen Herrn zu sehen", sage ich zu dem jungen Mann, der angesichts meiner Anwesenheit völlig verängstigt aussieht.

„Komm rein", ruft eine weibliche Stimme aus dem Inneren des Hauses. Ich hebe den Kopf, und sehe Charlotte in abgeschnittenen Jeansshorts und einem locker sitzenden blauen T-Shirt die Treppe hinunterhüpfen. Darunter trägt sie wohl nichts, so wie ihre Brüste wippen. Ich habe sie schon immer für eine schöne Frau gehalten, aber ihre Anhänglichkeit ist nicht gerade nach meinem Geschmack. Als Viktor sie für sich beanspruchte, war es, als ob er in dem Mädchen, das in einer gewalttätigen Familie aufgewachsen war, das große Glück geweckt hätte. Sie waren schon immer das perfekte Paar.

Ich bin ein bisschen verwundert, warum sie hier ist. Vor allem, weil Viktor vermutlich derjenige ist, der blaue Flecken auf ihrem Körper hinterlässt und sie zum Weinen bringt. Meine nächste Frage ist: Warum hat Quinn mir nicht gesagt, dass sie ihre Wohnung verlassen hat und hierhergekommen ist? Dem werde ich etwas erzählen, wenn ich hier rauskomme.

„Bevor du ausflippst: Quinn ist auch hier", erklärt sie. „Ich bin nur gekommen, um ein paar meiner Sachen abzuholen. Er ließ mich nur unter der Bedingung herkommen, dass er mitkommen würde."

Gut, dass sie das klargestellt hat, denn in meiner derzeitigen Verfassung hätte ich ihn am liebsten in der Luft zerrissen.

Der Bedienstete tritt beiseite und ich betrete den riesigen Marmorflur, der zu einer kunstvollen Treppe führt, die nach rechts abgeht. Die Fenster sind stark getönt und blenden das meiste Sonnenlicht aus, während riesige Kronleuchter den Raum erhellen. Statuen von Frauen in wallenden Kleidern flankieren den unteren Teil der Treppe. Sie passen zum Rest der extravaganten, griechisch inspirierten Einrichtung.

Charlotte wirft sich in meine Arme, was ich nicht erwartet habe, und bevor ich ein Wort sagen kann, schmiegt sie ihr Gesicht an meinen Hals und fängt an zu weinen. Ihr ganzer Körper zittert, während sie sich an mir festhält.

Ich umfasse sie an der Taille und warte, bis sie sich wieder beruhigt hat. Als sie das tut, zieht sie sich zurück und wischt sich über das Gesicht. „Oh, verdammt. Es tut mir so leid, Cain. Aber ich war in letzter Zeit so aufgeregt. Ich kann es nicht ändern." Ihre Augen sind rot und geschwollen, und ich bezweifle, dass das nur von ihrem Heulkrampf herrührt.

„Hat Viktor dir wehgetan? Wo ist er?" Meine Stimme klingt düster.

Ihr Kinn zittert, während sie verzweifelt die Hände auf die Brust presst. „Du weißt auch nicht, wo er ist? Ich dachte, du wärst deshalb vorbeigekommen. Dass du schlechte Nachrichten hast oder etwas über ihn weißt."

Ich schüttle den Kopf und meine Gedanken kreisen um das, was ich im Haus der Vampire erlebt habe. Die Menschen, das Blut ... Könnte das überhaupt etwas mit Viktor zu tun haben?

„Wann hast du ihn das letzte Mal gesehen?", frage ich, als Charlotte wieder in Tränen ausbricht und den Kopf schüttelt.

„Vor sieben Tagen. Ich bin es gewohnt, dass er auf Reisen ist und die Stadt verlässt, aber er sagt mir immer, wohin er fährt. Aber dieses Mal habe ich ihn geküsst, bin zur Arbeit gegangen und habe ihn dann nicht mehr gesehen."

„Hat er etwas Ungewöhnliches gesagt? Oder hat er mit dir über einen neuen Vampir in der Stadt gesprochen oder über irgendetwas, das uns helfen könnte?"

Sie blinzelt mich an, während sie sich nervös über die Lippen leckt, und ihre Hand bewegt sich fast abwesend zu ihrem Nacken.

In diesem Moment bemerke ich den dunklen Bluterguss direkt unter ihrem Ohr und einen weiteren, der unter ihrem Oberteil und über ihrem Schlüsselbein hervorlugt.

„Wer hat dir das angetan, Charlotte?" Ich ziehe ihre Hand weg, damit ich sie besser sehen kann, und es tut mir weh, zu sehen, wie sehr sie jemand verletzt hat. Ich kenne sie lange genug, um mir Sorgen zu machen, auch wenn ich das nur ungern zugebe, und niemand rührt diejenigen an, die mir nahe stehen.

Sie schaut zu Boden, ohne meinen Blick zu erwidern. „Ein paar Vampire."

„Welche?" Diesmal frage ich lauter und meine Brust spannt sich durch die wachsende Wut an.

Sie legt ihren Kopf zurück und sieht mich mit glasigen Augen an. „Zwei von den Einheimischen, die unter seinem Kommando stehen. Die verdammten Arschlöcher haben es gewagt, mich anzufassen, als ich sie gefragt habe, ob sie wissen, wo Viktor ist. Sie sagten, wenn ich noch einmal danach frage, würden sie mich töten."

„Sind das neue Vampire unter seinem Kommando?"

Sie schüttelte den Kopf. „Sie waren jahrelang bei ihm, aber es scheint, als hätten sie ihre Gefolgschaft gewechselt." Zum Beweis neigt sie ihren Hals zur Seite. „Das und Viktors Verschwinden ... Ich mache mir Sorgen, dass etwas Größeres im Gange ist. Wenn Viktor etwas zugestoßen ist ..." Sie kneift die Augen zusammen und schüttelt den Kopf, weil sie nicht darüber nachdenken will.

Ich gehe immer wieder die Gesichter der Vampire im Haus durch, aber kein einziges kommt mir bekannt vor. Ich habe genug Zeit mit Viktor und seinen Anhängern verbracht, um nie ein Gesicht zu vergessen. Und diese Arschlöcher sind nicht von hier. Heißt das also, dass sie Viktors Brut unterwandert und ihn beseitigt haben? Und wenden sich die abtrünnigen Mitglieder von Viktors Clan, die Charlotte verletzt hatten, nun gegen ihn?

Irgendetwas Unheilvolles geht hier vor, und ich werde herausfinden, was.

„Wo finde ich die beiden, die dich angegriffen haben?"

„Sie haben hier auf dem Gelände gewohnt, aber ich

habe sie schon seit ein paar Tagen nicht mehr gesehen. Es ist, als ob alle vom Erdboden verschwunden sind und vergessen haben, mir Bescheid zu sagen." Sie fängt wieder an zu weinen und stützt ihr Gesicht in ihre Hände.

Mein Magen verkrampft sich angesichts ihres Schmerzes, weil etwas Großes in der Welt der Blutsauger vor sich geht. Das hätte nicht zu einem schlechteren Zeitpunkt kommen können.

Es gibt nur eine Lösung ... Ich würde Dorian und Elias mitnehmen, um den Vampiren im Haus einen Besuch abzustatten, aber eigentlich ist meine Priorität Aria. Ich will mich nicht mit dem Scheiß von jemand anderem herumschlagen.

„Bleib im Haus und bleib in Quinns Nähe", sage ich zu Charlotte, halte sie an den Armen fest und ziehe sie an mich. „Ich werde mich umsehen und schauen, was ich herausfinden kann." Ich lasse den Teil über die anderen Vampire weg, um ihr nicht noch mehr Angst zu machen, als sie ohnehin schon hat. Ich habe keinen Zweifel daran, dass diese Idioten etwas mit Viktors plötzlichem Verschwinden zu tun haben. Er ist ein Freund von mir, aber auch ein unverwüstlicher Vampir, also kann ich ihn noch nicht für tot erklären.

ARIA

*D*ad?

Dieser Mann, der vor mir steht, soll mein Dad sein?

Ich bin fassungslos. Mehr als ich denken kann. Ich

kann den Mann vor mir nur anstarren und den Mund aufreißen wie ein Fisch auf dem Trockenen.

Auch er blinzelt schnell, Verwirrung huscht über sein Gesicht. „Aria?" Er blickt Luzifer an, als ob er es auch nicht glauben könnte. „Meine Tochter, Aria?"

„Das ist ein freudiges Familientreffen", antwortet Luzifer und grinst. „Die kleine Aria ist jetzt richtig groß geworden."

Als der Mann namens Liam sich wieder zu mir umdreht, ist er genauso erschüttert wie ich. Einen langen Moment lang sagt er nichts, aber dann leckt er sich über die trockenen Lippen und sagt: „Ich habe dich seit deiner Geburt nicht mehr gesehen."

„Du meinst, seit du mich weggegeben hast?" Die bösartigen Worte entweichen mir wie ein Peitschenschlag, gespickt mit Bitterkeit und Wut. Ich weiß gar nicht, warum ich sie überhaupt gesagt habe, ehrlich. Dieser Mann könnte irgendjemand sein. Das alles könnte ein Trick sein. Ich habe noch nie ein Foto meiner Eltern gesehen, also kann ich nicht wissen, ob dieser Typ – dieser Liam Cross – der ist, für den er sich ausgibt.

Er zuckt zusammen, weil ich so barsch bin. „Ich wusste nichts davon."

„Was meinst du damit, du wusstest nichts davon?" Mein Schädel dröhnt, als ich an das verlassene Krankenhaus zurückdenke und daran, was Cain und ich dort vorgefunden hatten – meinen Namen auf einer Liste für verstoßene Kinder. „Du wolltest mich nicht. Du hast mich im Krankenhaus zurückgelassen."

„Ich habe nichts von alledem getan. Ich bin an dem Tag gestorben, als wir dich aus dem Krankenhaus nach

Hause gebracht haben. Nur ein paar Tage nach deiner Geburt", erklärt er.

Ich blinzle, als ich seine Worte begreife.

Aber wenn er kurz nach meiner Geburt gestorben war, bedeutete das ...

„Es war deine Mutter, diese herzlose Schlampe", schnauzt er plötzlich und sein Gesicht verzieht sich vor Hass. „Ich hatte das Gefühl, dass sie etwas mit meinem Tod zu tun hatte, und jetzt, wo ich weiß, dass sie dich auch verraten hat, bin ich mir sicher."

„Sie ... hat dich getötet?", frage ich.

„Ist das nicht aufregend?", schaltet sich Luzifer ein und schaut dann zu Maverick. „Jede Familie hat ihre dunklen Geheimnisse und Probleme."

Maverick schnaubt daraufhin.

Ich hatte ehrlich gesagt vergessen, dass die beiden überhaupt da waren und zugehört haben.

Liam scheint das auch egal zu sein, denn er redet weiter, seine Worte überschlagen sich in seiner Wut. „Deine Mutter war ein Stück Scheiße. Sie hat mich mehrmals betrogen. Sie hat gerne die Polizei gerufen, wenn sie wütend genug war. Sie hat alle meine Klamotten in den Müll geworfen und angezündet ..."

Er redet wirres Zeug, aber ich unterbreche ihn nicht. Nach allem, was er beschreibt, scheint meine Mutter echt krass gewesen zu sein, was auch erklären könnte, warum sie mich so leicht loswerden konnte. Ihre eigene Tochter.

„Ich hätte dich nie verraten, Aria", sagt er. „Sie hat uns beide über den Tisch gezogen. Sie gehört hierher in die Hölle. Nicht wir."

„Wo ist sie?", frage ich.

„Das kann ich dir sagen", fügt Luzifer hinzu. „Sie ist

noch nicht tot. Aber sie wurde in ein Heim für geistig verwirrte Personen eingewiesen."

Sie ist am Leben? Mein Herz klopft schneller, als ich das erfahre. So lange habe ich mir eingeredet, dass meine Eltern tot sind, um damit klarzukommen.

„Woher weißt du das überhaupt?"

Er zuckt mit den Schultern. „Es ist mein Job, alle zur Hölle verdammten Seelen zu kennen. Wenn sie stirbt, hat sie auch ein One-Way-Ticket hierher."

„Aber warum?"

„Weil sie, wie Liam sagte, ihn auf dem Gewissen hat. Nicht direkt, aber dieses kleine Detail spielt keine Rolle, wenn es um solche Dinge geht."

Ich schaue meinen Vater an. „Was soll das heißen? Wie bist du gestorben?"

„Ich weiß nicht genau wie, aber irgendwie konnte deine Mutter etwas herbeibeschwören. Etwas Dunkles. Und hat es dazu benutzt, mich zu töten."

Ich antworte nicht, ich bin zu verwirrt und erschüttert.

„Ich habe keine Ahnung, wie sie es angestellt hat", fuhr er fort. „Sie war ein Mensch, wie ich."

Ich werfe Luzifer einen prüfenden Blick zu, und er nickt. „Auf jeden Fall ein Mensch."

„Aber sie konnte mit dunkler Magie einen ... Schattengeist beschwören. Dieser griff mich mitten in der Nacht an. Eine schwarze Gestalt mit einer wandelbaren Form ... und glühenden roten Augen ... Und die hat mich in die Hölle gezerrt. Deshalb bin ich hier gelandet."

Bei diesen Worten läuft es mir kalt den Rücken herunter. Ein Schattengeist? Rote Augen? Könnte er Sayah meinen?

Luzifer mustert mich aufmerksam, seine dunklen

Augen leuchten. Er wartet darauf, dass ich selbst einen Schluss daraus ziehe. Dass das Ding in mir der Grund dafür sein könnte, dass mein Vater tot ist.

Sayah ... Ist das wahr?

Sie zieht sich zurück und verkriecht sich wieder an den unerreichbaren Orten in meinem Kopf.

Mein Puls rast. Ich meine, ich habe mit eigenen Augen gesehen, wozu Sayah fähig ist. Sie wird immer mächtiger und ist immer weniger zu kontrollieren. Hätte ich ihr zugetraut, jemanden zu töten? Auf jeden Fall. Aber ist sie der Grund, warum ich seit meiner Geburt Waise bin?

In mir steckt ein Monster.

„Diese Kreatur lebt jetzt in dir, Aria“, sagt Luzifer.

Oh. Mein. Gott.

„Weißt du, was sie ist?“, platze ich heraus. „Oder warum sie in mir ist?“

„Ich weiß es nicht.“ Er runzelt die Stirn, und ich weiß, dass er mir die Wahrheit sagt. Er ist offensichtlich nicht glücklich darüber, dass dies etwas ist, das nicht einmal er kennt.

Aber wenn der wahrhaftige König der Hölle nicht weiß, was Sayah ist, wie soll ich es dann jemals in Erfahrung bringen?

„Sie ist kein Dämon?“, frage ich. „Könnte es sich um Besessenheit oder so etwas handeln?“ Das ist die einzige Möglichkeit, die mir einfällt, wenn sich ein dunkler Geist in einem Menschen niederlässt.

Maverick tritt vor. „Nur einige niedere Dämonen können von Menschen Besitz ergreifen, und das nie für längere Zeit. Schon bald bricht der Organismus zusammen, weil er die geballte Dunkelheit in seinem Inneren nicht mehr verkraften kann.“

Und Sayah war von Anfang an bei mir. Jahre.

„Moment mal ... diese *Kreatur* lebt in ... *dir*? Jetzt gerade?" Liam schnappt entsetzt nach Luft.

„Sie ist unter Kontrolle", antwortet Maverick schnell und wirft einen Blick auf den Ring an meinem Finger.

Oh Scheiße. Das denkt er also. Jetzt bin ich mir nicht mehr so sicher, ob es gut ist, dass ich Sayah wieder spüren kann.

Mit meiner Angst steigt auch mein Fieber. Hitze steigt mir in den Nacken und ich möchte mich übergeben. Oder ohnmächtig werden. Ich sehe nur noch verschwommen und meine Knie zittern.

Ich sinke zu Boden.

„Scheiße! Die Kreatur hat sie fest im Griff!", sagt Liam.

„Sie wurde überwältigt." Jemand ist ganz nah bei mir und drückt sich an meine Seite und ich höre Mavericks Stimme an meinem Ohr. „Das reicht für heute. Ich bringe sie zurück."

Mein Kopf schwirrt und pocht gleichzeitig, und ich nehme kaum etwas anderes wahr als den Druck von Mavericks Armen um mich herum und die Bewegung der Welt um mich herum, als er mich hochhebt und zum Kamin trägt.

Die Erschöpfung reißt mich mit sich, und meine Augen fallen zu.

„Maverick." Luzifers Warnung dringt in mein Bewusstsein.

„Mein Ring hat Grenzen. Sie sollte nicht hier unten sein", erklärt er. „Ich bringe sie zurück."

Ein Lichtblitz trifft auf meine Augenlider und ein Hitzestoß, denn Maverick wartet nicht auf Luzifers Antwort. Dann bin ich in der Dunkelheit verschwunden.

9

ARIA

Ich erwache in einem leeren und überraschend kalten Raum. Als ich mich umschaue, stelle ich fest, dass ich wieder in Mavericks Haus bin und in seinem Bett liege, aber allein bin.

Wie lange war ich bewusstlos?

Ich versuche, mich an das Gespräch zu erinnern, das zu meinem Ohnmachtsanfall führte. Ich war in Luzifers Thronsaal mit ihm, Maverick und verrückterweise auch mit meinem Vater. Ich fand einige Dinge heraus, zum Beispiel, dass meine Mutter noch lebte und mein Vater gestorben war, bevor sie mich im Krankenhaus abgesetzt hatte, damit jemand anderes sich um mich kümmerte. Sie hatte auch eine Möglichkeit gefunden, ein dunkles Wesen zu beschwören – ich vermute, Sayah – und es auf ihn loszulassen. Dann hat sich Sayah aus einem unbekannten Grund an mich gehängt und begleitet mich seither.

Was genau ist Sayah? Ich habe immer noch keine Ahnung. Und Luzifer weiß es anscheinend auch nicht, aber das hält ihn nicht davon ab, mich zu drängen, ihm zu helfen, den Himmel zu erobern. Er glaubt, dass Sayah die Waffe ist, die er dafür braucht.

Aber habe ich da überhaupt ein Mitspracherecht? Wenn ich hier bleibe, lautet die Antwort wohl eher nein. Das ist nur ein weiterer Grund, warum ich einen Weg hier raus finden muss.

Als ich aufstehe, läuft mir ein Schauer über den Rücken und ich spüre, wie etwas in mir aufsteigt und aus mir hervorbricht.

Wenn man vom Teufel spricht.

Ich beobachte, wie ein schwarzer Schatten aus mir herausschlüpft und sich wie eine Schlange über die Dielen bewegt. Ich starre Sayah an und blicke dann hinunter zu Mavericks Ring. Ja, genau. Das verdammte Ding hat seine Wirkung verloren.

Sie gleitet über die Wände, die Decke und sogar in den Kamin hinein, obwohl dort Flammen lodern. Mit schnellen, ruckartigen Bewegungen stößt sie eine Büste um, die aussieht wie Medusa, und sie zerschellt auf dem Boden.

Verdammt! Sie kann hier Dinge anfassen?

Die bessere Frage ist: Warum spüre ich nicht dieses ziehende, erstickende Gefühl, das ich normalerweise verspüre, wenn sie beschließt, sich zu materialisieren? Wo ist das orangefarbene Glühen, das unsere Verbindung normalerweise durchdringt?

Liegt es daran, dass ... sie hierher gehört?

Sie löst sich ruckartig von der Wand, dreht sich wieder zu mir um und bäumt sich auf, sodass sie mich überragt. Als ob sie kein Schatten mehr wäre, sondern eine bösartige Abtrünnige.

Nach Luft ringend weiche ich zurück, bis ich mit dem

Rücken an die Wand stoße. Ich sitze in der Falle.

Zwei glühend rote Augen blitzen auf und meine Kehle schnürt sich zu, als ich mich an Liams Worte erinnere. Eine schattenhafte Gestalt mit roten Augen ... Genau das hat er gesehen, bevor er starb.

Ist sie das? Wird sie mich auch töten?

Sie nimmt eine menschlichere Gestalt an, die meinen Schatten nachahmt, aber mit zu langen Gliedmaßen und wogendem Haar. Sie bewegt sich aber nicht, sondern steht nur da und wartet.

„Sayah ...", sage ich zögernd.

Ihr Kinn senkt sich zu einem flüchtigen Nicken.

Okay, sie versucht, mit mir zu kommunizieren, wie in alten Zeiten. Das ist doch ein gutes Zeichen, oder?

Immer noch zu nervös, um mich von der Wand wegzubewegen, lasse ich meinen Blick durch den Raum schweifen. „Wie du sehen kannst, sind wir nicht zu Hause."

Wieder nickt sie einmal.

„Ich gehöre nicht hierher", sage ich ihr.

Wieder nickt sie.

„Und du?"

Dieses Mal bewegt sie sich nicht.

Also gut ...

„Hast du meinen Vater getötet?"

Zuerst nichts. Aber dann senkt sie den Kopf und bejaht.

Mein Puls beschleunigt sich. „Aber warum?"

Blitzschnell wirft sie sich in Richtung Ausgang, drückt sich unter der Tür hindurch und lässt nur noch einen dünnen schwarzen Faden zurück, der mit mir verbunden ist. Ich lasse einen verkrampften Atemzug los.

Es gab Zeiten, in denen ich oft mit Sayah im Zimmer abgehängt habe, in denen ich mich weniger einsam gefühlt habe, in denen sie die Leere gefüllt hat ... und jetzt habe ich einfach Angst. Ich hasse es, dass sich die Lage zwischen uns so verschlechtert hat, aber um ehrlich zu sein, hat sie sich als furchterregend entpuppt.

Sie ist eine Mörderin.

Es scheint eine Ewigkeit zu dauern, bis Sayah endlich zurückkommt. Sie stürmt zurück in den Raum und schlüpft wieder in mich hinein, um sich wieder in den sicheren Raum in meinem Hinterkopf zu verkriechen. Sie hat anscheinend beschlossen, dass sie nicht mehr mit mir reden will.

Na gut. Wie auch immer.

Etwas frustriert seufze ich und lasse mich auf meine Seite des Bettes plumpsen. Ich hasse diese Hoffnungslosigkeit in meiner Brust, weil ich nicht weiß, was man mit mir vorhat.

Vor allem beginne ich immer mehr zu glauben, dass Sayah, was auch immer sie ist, viel stärker ist, als ich es mir je vorgestellt habe.

Trotz des lodernden Kaminfeuers läuft es mir kalt über den Rücken und ich fühle mich kein bisschen sicher, als ich daliege.

MAVERICK

„Bruder, wie lange willst du das Mädchen noch in deinem Haus gefangen halten? Ich würde gerne mit ihr spielen", säuselt Nix fast, was mich wütend macht. Er wirft einen Blick über meine Schulter in Richtung meines Anwesens. Ich war auf dem Weg, um ein paar Sachen für Aria auf dem Markt zu besorgen, aber ich verlor die Lust, als Nix mich auf dem Markt einholte. Ein Ort, zu dem die chaotischen Dämonen keinen Zutritt haben und der den anderen Bewohnern die Möglichkeit gibt, sich mit dem Nötigsten einzudecken. Nicht jeder in der Hölle ist verdammt ... Manche sind aus Vergeltung hier, weil ihre Familie es so will, oder weil sie durch Verträge gezwungen sind, ihre Pflichten zu erfüllen. Man würde sich wundern, wie viele Menschen wegen eines kleinen Tauschgeschäfts hier landen und versuchen, ihr Fortbestehen zu sichern. Diese arroganten Dämonen gehören zu den reichsten, weil sie die meisten Seelen einbringen. Unser liebster Vater bezahlt die Dämonen nämlich für jede Seele, die sie in die Hölle schleppen. Es ist ein harter Kampf, ein Verdrängungswettbewerb hier unten, und wenn es nach mir geht, können die sich dabei gerne gegenseitig umbringen.

Als ich zu Nix hinüberschaue, redet er immer noch weiter, ohne sein Maul zu halten, und seine Anwesenheit irritiert mich. „Du redest immer noch?", sage ich, woraufhin er sich nur noch mehr versteift.

„Du bist ein echter Mistkerl, weißt du das? Du bringst ein neues Spielzeug in die Hölle und plötzlich bist du der Liebling. Aber du warst ja auch schon immer ein gieriges Arschloch."

Ich lache ihn an, hauptsächlich erzwungen, um mich davon abzuhalten, meine Faust in sein hübsches Gesicht zu rammen. Normalerweise lasse ich ihn nicht an mich heran, aber heute juckt es mich in den Fingern, mich zu prügeln. „Vater hat keine Lieblinge, und wenn doch, dann müssen die zuerst sterben."

Ich dränge mich an ihm vorbei, fertig mit unserem Gespräch, und schreite über den geschäftigen Markt. Schwarze, verkohlte Gebäude umgeben den Innenhof, weil ein Drache vor Jahren aus den unterirdischen Zellen entkam. Sagen wir einfach, er hat alles in Sichtweite verbrannt. Vater bestand darauf, die verbrannten Gebäude stehen zu lassen, denn er erinnerte alle gerne daran, dass wir in der Hölle waren.

Er hasst diese Märkte, aber es gibt hier zu viele, die nicht nach ganz unten in die tiefsten Ebenen gehören, also ist es ein Kompromiss, mit dem er zu leben gelernt hat. Ich vermute, er hat den Drachen absichtlich auf diese Märkte losgelassen.

Sechs Reihen füllen den Hof, Stände aus Steinplatten mit einer flachen Oberfläche, denn viele hier verkaufen, was sie draußen in der Wildnis gefangen haben, und hier wird geschlachtet. Ein Mann mit einem zerrissenen Umhang ist dabei, etwas an seinem Stand zu zerhacken. Ein Amethystkristall, der so lang und dick wie mein Arm ist, ragt vorne aus seiner Brust heraus. Offensichtlich hat ihn das umgebracht und hierher befördert. Es wäre interessant, bei ein paar Drinks seine Geschichte zu hören.

Stimmen, Gesang und sogar Schreie durchdringen die Luft und ich finde den Klang ziemlich beruhigend.

Nix schlüpft neben mich und begleitet mich.

„Nein, du kannst sie nicht mehr besuchen", sage ich.

„Ich würde sie auch nicht teilen, Bruder."

„Warum schleimst du dich so ein?"

Er antwortet zunächst nicht, sondern schlendert mit mir an einem großen Käfig mit drei gehörnten Schweinen vorbei, die einander knurrend bekämpfen, um auszubrechen. Seelenlose Menschen schlemmen immer noch gerne, auch wenn das gar nicht nötig ist. Manche Gewohnheiten kann man sich eben nur schwer abgewöhnen, denke ich.

„Irgendetwas ist anders an ihr, nicht wahr?“, unterbricht Nix endlich mein Gedanken.

Ich werfe ihm einen scharfen Blick zu. „Wovon redest du?“ Ich habe schon bei unserem ersten Treffen gespürt, dass sie etwas Ungewöhnliches an sich hat, und obwohl Vater und ich nicht herausfinden können, was sie so anders macht, ist es klar, dass wir nicht die Einzigen sind, die das bemerkt haben.

„Hältst du mich etwa für einen Schwachkopf? Ich habe die Dunkelheit an ihr gerochen, sobald ich den Raum betreten habe. Also, was ist sie? Ein neulich gefallener Engel? Oh, so einen hatten wir schon lange nicht mehr. Aber wenn man bedenkt, wie sehr sich Vater für sie zu interessieren scheint, könnte sie einer seiner eigenen Sprösslinge sein?“

Seine Worte lassen mich kurz innehalten, denn ich fühle mich mit ihr verbunden, aber wenn sie von Luzifer wäre, dann würden wir das alle spüren, denn unser Blut verbindet uns. „Nicht möglich. Sie ist nur ein Mensch mit wirklich viel Pech“, antworte ich. „Und jetzt verzieh dich aus meinem Blickfeld. Ich muss noch woanders hin.“ Hauptsächlich muss ich zurück nach Hause. Ich biege in eine Gasse ein, um eine Abkürzung aus dem Marktviertel zu nehmen, als mich Nix’ Stimme einholt.

„Du weißt, dass nichts in der Hölle lange verborgen bleibt. Was glaubst du denn, wie lange sie durchhält, selbst wenn du sie versteckst? Unsere Brüder tuscheln bereits über sie, und du weißt, dass Lorcan nicht eher aufhören wird, bis er sie hat.“

Bei dem Namen packt mich die Wut. Lorcan. Mein Bruder, der Dämon des Neids, ein dunkler Bastard, der alles und jeden zerstören würde, um zu bekommen, was er will, wenn er sich übergangen fühlt.

Ich schaue nicht zurück, sondern gehe einfach weiter, während mein Herz in meiner Brust pocht, dass Arias Zeit in der Hölle nur von kurzer Dauer ist. Ich ermahne mich selbst, dass es mir egal sein sollte, aber trotzdem läuft mir ein Schauer über den Rücken, wenn ich daran denke, dass Lorcan Hand an sie legt.

Ich trete aus der Gasse heraus und gehe auf die Eingangstore der Siedlung zu. Ein großes Skelett eines Engels hängt an einer Stange neben dem Eingang. Ein Engel, den Luzifer selbst in die Hölle geschleppt hatte, weil er ihm in die Quere kam. Jetzt sind nur noch Knochen, verdrehte Flügel und zerrissener Stoff übrig, der vom Gestell hängt.

Wenn ich es ansehe, kann ich mir nur Aria dort oben vorstellen, und Panik durchfährt mich, zusammen mit einer gewissen Ungeduld. Ich ziehe meine Schultern nach vorne und ein stechender Schmerz durchfährt meine Schulterblätter, als ich meine Flügel ausbreite.

Die Haut platzt auf, und ich ziehe mein Shirt hoch und über den Kopf. In Sekundenschnelle spannen sich meine silbernen Flügel auf und werfen einen Schatten auf die Erde. Köpfe drehen sich in meine Richtung, aber das ist mir scheißegal.

Ich schlage mit den Flügeln, der Wind unter ihnen wird stärker, und ich erhebe mich in die Luft und bewege mich mit großer Geschwindigkeit. Ich muss zurück zu Aria.

Die Luft brennt auf meinem Gesicht, viel heißer als

sonst, was nur bedeutet, dass es da unten eine Menge neuer Opfer gibt und das Foltern in vollem Gange ist. Das ist gut. Das bedeutet Ablenkung, denn Vater sieht gerne zu.

Als ich mein Zimmer erreiche, steige ich durch die Wand hinein und merke erst dann, dass ich hätte anklopfen sollen. Aber das macht nichts, denn Aria liegt zusammengerollt auf meinem Bett auf der schwarzen Felldecke, die ich ihr vorhin hingelegt hatte.

Ihre dunklen Haare verteilen sich auf dem Kissen, ihre Hände sind vor der Brust verschränkt, ihre Knie angezogen und sie atmet mit einem Schmollmund tief ein und aus.

Ich weiß immer noch nicht, warum mein Bruder derjenige war, dem es vergönnt war, ihre Seele zu beanspruchen. Er ist ein glücklicher Bastard, und ich würde lügen, wenn ich sagen würde, dass es mich nicht ärgert, dass ich sie nicht einfach für mich behalten kann.

Ich habe es natürlich versucht ... Das ist einer der Gründe, warum sie hier in meinem Zimmer ist. Vater hatte natürlich ein Wörtchen mitzureden, aber es war mein Vorschlag, sie von dem Abschaum da draußen fernzuhalten. Und ich schließe meine Brüder in diese Verallgemeinerung mit ein.

Ich hätte nie erwartet, dass ich etwas für sie empfinden würde, deshalb war sie eine nette Überraschung. Aber jetzt, wo ich weiß, was auf sie zukommt, bin ich hin- und hergerissen. Ich bin in tausend Stücke zerfetzt.

Ehe ich mich versehe, gehe ich auf und ab. Wenn ich sie hier lasse, ist sie Vaters Gnade ausgeliefert, aber ich muss in seiner Gunst bleiben, um an seiner Seite zu stehen und hoffentlich später den Thron zu besteigen, das ist der richtige Weg für mich. Jetzt, wo Cain aus dem Spiel ist, stehen mir alle Möglichkeiten offen.

Zumindest bevor sich diese Frau in mein Leben geschlichen hat.

Aber das Undenkbare zu tun, hat Konsequenzen. Vaters Zorn und die Gefahr, dass Aria direkt in die Arme des Dämons getrieben wird, dem ich sie entreißen wollte. So oder so, ich bin am Arsch, und ehrlich gesagt war ich noch nie gut darin, das Richtige zu tun.

Sie hasst mich und ich habe alles kaputt gemacht, weil ich es gewagt habe, Hand an sie zu legen. Die Erinnerung daran klebt an meinem Inneren wie Teer. Wenn ich ihr beim Schlafen zusehe, sehe ich einen Engel inmitten der Dunkelheit, und sie hat etwas Besseres verdient als das.

Ich bleibe am Bett stehen und knirsche mit den Zähnen. Die Zeit ist für uns beide knapp, und was sie in mir auslöst, ist mit nichts zu vergleichen, was ich je erlebt habe. Wut, Rache und Hunger kämpfen in mir. Aber vor allem verschlingt mich eine Sucht wie nie zuvor, wenn ich an sie denke.

Ich beginne zu verstehen, warum Cain sie so beschützt, und wenn ich an ihn denke, werden Erinnerungen wach, die ich vermeiden will.

„Weißt du, was mit all denen passiert, die mich bestehlen?", *schreit mein Vater und drängt sein Gesicht in meins, während die Klinge seines Messers in das weiche Fleisch unter meinem Brustkorb drückt.*

Ich atme tief ein und halte den Atem an, um den unerträglichen Schmerzen zu entgehen, die entstehen, wenn er die Haut durchstößt, und ich zische. Es geht nicht darum, zu sterben, denn mit einem normalen Messer kann man mich nicht umbringen, aber darum geht es auch nicht, wenn es so verdammt weh tut. Und wenn mein Vater das als Herausforderung ansieht, frage ich mich, ob er jemals aufhören wird oder ob ich für immer in meinem eigenen höllischen Albtraum gefangen bin.

„I... ich habe sie nur an einen sicheren Ort gebracht. Ich w... wollte sie nicht stehlen", stottere ich zwischen bebenden Atemzügen, während die scharfe Klinge von dem Psycho vor mir langsam in mich hineingerammt wird.

Ich knirsche mit den Zähnen und der Schweiß rinnt mir über das Gesicht. Wut steigt in mir hoch.

Der leere Raum, in dem er mich foltert, scheint sich um mich herum zu schließen. Die Wände bestehen aus Flammen, der Boden ist durchsichtig und ermöglicht ihm einen Blick auf die abscheulichen Kreaturen, die unten ausgepeitscht werden.

Hitze ergießt sich über mich, während die Flammen rund um uns knistern und prasseln.

Er grinst und genießt jeden Moment, in dem er mich leiden sieht.

Seine Hand zuckt, dann stößt er die Klinge direkt unter meine Rippen und in mein Herz. Ich erschaudere und stöhne, während ich verkrampfe. Ein verheerender Schmerz pulsiert in meiner Brust, mein Herz zieht sich zusammen und ich kann nicht atmen. Ein Flehen kommt mir über die Lippen und ich verabscheue mich dafür, dass ich Luzifer gegenüber irgendeine Schwäche gezeigt habe. Genau das liebt er und darauf hat er gewartet.

Er reißt das Messer so schnell wieder heraus, wie er es in mich hineingestoßen hat, und Schmerz durchdringt mich. Ich sacke auf dem Stuhl, an den er mich gekettet hat, zitternd auf die Seite und Blut rinnt aus der Wunde an meinem Bein hinunter in die bereits dunkle Pfütze.

Der Schmerz ist so unerträglich, dass er mich blendet, während ich unkontrolliert zittere. Schon spüre ich, wie sich meine Haut wieder zusammenzieht, so wie bei den letzten Dutzend Malen, die er mich schon durchbohrt hat. Verdammtes Arschloch.

Er streckt seinen Rücken durch, seine Knochen knacken, dann wischt er das Blut von seiner Klinge an meinem Ärmel ab. „Wenn du mir weiterhin keine Antwort gibst, hole ich die Engelsklinge heraus. Das wird bestimmt lustig."

Ich schaue ihm direkt in die Augen, versteife mich und ignoriere den Schauer, der mir angesichts seiner Drohung über den Rücken läuft. Trotzdem gönne ich ihm nicht die Genugtuung, meine Angst noch einmal zu sehen. „Es waren vier Seelen aus deinem Strom an Millionen, neue Seelen, die ich zurückbringen wollte. Ich habe sie vor der Flucht bewahrt."

Sein Gesicht verzerrt sich und ein grauenvoller Ausdruck nimmt von ihm Besitz, der genauso schnell von einem grässlichen Hass abgelöst wird. Ich glaube wirklich, dass er mich so sehr verabscheut, dass er mein Leben für vier verdammte Seelen beendet, die ich mitgenommen habe, nachdem sie vom Weg abgekommen waren. Und ich hatte die Absicht, sie zurückzugeben, nachdem ich mich ein bisschen amüsiert hatte. Immerhin habe ich sie gefunden, und ohne mich wären sie schon verloren. Aber mein Vater spürt, wenn ihm auch nur eine seiner kostbaren Seelen genommen wird. Daraus schöpft er seine Kraft, das wissen wir alle, und deshalb tötet er jeden, der diese Quelle der Macht bedroht.

„Hältst du mich für einen Narren?" Er wirft die Klinge weg, das Metall klirrt auf den Boden und verschwindet in den Flammen. Mit einem Fingerschnippen löst sich die Flamme von einem Teil der Wand, sodass eine Schublade zum Vorschein kommt, und er holt die Engelsklinge heraus. Seine dünnen

Lippen zucken nach oben, als er sich mir zuwendet. „Du lässt mir keine andere Wahl."

Ich balle meine Fäuste hinter meinem Rücken und kämpfe gegen die Panik an. Er wird es tun. Er hat sechs andere Söhne, also bin ich kein großer Verlust für ihn. Ich habe das mein ganzes Leben lang gewusst.

Im selben Moment kommt Cain durch die Tür, in der Flammen züngeln. Er tritt hindurch und streicht über seinen perfekt gebügelten Anzug, als ob dieser Flecken bekommen könnte.

Er ist ein Abbild von Vater: groß, mit einem gefährlichen Blick und beide so stolz, dass mir schlecht wird.

„Das ist nicht nötig", sagt Cain selbstbewusst zu Luzifer, das Kinn hoch erhoben, den Blick fest auf ihn gerichtet, wohl wissend, dass eine Konfrontation mit Vater dazu führen könnte, dass er genau in meine Lage gerät. Warum also sollte er dieses Risiko eingehen?

Cains Blick wandert für den Bruchteil einer Sekunde zu mir herüber, ohne Mitgefühl oder Emotionen, aber er hat auch nicht meine Hinrichtung gefordert. Das ist doch schon mal etwas.

„Halt dich da raus", knurrt Vater.

„Es wäre mir egal, wenn du meinen Bruder leiden lässt, aber die Wahrheit ist auch etwas, wofür du stehst, nicht wahr?"

Luzifer hält inne und richtet seinen zusammengekniffenen Blick auf Cain. „Ich höre."

„Ich weiß von den Wächtern, dass die Seelen tatsächlich entkommen sind und Maverick dir einen Gefallen getan hat, indem er sie gefangen hat."

Das grelle Licht der brennenden Wände verzerrt Vaters Gesichtszüge. Er ist offensichtlich nicht begeistert von Cains

Ausführungen und würde mich lieber weiter foltern, weil er ein Scheißkerl von einem Vater ist.

Seine Finger krümmen sich fester um den ledernen Griff der Engelsklinge, seine Fingerknöchel werden weiß, und ich kann mir fast vorstellen, wie er das Ding in Cain rammt, weil dieser es gewagt hat, ihn von seinem Spaß abzuhalten.

Cain hingegen bleibt so gelassen, als würde er ein Geschäft abwickeln, was er, wie ich festgestellt habe, oft mit unserem Vater macht. Es klappt bei ihm, und er hat gelernt, seine Gefühle zu ignorieren. Wenn ich in Luzifers Gesicht schaue, möchte ich ihm den Kopf von den Schultern reißen. Er kommt mit keinem von uns zurecht, aber wir versuchen, uns bei ihm beliebt zu machen, denn das macht unsere Existenz erträglich.

Luzifers Nasenlöcher blähen sich auf und er knurrt, dunkel und wütend. Die Schatten verschieben sich, als er die Waffe in der Hand hebt und mich anschaut, als wolle er zwischen seinem Vergnügen und dem Richtigen entscheiden.

Allerdings ist das Luzifer und ich erwarte von ihm nichts anderes als Zerstörung. Die Bestie kommt näher auf mich zu, mein Herz schlägt wie wild und ich lehne mich in meinem Stuhl zurück.

Er wischt sich mit der Hand, die die Klinge hält, über den Mund – eine Geste, die sicher nur der Einschüchterung dient.

„Denk immer an diese Lektion, mein Sohn." Sein Flüstern ist makellos, fast fürsorglich und völlig unerwartet. Plötzlich fallen die Ketten um meine Handgelenke und ich bin frei. Und einfach so dreht er sich um und verlässt den Raum. „Cain, komm mit!", befiehlt er und seine Stimme erfüllt den Raum. Weitere Schatten treiben hinter ihm her und verlassen den Raum. Auch die Flammen werden schwächer und lösen sich langsam in Asche auf.

Cain sieht mich an und mein Magen krampft sich zusam-

men, weil ich erwarte, dass er mich für meine Rettung zahlen lässt. Aber es kommt nichts, nur ein verletzlicher Blick, der zeigt, dass er verstanden hat, dass wir genauso in der Hölle sind wie all diese Seelen, die von Luzifer gefangen und langsam in den Wahnsinn gequält werden.

Ohne ein Wort zu sagen, verlässt er den Raum, während die letzten Flammen erlöschen.

In der Dunkelheit des Raumes starre ich ins Leere und versuche, Luft zu holen und zu realisieren, dass Cain mir aus irgendeinem Grund heute Nacht das Leben gerettet hat.

Ich öffne die Augen und sehe das Mädchen, das in mir eine Sehnsucht geweckt hat wie kein anderes und das zweifellos dasselbe mit meinem Bruder gemacht hat. Cain hat mich an diesem Tag gerettet und nie eine Gegenleistung verlangt, aber ich habe ihm Aria weggenommen. Das lastet heute besonders schwer auf meinem Herzen.

Ein Schatten fällt auf das Bett, in dem sie liegt, und ich richte meinen Blick auf eine dunkle Gestalt, die mir gegenübersteht. Sie sieht mich mit leuchtend roten Augen an, der Rest ihrer Gesichtszüge ist kaum wahrnehmbar.

Neugierig lasse ich meinen Blick über ihre Form wandern und folge der weiblichen Silhouette bis hinunter zu dem dünnen, schwarzen Faden, der mit Aria verbunden ist.

Beim Anblick der Kreatur überkommt mich Angst. Eigentlich sollte sie von meinem Ring in Schach gehalten werden, aber es scheint, dass selbst die Magie der Hölle sie nicht lange fesseln kann. Vielleicht haben wir ihre Kraft unterschätzt.

„Hallo“, sage ich und schaue wieder nach oben.

Sie antwortet nicht.

„Ich wollte dich kennenlernen.“

Die Ränder ihrer Gestalt fangen an zu flimmern, als ob sie verschwinden oder ihre Form verändern könnte.

„Du brauchst keine Angst vor mir zu haben, ich werde Aria nichts tun. Aber ich bin neugierig ... Kannst du sprechen?" Das ist eine interessante Gelegenheit, um herauszufinden, womit Aria lebt und wovor sie sich so sehr fürchtet, dass sie sich an die Vorstellung klammert, dass ich auf der Erde ein Engel war.

Keine Antwort, was ich als fehlende Fähigkeit zu sprechen deute. Also greife ich über das Bett, um eine Verbindung herzustellen. Eine kleine Berührung, die es mir ermöglichen würde zu verstehen, womit ich es zu tun habe. Aber sie ist innerhalb eines Herzschlags verschwunden, und als ich aufschaue, finde ich sie wie ein klaffendes schwarzes Loch an der Decke kleben.

Ich lasse meine Hand auf den Faden sinken, meine Finger gehen durch ihn hindurch, als wäre er nicht mehr als ein Schatten. Ich spüre nichts; meine Kräfte können sie nicht erreichen, was mich noch mehr verwirrt, was Aria denn nun ist. Als das nicht gelingt, atme ich tief ein und rieche den Geruch von verbranntem Holz, vermischt mit Schwefel, und dieser Geruch ist mir vertraut. Was auch immer dieses Ding an ihr ist, es stammt eindeutig aus der Hölle, da bin ich mir mehr denn je sicher.

Ich senke meinen Blick auf Arias wunderschönes Gesicht und meine Brust krampft sich zusammen, mein Herz rast bei dem, was sie mit mir macht. Sie bringt mich dazu, Dinge zu fühlen, die ich nie fühlen sollte, und lässt mich von ihr träumen, obwohl ich bezweifle, dass sie die gleichen Gefühle für mich hegt. Sie ist ein böses kleines Ding, das mich dazu bringt, mich in sie zu verlieben. Es ist töricht von mir, überhaupt daran zu denken, jemanden wie sie zu brauchen. Dennoch verkrampfen sich meine Muskeln beim Gedanken, sie nie wieder zu sehen.

Ich war schon immer gebrochen, mehr Psycho als normal, das gebe ich zu, aber wenn ich mich in Arias Nähe so leicht erweichen lasse, bin ich dann besser als Cain, wenn ich mich dieser kleinen Frau hingebe? Vielleicht war es ein Fehler gewesen, Vater davon zu überzeugen, dass wir sie in die Hölle bringen sollten. Ich hätte ihr nie so nahe kommen dürfen. Ich hätte mich nie von ihrer Schönheit, ihrem Mut und ihrem Kampfgeist gefangen nehmen lassen dürfen. Ich sehe zu viel von mir selbst in ihr, die Dunkelheit, die Verzweiflung, meinen Kopf über Wasser zu halten, und den ständigen Kampf, diese Seite von mir niemanden sehen zu lassen.

Als würde sie meine Anwesenheit spüren, bewegt sie sich und rollt sich auf den Rücken, wobei ihre Augen aufblitzen. Atemberaubende dunkle, braune Augen. In diesem Moment zieht sich das Schattenwesen zurück, schlüpft wieder in sie hinein und verschwindet.

Sie leckt sich über ihre trockenen Lippen, während sie sich aufrichtet. „Wie lange hast du mich schon beobachtet?"

„Ist das wichtig?"

„Was willst du, Maverick?" Diesmal ist kein Hass in ihrer Stimme zu hören, sondern sie stellt eher eine Verständnisfrage. Irgendetwas hat sich zwischen uns verändert, und als ihr Blick mit einer seltsamen Mischung aus Angst und Verwunderung in meine Richtung leuchtet, erschlafft mein Körper.

Wenn sie nur wüsste, dass es nie meine Absicht war, sie in eine solche Gefahr zu bringen, dass jedes Mal, wenn wir zusammen waren, ein neues Gefühl in mir aufstieg, ein Gefühl der Hoffnung, der Möglichkeiten, des Glücks.

Wenn ich jetzt darauf zurückblicke, wie es zu diesem Punkt kam, hasse ich mich dafür, dass ich sie in diese Lage gebracht habe. Ich bereue das alles und verdiene die Strafe, die auf mich zukommt.

Aber ich weiß, je länger ich sie ansehe, je mehr ich alles in meinem Kopf Revue passieren lasse, desto klarer wird mir, was ich tun muss.

Natürlich sollte ich das nicht tun.

Aber ich kann auch nicht herumsitzen und nichts tun.

Schließlich kann man nicht in alle Ewigkeit mit Reue leben.

„Ich wollte nie, dass du verletzt wirst", sage ich. „Du solltest nicht hier sein und ich habe einen großen Fehler gemacht, als ich dachte, es wäre die beste Entscheidung für dich."

Sie blinzelt zu mir auf, ihre rosigen Lippen öffnen sich, als ob sie eine Frage stellen wollte, aber es kommen keine Worte heraus.

„Du bist hier nicht sicher", sage ich ihr, und Schuldgefühle zerren an meinem Inneren, weil ich so lange gebraucht habe, um die Wahrheit zu erkennen.

„War ich das jemals?" Sie grinst mich schief an und ich deute das als ihren Versuch, mich nicht niederzumachen, sondern einen Scherz zu machen. Das bedeutet einen Fortschritt zwischen uns und ich freue mich darüber.

„Nein", gebe ich wahrheitsgemäß zu.

„Dein Vater hasst mich. Er würde dich noch mehr hassen, weil du nett zu mir bist. Aber du hast Angst, dass er mir wehtun könnte?"

„Ja. Alles, was ich bisher getan habe, diente dem Überleben. Ich habe so lange mit Lügen und Misstrauen gelebt und sie als Normalität akzeptiert, dass ich vergessen habe, dass es noch etwas anderes gibt. Mein Vater kümmert sich um nichts und niemanden außer um sich selbst."

Sie sieht mich an, ohne sofort zu antworten oder sich abzuwenden.

„Kann ich nach Hause zurück gehen?", fragt sie schließlich.

Ich setze mich neben sie auf das Bett. Sie rückt nicht von mir ab, und ich nehme ihre Hand in meine, wobei der Ring an ihrem Finger an meiner Haut vibriert. Er erkennt mich wieder.

Ich strecke meine andere Hand vor und streiche ihr Haar hinter ein Ohr. Sie weicht nicht zurück, sondern schmiegt sich unerwartet an meine Berührung. „Wenn du das möchtest."

Meine Finger fahren durch ihr dunkles Haar und schlingen sich um die dicke, üppige Mähne, die meine Hand an ihrem Hinterkopf umschließt. Ich begegne ihrem Blick, sehe den Kampf hinter ihren Augen, die Dunkelheit, das Verlangen, und sie nimmt ihre Unter-lippe zwischen die Zähne.

Ich bin immer noch überwältigt von dem Gedanken, was sie erwartet, wenn sie in der Hölle bleibt. Da fällt mir ein menschliches Sprichwort ein, das besagt, dass man etwas so sehr liebt, dass man es freilassen muss. Ich kenne den genauen Wortlaut nicht, aber bei Aria spüre ich das bis in die Knochen.

Sie neigt ihren Kopf zur Seite und mustert mich.

„Ich könnte das bereuen", erkläre ich.

„Ich auch, aber ich erlaube es dir", sagt sie atemlos, was mich zunächst verwirrt. Zumindest, bis sie sich näher an mich heranschiebt.

Unsere Lippen berühren sich und mit ihnen steigt ein bebendes Stöhnen aus meinem Inneren auf, ein lang erwartetes Verlangen, das an die Oberfläche drängt.

Diesmal weiß ich, dass ich das Richtige tue, ohne den geringsten Zweifel. Ich denke zurück an unseren Moment in den heißen Quellen, als ich sie fast geküsst hätte, und dann, als wir uns in Luzifers Thronsaal an die Gurgel gingen. Das Feuer in ihren Augen, als sie mir die Engelsklinge an den Hals hielt. Mein Schwanz wird hart bei der Erinnerung daran.

Entschlossen erwidere ich ihren Kuss voller Verlangen.

Mir stockt der Atem, als sie ihren Körper gegen meinen presst und ihren Mund öffnet, um mich zu probieren.

Von Anfang an wollte ich ihr wehtun und Cain leiden lassen, um Vater zu gefallen und seine Anerkennung zu erhalten. Ich hatte mich so lange verrannt ... bis jetzt.

Ich greife nach dem Ring an ihrem Finger und rufe mit einem einzigen Gedanken die Energie zu mir. Dann ziehe ich das Ding von ihrem Finger und die Welt um uns herum löst sich auf und hinterlässt nichts als ein Gefühl der Besorgnis in meinem Magen.

10

ELIAS

Wir stehen zu dritt vor einem baufälligen Stadthaus, das dringend einen neuen Anstrich braucht, und eine Motorsense für den überwucherten Vorgarten. Ich konnte den Gestank von Verwesung, Blut und Fäulnis schon riechen, als wir mit dem Auto anhielten. Mehrere Leichen befanden sich im Haus, und wenn Cain Recht hat und dies ein neues Vampirnest ist, würde mich das nicht wundern. Besonders bei den Jüngeren. Die neigen dazu, bei ihren Morden schlampig und rücksichtslos vorzugehen.

Deshalb hatten wir eine Vereinbarung mit Viktors Clan. Wenn man ihnen nicht Einhalt gebietet, würden die Vampire eine Stadt innerhalb von Wochen einnehmen. Wie Unkraut. Sie könnten zu einer regelrechten Plage auswachsen und sind nur sehr schwer wieder loszuwerden.

Cains Beschreibung nach zu urteilen, scheint hier etwas faul zu sein. Viktors Clan war schon immer eher klein und er hatte noch nie ein Problem damit, dass

Mitglieder abtrünnig wurden. Aber wenn er vermisst wird – selbstverschuldet oder nicht – könnte das der Grund sein, warum einige beschlossen haben, ihre Grenzen auszuloten. Es sei denn, es gab einen Aufstand und Viktor wurde ausgeschaltet. Tja ... dann haben wir es mit einer noch unübersichtlicheren Situation zu tun und müssen uns um einige widerspenstige Vampire kümmern.

Zunächst müssen wir ins Haus gehen und den Vampiren eine Lektion erteilen. Dann müssen wir die Toten und allen Rest wegräumen– der weniger angenehme Teil.

Aber meine Aufmerksamkeit gilt dem Graffiti an der Eingangstür, das ein Dreieck mit einem umgedrehten Kreuz zeigt. „Das habe ich noch nie gesehen."

„Das ist nur ein Graffiti", sagt Cain und zögert nicht einmal, sondern marschiert direkt durch die Eingangstür. Dorian sieht mich an und verzieht das Gesicht, aber wir folgen ihm nach drinnen.

Der Geruch des Todes ist so streng, dass mir die Augen tränen. Und es ist nicht schwer zu erraten, woher er kommt. Die Wände und Böden sind blutverschmiert, wie aus einem Horrorfilm.

„Es war ein Blutrausch", flüstert Dorian, während Cain uns den Flur entlangführt. Wir spähen in jeden Raum, an dem wir vorbeikommen, aber wir finden niemanden. Zumindest niemanden, der lebt. Überall liegen Leichen herum, einigen fehlen sogar Gliedmaßen oder ihre Kehlen sind herausgerissen. Ein weiteres Zeichen für unerfahrene Vampire: Sie sind nicht so gewandt, wenn die Blutgier überhandnimmt. Sie tun alles, um dieses Verlangen zu befriedigen, das umso stärker ist, je jünger sie sind.

Ich erinnere mich, dass Cain sagte, er habe bei seinem letzten Besuch hier schlafende Vampire gesehen. Also ... wo sind sie?

Cain muss dasselbe denken, denn als er das Ende des langen Flurs erreicht, dreht er sich verwirrt um.

„Vielleicht sind sie weg?" Dorian beantwortet die Frage, an die wir alle denken.

„Bei Tageslicht?", frage ich. „Das wäre nicht gerade sehr schlau."

„Nein, sie müssen hier sein. Wenn es einen Keller gibt ..." Cain schiebt sich an uns vorbei und geht wieder in Richtung Foyer. Wir eilen ihm hinterher, und als wir an der Treppe vorbeikommen, hören wir einen lauten Krach aus dem zweiten Stock. Wir heben die Köpfe und sehen drei Vampire, die auf dem Geländer des Treppenabsatzes hocken wie ein paar durchgeknallte humanoide Vögel.

Zu meiner Überraschung erkenne ich keinen von ihnen. Wir stehen Viktors Clan schon seit Jahren nahe. Jeder neue Vampir muss in unsere Datenbank aufgenommen und registriert werden, aber diese drei sind uns völlig fremd.

Das heißt, sie sind nicht aus Viktors Clan.

Knurrend und mit gefletschten Reißzähnen stürzen sie sich auf uns. Wir teilen uns sofort auf. Dorian verwandelt sich schneller als ein Wimpernschlag in seinen Dämon, springt gegen die Wand und stößt sich an ihr ab, wobei er einen der Vampire in der Luft erfasst. Sie landen mit einem lauten Knall auf der Treppe und purzeln den Rest der Treppe hinunter, wobei sie sich gegenseitig schlagen und ineinander verbeißen.

Cain macht sich nicht die Mühe, sein Aussehen zu verwandeln. Er packt einen Vampir einfach am Hals und knallt ihn gegen die Dielen, sodass das Holz splittert. Blut schießt aus seinem Kopf, der Schädel ist eingeschlagen.

Meine Gegnerin – die einzige Frau in der Gruppe – fällt vor mir auf den Boden, duckt sich und stürzt sich in Windeseile auf mich. Vampire waren schon immer schnelle Geschöpfe und können einen verdammt erbitterten Kampf hinlegen, aber diese Fähigkeiten kommen mit dem Alter und diese Babys sind bestenfalls unbeholfen.

Ich kann ihre Bewegungen leicht mitverfolgen. Als sie sich auf meinen Hals stürzt, packe ich sie vorne an ihrem Shirt und schleudere sie durch den Raum, wobei ich ihren eigenen Schwung und meine Kraft nutze, um sie so richtig durch die Luft zu katapultieren. Sie prallt mit einem schrecklichen Knirschen gegen die Haustür und stürzt zu Boden, wobei ihr Genick in einem merkwürdigen Winkel verdreht wird.

Leider wird ein gebrochenes Genick nicht ausreichen, um sie zu töten, aber es wird sie für eine Weile lähmen. Ganz zu schweigen davon, dass es höllisch wehtun wird, wenn es verheilt ist.

Als ich mich umdrehe, um die anderen in Augenschein zu nehmen, sehe ich, dass Dorian blutüberströmt ist, aber seinem Vampir die Kehle aufgeschlitzt hat und dieser nun ausgeblutet ist. Cain hat seinen auf eine Bank in der Nähe des Eingangs geworfen, sein Körper ist nach vorne gesackt, aber er gibt in seinem halbbewussten Zustand gurgelnde Geräusche von sich. Wie bei mir reicht auch hier ein eingeschlagener Schädel nicht aus, um einen Vampir zu töten, und es sieht so aus, als wolle Cain ihn benutzen, um ein paar Fragen zu beantworten.

„Ups, ich wusste nicht, dass wir sie am Leben lassen

sollten", sagt Dorian und wischt sich mit dem Ärmel das Blut aus dem Gesicht. Er blickt auf die Blutspur, die er hinterlassen hat und zuckt mit den Schultern. „Mein Fehler."

„Wir brauchen nur einen", sagt Cain, während er den vor ihm Liegenden mustert. Sein Schädel verheilt, der Kopf bildet sich neu, während die inneren Wunden zuerst abheilen. „Und es sieht so aus, als ob dieser hier bald sprechen kann."

Dorian und ich rücken näher zusammen. Es dauert nicht lange, bis der Vampir seinen Kopf hebt und die Augen aufschlägt. Als er uns sieht, fletscht er die Zähne und faucht.

„Ach, hör auf mit dem Unsinn", schnauzt Dorian, als sein Dämon sich zurückzieht. „So ein Theater."

Er versucht aufzuspringen, aber ich lege ihm eine Hand auf die Schulter und drücke ihn wieder zu Boden. „Bleib hier", knurre ich.

Sein verwirrter Blick huscht zu mir und dann zu Dorian und Cain. „Was seid ihr?", fragt er. Sogar seine Stimme klingt jungenhaft, und wenn ich raten müsste, würde ich sagen, er ist nicht älter als sechzehn. Ein echter kleiner Babyvampir.

Er hat offensichtlich noch nie mit Dämonen zu tun gehabt und weiß nicht, wie wir ihn und seine Freunde zur Strecke bringen konnten.

„Wir beherrschen diese Stadt", sagt Cain kühl. „Sowohl Glenside als auch Storm, und wir wollen wissen, wer du bist. Und dein Gebieter."

Er lacht leise und seine Furchtlosigkeit beeindruckt mich. Ich kralle meine Finger fester in seine Schulter und packe noch härter zu. Er keucht. „Hey!"

„Ich schlage vor, du beantwortest unsere Fragen, oder es gibt eine nette kleine Grube in der Hölle mit deinem Namen drauf."

Zögernd schaut der Vampir uns noch einmal an, während ihm noch mehr Farbe aus dem Gesicht weicht. „H... Hölle?", stammelt er. „Ihr seid ... Dämonen?"

„Aha, du hast also von uns gehört." Dorian lächelt.

„Viktor hat uns gewarnt, dass wir bald auf euch treffen werden."

„Viktor?", wiederholt Cain und wirft uns einen Blick zu. Wir können sehen, was er denkt: Viktor hat neue Vampire erschaffen, ohne dass wir davon wissen? Das verstößt nicht nur gegen unsere Abmachung, es bedeutet auch Krieg. „Ist er euer Gebieter?"

Diesmal wird der Vampir fast hysterisch und lacht so laut, dass er prustet. „Dieser Möchtegern-Dracula? Auf keinen Fall."

Tja, das war's dann wohl mit dieser Idee.

Cains Geduld geht langsam zu Ende. Er nickt mir zu und gibt mir damit das Okay, alles zu tun, was nötig ist, um dem Vampir zum Reden zu bringen. Ermutigt lasse ich die Kraft der Verwandlung durch mich hindurchströmen, beschränke sie aber auf meinen Arm, der immer noch seine Schulter umklammert. Meine Finger verlängern sich zu Klauen, die Nägel dringen in seine Haut ein und durchbohren sie. Sein Shirt wird von Blut durchtränkt.

Sein Lachen verstummt abrupt und er versucht, sich loszureißen, aber ich halte ihn fest.

„Wenn nicht Viktor, wer hat euch dann erschaffen?", fragt Cain mit einem leisen Grollen, um seine Aufmerksamkeit wieder zu gewinnen. „Wer ist euer Gebieter?"

Er blickt mit spöttischem Interesse zu ihm auf. „Das weißt du nicht?“

Dieser kleine Wichser. Er überschreitet wirklich seine Grenzen bei uns. Besonders bei Cain. Ich kann sehen, wie sich seine Pupillen vergrößern und seine Augen fast vollständig ausfüllen.

Mit steigender Wut kratze ich mit meinen Krallen über die Haut und bohre sie in die Muskeln in seiner Schulter, sodass er aufschreit. „Ich würde an deiner Stelle reden. Es sei denn, du brauchst diesen Arm nicht mehr.“

„Fick dich!“ Er spuckt mir ins Gesicht. Die schleimige Substanz läuft mir über die Wange, und mein ganzer Körper kocht vor Wut. Mein innerer Höllenhund drängt sich nach vorne.

Mit einem Gebrüll ramme ich ihm meine Krallen in die Kehle und reiße mit meiner anderen Hand mit aller Kraft daran. Blut spritzt überall hin, als der Kopf des Vampirs von seinen Schultern gerissen wird. Er schlägt mit einem lauten Knall auf den Boden und rollt über das Holz zu Cains Füßen.

Mit stolzgeschwellter Brust und steifen Schultern blicke ich zu ihm und Dorian auf und die Wut entweicht aus mir wie aus einem Luftballon. Ich lasse den kopflosen Körper auf den Boden plumpsen.

Dorian grinst breit. „Ich bin froh, dass es diesmal nicht nur mich getroffen hat.“

Cain kickt den Kopf mit einem Seufzer zur Seite. „Es war kein Verlust. Er war sowieso keine große Hilfe.“

Ein leises Stöhnen kommt von der anderen Seite des Raumes und zieht unsere ganze Aufmerksamkeit auf sich. Der weibliche Vampir. Sie scheint sich gleich aufzurappeln.

„Keine große Sache", sagt Dorian. „Zwei sind geschafft, einer fehlt noch."

Es braucht nicht viel Überzeugungskraft, um die Vampirin zum Reden zu bringen. Vor allem, nachdem sie gesehen hat, wie ihre beiden Freunde in Stücke gerissen wurden. Der Typ, der sie beherrscht hat, heißt Stephan. Also eindeutig nicht Viktor, wie wir ursprünglich dachten. Aber das wirft eine ganze Reihe von Problemen auf. Wenn Viktor uns nicht verraten hat, bedeutet das, dass ein neuer Clan versucht hat, in sein Gebiet einzudringen. Das heißt, in unser Gebiet, und der hält sich offensichtlich nicht an die Regeln.

Wir haben in dieser Stadt das Sagen. Und unsere Anwesenheit hier auf der Erde ist in der gesamten übernatürlichen Community bekannt, also hatte dieser Vampir ganz schön Mut, uns den Rang abzulaufen.

Diesen Fehler wird er bald bereuen.

Als wir mit der Befragung des Vampirmädchens fertig sind, lassen wir sie gehen, in der Hoffnung, dass sie ihrem Gebieter zu verstehen gibt, dass wir ihn im Visier haben. Wenn er vernünftig ist, macht er sich aus der Stadt davon, aber da er Charlotte bedroht und eine Armee von jungen Vampiren aufgestellt hat, bezweifle ich, dass das so einfach sein wird. Dieser Stephan wappnet sich für einen Kampf.

Dann ist da noch der Umstand, dass Viktor verschwunden ist. Es ist gut möglich, dass er tot ist, und wenn das der Fall ist, dann ist alles gerade noch ein bisschen komplizierter geworden.

Müde und verärgert machen wir uns auf den Heimweg. Das Problem mit den Vampiren ist nur eine weitere Sache, die wir auf unsere To-Do-Liste setzen müssen, wobei es natürlich oberste Priorität hat, Aria aus der Hölle zu holen. Und da die Hexe Joseline verschwunden ist, bleibt uns nur der Weg zu ihr über die Relikte der Harfe. Aber dafür brauchen wir Zeit – Zeit, die wir sicher nicht haben.

Wir öffnen die Eingangstür der Villa und treten ein, doch der Anblick, der sich uns bietet, lässt uns innehalten. Aria und Maverick, die beiden Letzten, die wir hier erwartet haben, stehen am Fuße der Treppe und blicken einander an, die Gesichter eng zusammen. Als wir eintreten, drehen sich ihre Köpfe in unsere Richtung und Aria weicht sofort zurück, sodass Mavericks Hände von ihren Armen abrutschen.

Sie stürzt auf uns zu, bricht in Cains Armen zusammen und hält ihn so fest, als hätte sie Angst davor, was passieren könnte, wenn sie ihn loslässt. Dorian tritt an sie heran, streichelt ihr über das Haar und flüstert ihr etwas Tröstliches ins Ohr, was ich nicht höre, weil mein Blick auf Maverick gerichtet ist, der immer noch in der Mitte unseres Foyers steht und sie mit sehnsüchtigen Augen betrachtet.

Wut durchströmt mich wieder, wild und unkontrollierbar, und ich fliege durch den Raum, bevor ich überhaupt wahrnehmen kann, was ich da eigentlich tue. Ich packe Maverick am Shirt und knalle ihm meine Faust so fest ins Gesicht, dass er zurück auf die Treppe fliegt, mit dem Hinterkopf aufschlägt und verzweifelt nach dem Geländer greift. Der Geruch von Blut steigt mir in die Nase und er versucht, sich aufzurichten, aber ich springe auf ihn und drücke ihn nieder. Ich schlage ihm wieder in sein hübsches Jungengesicht und breche ihm die Nase. Noch mehr Blut strömt aus seinen Nasenlöchern.

„Elias, nein!" Die Rufe von Aria hinter mir bringen mich aus dem Konzept. „Stopp! Lass ihn los, bitte!"

Sie will nicht, dass ich dieses Arschloch umbringe, weil er sie entführt hat? Das begreife ich nicht.

Maverick nutzt die zwei Sekunden, in denen ich abgelenkt bin, um sich mit seinem ganzen Körper auf mich zu stürzen und mich auf den Boden zu werfen. Wir rollen umher, wobei wir mit den Fäusten aufeinander einschlagen und uns mit den Knien treten. Er verpasst mir einen ordentlichen Schlag gegen das Kinn, aber ich schaffe es, meine Füße unter ihn zu schieben und ihn mit meinen Beinen quer durch den Raum zu schleudern. Er knallt gegen den Eingangstisch und stößt eine Vase um. Überall zersplittert das Glas.

„Wartet doch mal", schreit Aria weiter. Cain hält sie fest, als sie versucht, näher an ihn heranzukommen, aber in der nächsten Sekunde bin ich schon auf den Beinen.

„Ich weiß, dass du gerne mit deinem Essen spielst, aber töte ihn endlich", ermutigt mich Dorian, trotz Arias Protesten. „Das Arschloch hat es nicht verdient, noch eine Sekunde länger zu leben."

Mavericks Kopf hebt sich, eine weitere Wunde in seiner Wange lässt noch mehr Blut fließen. Ich bin bereit, mit ihm dasselbe zu machen wie mit dem Vampirjungen und ihm den Kopf abzureißen. Zum Teufel mit den Folgen.

Ich stapfe zu ihm hinüber, meine Bestie drängt an die Oberfläche und will ihren Teil zu seinem Untergang beitragen. Ein wütendes Knurren entringt sich meiner

Kehle, aber bevor ich ihm zu nahe kommen kann, wirft Maverick noch einen Blick auf Aria, bevor er sich in Luft auflöst. Der Geruch von Schwefel bleibt zurück.

Ich werfe meinen Kopf zurück und lasse meine ganze Wut und Frustration auf einmal heraus. Die Bilder klappern an den Wänden und mein ganzer Körper zittert unter der Kraft.

Dorian rennt zu der Stelle, an der Maverick noch vor einer Sekunde stand, und tritt gegen die zerbrochenen Holz- und Glasscherben. „Verdammte Scheiße. Immer muss er mit eingezogenem Schwanz abhauen. Was für ein Wurm."

Ich versuche, mich zu beruhigen und das tollwütige Tier in mir zu besänftigen, aber dieses Mal ist es schwieriger. Maverick war gerade noch hier – in unserem Haus – und er ist schon wieder entkommen. Es ist, als würde er uns jetzt verhöhnen. Er kann ein- und ausgehen, wann immer ihm danach ist, Aria entführen und tun, worauf er Lust hat. Das ist unser Zuhause, unser Territorium, und ich will verflucht sein, wenn ich zulasse, dass er noch einmal hier aufkreuzt und lebendig davonkommt.

Auf gar keinen Fall.

Cain wirbelt Aria herum, packt sie an den Schultern und mustert sie. „Bist du verletzt? Hat er dich angefasst? Hat er den Ring abgenommen?" Er schnappt sich ihre linke Hand. Überraschenderweise ist der Ring weg. Er runzelt verwirrt die Stirn. „Er ... hat ..."

Dorian dreht sich um. „Warte, was?" Er geht hinüber und schaut auch auf Arias Hand hinunter. „Er hat den Ring abgenommen und dich zurückgebracht? Ich verstehe das nicht."

„Ich verstehe es auch nicht", antwortet Aria.

„Da steckt doch mehr dahinter", schnauze ich. „Das muss etwas sein."

„Finde ich auch. Wir reden hier schließlich über Maverick", sagt Dorian.

Meine Fäuste ballen sich an meinen Seiten. Es juckt mich, sie ihm wieder ins Gesicht zu rammen. Immer und immer wieder. Ich hasse es, dass er uns die ganze Zeit einen Schritt voraus ist. Das macht mich wütend.

Dorian reibt sich in Gedanken das Kinn. „Wir müssen herausfinden, was er vorhat, bevor er wieder hier auftaucht und uns verarscht. Was übersehen wir?"

„Ich glaube nicht, dass er das tun wird", sagt Aria plötzlich und wir schauen sie alle an. „Zumindest kam es mir nicht so vor."

Wie immer ist Cain bemerkenswert ruhig, trotz allem, was passiert ist. Vielleicht ist er einfach nur erleichtert, dass Aria zurück ist. Aber für mich ist das nicht genug. Ich will Blut. Ich will sicherstellen, dass so etwas nie wieder passieren kann.

„Wie kommst du darauf?", fragt er sie, während er dicht bei ihr steht.

„Ich meine, er hatte keinen Grund, mich hierher zurückzubringen. Luzifer hatte Pläne für mich. Er wollte, dass ich bleibe ..."

„Was?" Cains Pupillen weiten sich bei der Erwähnung seines Vaters und vergrößern sich, bis von seiner Iris nichts mehr übrig ist als vollkommene Schwärze. „Pläne? Was für Pläne?"

„Er will mich irgendwie benutzen – und Sayah natürlich auch – um den Himmel zu übernehmen. Er hat mir zwar keine Details genannt, aber ich habe das Gefühl, dass er mich auf irgendeine Weise als Waffe einsetzen will“, erklärt sie.

„Hält er immer noch an diesem Wunschtraum fest?“ Dorian schüttelt den Kopf.

Ich knurre. „Natürlich tut er das. Und er will Aria benutzen, um das zu erreichen.“

„Maverick ... hat mich verteidigt, sozusagen. Zumindest kam es mir so vor“, fährt sie fort. „Und dann, ohne Vorwarnung, hat er mich hierher zurückgebracht.“

„Du kannst ihm nicht vertrauen, dass er etwas Gutes tut, ohne dass für ihn etwas dabei herausspringt. So ist er schon immer gewesen“, sagt Dorian.

„So leicht wird Luzifer nicht aufgeben“, wirft Cain ein. „Seine Fähigkeit, die Hölle zu verlassen, mag begrenzt sein, aber wenn er nicht meinen Bruder schickt, um Aria zu holen, wird er andere schicken. Wir müssen darauf vorbereitet sein.“

„Wir hätten das Ritual durchziehen sollen“, antwortet Dorian mit zusammengebissenen Zähnen. „Der Vollmond ist vorbei.“

Aber dieses Mal nickt Cain zustimmend.

„Darf ich da nicht ein Wörtchen mitreden?“, fragt Aria verärgert. „Es geht hier schließlich um meine Seele.“

Ich kann nicht glauben, dass das immer noch ein Thema ist. Nach allem, was passiert ist.

„Das kommt darauf an. Würdest du lieber wieder in die Hölle verschleppt werden, ohne dass wir eine Möglichkeit haben, an dich heranzukommen? Als Luzifers Spielzeug benutzt zu werden?“, fragt Dorian unverblümt und sein ganzer Körper ist wie erstarrt. Es ist nicht seine Art, so forsch zu sein, aber ich schätze, nach der

Sache mit Maverick spürt er jetzt wirklich die Schuld und die Gefahr.

Sie schluckt ihre Worte hinunter.

„Das habe ich mir schon gedacht."

„Oder wir können den ursprünglichen Plan weiterverfolgen und die Verbindung der Hexe zu Maverick nutzen, um ihn zu beschwören. Dann bekommen wir mehr konkrete Antworten", schlage ich vor.

„Wir müssen sie trotzdem finden", sagt Cain.

Arias Augen weiten sich. „Joseline? Sie finden? Moment mal, wo ist sie?"

„Das wissen wir nicht", antworte ich. „Sie ist weggelaufen."

Dorian dreht sich zu ihr um. „Es sei denn, du hast eine Idee, wo sie sich verstecken könnte?"

Sie schüttelt den Kopf. „Wenn sie nicht in ihrer Wohnung oder auf der Arbeit ist, dann habe ich wirklich keine Ahnung. Die dunkle Magie hat sie verändert. Ich wüsste nicht einmal, wo ich anfangen sollte."

„Genau das habe ich befürchtet", murrt Dorian.

„Wir müssen sie finden", sagt Aria und schaut zwischen uns dreien hin und her. „Was ist, wenn sie in Schwierigkeiten steckt?"

„Dann hätte sie nicht weglaufen sollen", sage ich unwirsch, was ihr einen stumpfen Blick entlockt.

„Wir finden sie schon", fügt Cain hinzu. Seine Augen kehren zu ihrem normalen Blau zurück und er lässt die Schultern hängen. „Aber zuerst möchte ich, dass du mir alles erzählst, was passiert ist, während du in der Hölle warst. Vor allem mit Luzifer. Ich muss es wissen."

„Äh, okay."

Er legt ihr eine Hand auf den Rücken und führt sie in den Salon. „Wir haben uns alle viel zu erzählen."

Dorian will ihr folgen, hält aber inne, als er sieht, dass ich keine Anstalten mache, mitzukommen. „Kommst du?", fragt er, als Cain und Aria im vorderen Zimmer verschwinden.

Meine Haut juckt, als ob eine Million Ameisen unter ihr herumkrabbeln würden, und ich weiß, dass mein Höllenhund nach unserem Aufeinandertreffen mit den Vampiren und jetzt mit Maverick befreit werden muss. Er wird mich zerreißen, wenn ich ihm nicht die Freiheit gebe, nach der er sich sehnt.

Ich ziehe mein Shirt über den Kopf. „Ich muss los."

Er wirft einen Blick zur Tür und dann wieder zu mir. „Bist du sicher, dass das der beste Zeitpunkt ist?"

Ich beiße die Zähne zusammen. Meine Muskeln spannen sich schon bei der Aussicht auf die bevorstehende Verwandlung an und sind wie ausgebeult. „Ja."

Er seufzt schwer. „Nun gut. Aber verschwinde nicht. Nicht jetzt."

Ich würde ihm für diese Bemerkung am liebsten die Meinung geigen, aber ich weiß, dass er Recht hat. Schließlich ist das mein bekanntes Verhaltensmuster, und da Arias und unsere Leben immer noch in Gefahr sind, kann ich mich nicht noch einmal an die Bestie verlieren.

Ein kurzer Lauf durch den Wald. Vielleicht eine kurze Jagd, um das Bedürfnis nach Blut zu stillen, und dann komme ich zurück.

Ich nicke einmal zustimmend und gehe auf die Tür zu. Das Tier übernimmt die Kontrolle, noch bevor ich den Kies betrete habe ich mich innerhalb von Sekunden verwandelt und renne auf allen Vieren in Richtung See.

11

ARIA

„Sayah hat deinen Vater getötet?" Dorians Stimme ist leise, während sein Blick auf mich gerichtet ist, als könne er irgendwie in mich hineinsehen, dorthin, wo ich das Monster verstecke.

Unbehaglich sitze ich auf dem Sofa im Salon, während nur zwei der drei Jungs dicht um mich herum stehen. Elias ist nirgends zu sehen, aber Dorian hockt auf der Armlehne des Sofas und stützt sich mit einem Bein auf dem Sitzpolster ab. Cain steht am Kamin, regungslos wie eine Statue, doch in seinen Augen sind Angst, Wut und andere Gefühle abzulesen.

Ich nicke und streiche mir ein paar verirrte Haarsträhnen aus dem Gesicht. Ich rutsche auf meinem Platz hin und her, weil ich nach allem, was passiert ist, immer noch nervös bin. Ich war noch nie eine Teetrinkerin, aber vielleicht brauche ich jetzt eine Tasse. Oder ein Benadryl – irgendetwas, um diese aufgewühlten Nerven zu beruhigen.

„Meine Mutter hat also nicht nur Sayah herbeigerufen, um meinen Vater zu töten, sondern sie auch in mich hineingepflanzt, bevor sie beschloss, dass ich es nicht wert war, und mich im Krankenhaus aussetzte." Die Worte sprudeln nur so aus mir heraus und ich weiß immer noch nicht, was ich von all dem halten soll. In letzter Zeit geht mir das oft durch den Kopf.

Vielleicht sollte ich weinen, mich zerrissen fühlen, aber in Wahrheit fühle ich mich leer, wenn es um meine Vergangenheit geht. Ich habe so viele Tränen darüber vergossen, und jetzt, wo ich die Wahrheit kenne, weiß ich nicht, wie ich reagieren soll. Vielleicht bin ich abgestumpft, vielleicht stehe ich immer noch unter Schock, ich weiß es nicht.

Bevor die Jungs antworten, erzähle ich ihnen alles über das Gespräch mit meinem Vater und Luzifer.

„Okay ...", sagt Dorian und fährt sich mit der Hand durch die Haare. „Und ich dachte immer, meine Eltern wären bekloppt."

Ich atme heftig aus. „Das erklärt, warum ich innerlich so kaputt bin." Ich lache halb, aber das kommt nur unbeholfen rüber.

Cain schlendert zu mir und setzt sich neben mich, seinen Arm um meinen Rücken gelegt. „Du bist ganz und gar nicht kaputt, Aria. Nicht im Geringsten. Wir können uns unsere Eltern nicht aussuchen, wir können uns unsere Vergangenheit nicht aussuchen, aber wir können daraus etwas Besseres machen, und genau das hast du getan."

Seine Worte sind wirklich süß, aber ich weiß nicht, wie viel Wahrheit in ihnen steckt. Ich habe jedenfalls nicht das Gefühl, dass ich ein besserer Mensch bin.

Dann kommt Elias herein, mit ausgezogenem Shirt,

die Hose hängt ihm von den Hüften, die Haare sind durcheinander. Sein Mund ist mit Blut verschmiert. Er war draußen auf der Jagd.

Schweigend geht er quer durch den Raum zu seinem üblichen Platz am Bücherregal und verschränkt die Arme.

Cain streichelt mir über den Arm und ich lehne mich an ihn. „Ich wusste immer, dass meine Eltern mich aus irgendeinem Grund verlassen hatten, aber ich kam nie auf die Idee, dass es daran liegen könnte, dass meine Mutter verrückt war und mich verflucht hatte."

Dorian steht plötzlich neben mir und nimmt meine Hand in seine. Elias kniet vor meinen Füßen, seine Hände auf meinen Beinen.

„Wir werden immer für dich da sein. Und ich werde Luzifer ausweiden, wenn es das Letzte ist, was ich tue", versichert mir Elias.

Alle drei umringen mich und zeigen mir die Art von Zuneigung, die ich nie erwartet hätte, sodass meine Augen beginnen zu brennen. Es ist so viel auf einmal, aber die Gefühle, die mich durchfluten, zeigen, wie nahe ich diesen Dämonen gekommen bin. Ich bezweifle, dass ich ohne sie leben kann, und sie scheinen dieses Gefühl zu teilen.

„Alles wird wieder gut", sagt Cain zu mir und hält mich fest in seinem Arm. „Und wenn du willst, können wir deine Mutter suchen. Mal sehen, ob es stimmt, was dein Vater gesagt hat."

Vielleicht ist es die Art, wie sie mich ansehen, Cains Worte oder der Gedanke, dass mein Vater mich belogen haben könnte, aber meine Brust zieht sich zusammen. Ich zittere und ich beiße mir auf die Lippe, um nicht in

Tränen auszubrechen. Ich kneife meine Augen zusammen, aber die Tränen treten aus den Augenwinkeln aus.

Ich kann sie nicht aufhalten, auch wenn ich es versuche, aber ich weiß, warum es mich so hart getroffen hat. Ich habe so lange durchgehalten und war so stark, weil ich nicht zusammenbrechen wollte. Und doch sehe ich mich selbst immer tiefer in Schwierigkeiten geraten, meine Zukunft ist so düster, dass ich es kaum aushalten kann, und ich sage mir immer wieder, dass ich mich wieder fangen werde. Aber vielleicht war ich einfach nur eine Idiotin. Vielleicht ist es zu viel für mich, so zu tun, als ob alles in Ordnung wäre.

Mein Herz klopft und Stille bricht über uns herein.

Ich schmiege mich an Cain und er hält mich, während ich weine. Meine Brust fühlt sich an, als wäre sie aufgerissen und würde alles freisetzen, was ich in mir behalten habe. Die Wahrheit über meine Vergangenheit ist wie eine Klinge, die mich in Hunderte von Stücken zerschneidet. Diesmal versuche ich nicht, mich zu wehren, denn ich muss mich meinen Ängsten stellen.

Ich weiß nicht, wie lange ich geweint habe, und wir bleiben so, bis ich mich endlich beruhigt habe. Ich ziehe mich von Cain zurück und wische mir die Tränen ab. „Es tut mir leid. Ich wollte nicht so die Kontrolle verlieren“, flüstere ich.

„Es gibt nichts, wofür du dich entschuldigen musst.“ Dorian streckt seine Hand aus und fängt eine Träne auf, die über mein Kinn kullert.

„Ich würde mir mehr Sorgen machen, wenn du nach dem, was du durchgemacht hast, nichts mehr fühlen würdest“, fügt Elias hinzu.

„Was ist, wenn mit mir mehr nicht in Ordnung ist als

nur Sayah? Was, wenn meine Mutter wirklich verrückt ist, und was, wenn ...“

„Nein“, unterbricht mich Cain. „Denk nicht einmal daran. Du bist nicht wie deine Mutter. Ich habe gesehen, wie viel Liebe du für deine Freundin empfindest, wie du Cassiel gerettet hast und wie sehr du dich um uns sorgst. Das ist es, was dich ausmacht.“

Ich blinzle ihn an und wir sitzen alle schweigend da, während sie mich anblicken. Und ich ... nun, ich fühle mich geliebt. Nur so lässt sich das Gefühl beschreiben, dass ich mich nicht mehr unwohl fühle, sondern dass sich ein Gefühl der Zufriedenheit in mir ausbreitet.

Es ist etwas unvorstellbar Schönes, diese Art von Sicherheit zu haben.

Schließlich nicke ich. „Ich weiß, du hast Recht. Ich schätze, ich bin paranoid.“

„Wir sind für dich da, egal was passiert“, sagt Dorian.

„Jederzeit“, fügt Elias hinzu.

„Ihr seid alle zu gut zu mir.“ Ich wische mir über die Augen und schenke ihnen ein sanftes Lächeln, dann lehne ich mich wieder gegen Cain und genieße diese Auszeit.

Dorian und Elias wechseln Blicke, und es fallen leise Worte zwischen ihnen.

„Was?“, frage ich sie.

„Nur, dass wir uns um Charlotte und ihr Vampirproblem kümmern müssen“, sagt Dorian.

„Wie geht es ihr denn so?“, frage ich ihn.

„Es geht ihr gut. Die Sache mit Viktor ist allerdings etwas komplizierter geworden.“

„Darüber musst du dir keine Sorgen machen“, sagt Elias schnell. „Wir haben alles unter Kontrolle.“

Gut. Denn ich weiß nicht, wie viel ich im Moment noch ertragen kann. Ich lasse die Schultern sinken. „Solange es ihr gut geht."

Elias nickt. „Das tut es. Außerdem glaube ich, dass Cain auch etwas mit dir über das Ritual besprechen möchte. Alleine."

Cain blickt ihn an, aber er zuckt mit den Schultern.

Als ich zu Cain aufschaue, seufzt er schwer. Niedergeschlagen. „Er hat Recht. Das möchte ich."

Dorian erhebt sich und wirft mir einen Kuss zu, bevor er mit Elias den Salon verlässt.

Jetzt, wo ich allein bin, rücke ich ein bisschen weiter von Cain weg, bleibe aber in seinen Armen.

„Du hast mir gefehlt", gesteht er mit leiser, flüsternder Stimme. „Es macht mich wahnsinnig, wenn du weg bist."

Seine Worte bekommen noch mehr Gewicht, denn ich weiß, dass er so etwas nie zugegeben hätte, wenn er nicht gerade mit dem Tod konfrontiert worden wäre.

„Ich habe dich auch vermisst. Mehr als du denkst."

Er setzt sich ein wenig aufrechter hin, seine Hände rutschen von mir herunter und in seinen Schoß. „Ich trage eine Menge Schuld für alles, was dir passiert ist. Mein Bruder ... Mein Vater ..."

„Das solltest du nicht", sage ich, um ihn zu unterbrechen. „Ich gebe dir für nichts die Schuld."

Er blickt weg, und auf seinem Gesicht zeichnet sich ein Konflikt ab. Er trägt so viel Verantwortung auf seinen Schultern, dass es mir das Herz bricht.

„Ich habe versucht, dich zu beschützen, Aria. Vor allem, was dich verletzen könnte. Sogar vor der Wahrheit. Und das war ein weiterer großer Fehler von mir." Er holt tief Luft. „Du und Elias habt Recht. Du solltest über das Bindungsritual Bescheid wissen, denn es wird sich auf dich und letztendlich auf deine Seele auswirken. Es muss deine Entscheidung sein und zwar ganz allein deine Entscheidung."

Das Ritual ... Das, wovon die Dämonen überzeugt sind, dass es das Beste ist, um mich aus Luzifers Klauen zu befreien.

„Okay, ich höre zu."

Er wartet einen langen Moment, während er mit sich ringt, wie er anfangen soll. „Das Bindungsritual ist genau das, wonach es klingt. Es wird dich für den Rest der Ewigkeit an uns drei binden. So wie es die Menschen bei ihren traditionellen Hochzeitszeremonien gerne behaupten, aber das hier ist wörtlich gemeint. Unsere Seelen werden gewissermaßen miteinander verschmelzen, sodass wir jederzeit spüren können, wo du bist. Wir können erkennen, wenn du in Gefahr bist, selbst wenn du kilometerweit weg bist."

„Werde ich mich dadurch irgendwie verändern? Wenn unsere Seelen miteinander verschmelzen?", frage ich. Ich fühle mich mit Sayah schon jetzt so fremd in meiner Haut. Noch mehr davon kann ich auf keinen Fall gebrauchen.

„Vielleicht war „verschmelzen" das falsche Wort", antwortet er. „Eher ineinander verschlungen. Und nein. Du wirst uns nur spüren können, so wie wir dich spüren können."

Beängstigend. Aber es könnte sich als nützlich erweisen ... Doch für die Ewigkeit? Wirklich? Das ist eine lange Zeit. Bin ich bereit, eine solche Verpflichtung gegenüber diesen Dämonen einzugehen?

„Gibt es einen Ausweg, wenn ich meine Meinung ändere?"

„Leider nein", antwortet er. „Elias ist dadurch immer noch mit Serena verbunden und das quält ihn jeden Tag. Die einzige Möglichkeit, die Verbindung zu lösen, wäre ihr Tod."

Seine Worte berühren mich und wecken eine Eifersucht, wie ich sie noch nie zuvor gespürt habe. Elias hatte das Ritual mit dieser Schlampe durchgeführt? Die, die ihm das Herz herausgerissen hat? Kein Wunder, dass er immer noch davon traumatisiert ist. Er dachte, sie sei seine Seelenverwandte und sie hat ihn nur ausgenutzt. Mit der Eifersucht kommt auch ein anderes Gefühl ... das der Überraschung, dass er so viel für eine andere Person empfunden hat, dass ich mir jetzt Sorgen mache, dass ich niemals damit mithalten kann. Wie kann ich besser sein als die erste Person, der er sein Herz geschenkt hat? Vor allem, wenn er immer noch irgendwie mit ihr verbunden ist. Denkt er immer noch an sie und vermisst sie? Ich weiß nicht, wie ich mich fühlen soll, wenn ich weiß, dass diese andere Frau immer mit ihm verbunden sein wird.

„Dorian und ich haben ihm bei der Zeremonie geholfen, aber wir haben nicht alle ..." Er hält inne und sucht nach dem richtigen Wort. „*Voraussetzungen* erfüllt, damit die Zeremonie auch bei uns funktioniert."

Was um alles in der Welt soll das bedeuten?

Ich mustere ihn misstrauisch. „Welche Voraussetzungen?"

Wieder hält er inne. „Erstens brauchten wir einen Vollmond, um das Ritual durchzuführen, aber ..."

„Wir haben ihn verpasst", ergänze ich, denn ich

wusste, dass ich in der Hölle war, als der Mond am vollsten war.

Er nickt. „Noch einen Monat zu warten, ist keine Möglichkeit. In der Zeit kann zu viel passieren."

„Also, was? Das war's?"

„Nicht ganz. Es gibt noch eine Möglichkeit, aber dazu braucht man Blut ... und zwar eine Menge davon."

Ich rümpfe die Nase bei dem Gedanken. Ich bin mir nicht sicher, ob mir das gefällt. „Reden wir hier von Menschenopfern?"

„Nein. Es wird unser Blut sein."

Immer noch eklig. Dass er das so ruhig sagen kann, macht mir ein bisschen Angst, aber so ist das eben bei einem Dämon.

„Das Blut wird das Band zwischen uns stärken. Es macht das Ritual wirksamer, als wenn wir den Vollmond nutzen", fährt er fort. „Und dann wäre da noch der Sex."

Ich verschlucke mich. „Der was?"

„Der Sex", wiederholt er. „Das ist die Bedingung, die Dorian und ich bei Serena übersprungen haben, aber Elias hat sich darauf eingelassen. Der letzte Schritt, um die Bindung zu besiegeln."

Ich blinzle. „Ich muss Sex haben ... mit euch allen dreien?" Mein Bauch krampft sich zusammen bei dem Gedanken, dass mich alle drei Dämonen auf einmal nehmen. Das ist der wahrgewordene Traum eines jeden Mädchens.

Moment mal. Was war noch mal der Haken an der Sache? Ich kann mich nicht mehr erinnern.

„Aria", Cain dreht sich ganz zu mir um und sieht mir besorgt in die Augen. „Das ist kein leichtes Unterfangen. Dieses Ritual beruht auf der ältesten und dunkelsten

Magie, die es je gab. Sie ist so mächtig, dass sie selbst von Dämonen nur selten angewendet wird, aber sie ist die beste Möglichkeit, dich vor Luzifer zu schützen. Oder vor jeder anderen Art von Bedrohung."

Er meint Sayah. Ich kann spüren, wie ihr Name in seinem Blick liegt. Aber eine Ewigkeit ist eine lange Zeit und eigentlich habe ich diese Männer erst vor ein paar Monaten kennengelernt. Sicher, wir waren zusammen in der Hölle und wieder zurück, und diese kurze Zeit fühlt sich an wie eine Ewigkeit, aber bin ich bereit, mich dauerhaft mit ihnen zu verbinden? Für immer?

Ich bin mir da nicht so sicher.

Hochzeiten gehen mit Scheidungen einher. Der einzige Ausweg aus dieser Beziehung ist der Tod.

Und was bedeutet das für die Freiheit, die mir versprochen wurde, nachdem ich den Dämonen geholfen hatte, die Reliquien zu finden? War das dann null und nichtig? Das muss doch so sein, oder?

„Ihr habt gesagt, wenn ich euch helfe ..."

„Wenn du die Reliquien findest, lassen wir dich frei", sagt Cain zu mir. „Ja. Ich wusste, dass diese Frage kommen würde."

„Und?"

„Genau genommen würde das nicht mehr gelten, da unsere Seelen verbunden sein werden. Aber ..." Er bricht ab und sein Blick wird ernst.

Ich neige meinen Kopf und versuche, seinen Blick wieder zu erhaschen. „Aber was?"

„Wenn du das möchtest, verspreche ich dir, dass wir uns in jeder anderen Hinsicht von dir trennen werden. Wir können einander zwar immer noch über die Verbindung spüren, aber wir werden dich nie wieder kontaktieren oder uns in dein Leben einmischen. Ich ..." Er räuspert sich und korrigiert sich. „Wir werden alles tun, damit du uns nie wieder siehst."

Meine Brust glüht bei dem Gedanken. Keinen Kontakt mehr mit den Dämonen haben? Überhaupt keinen?

Ja, mein Leben würde vielleicht weniger verrückt werden und ich würde dem Tod nicht mehr jede Sekunde des Tages ins Auge sehen, aber sie aus meinem Leben zu streichen? Vollständig? Ich weiß nicht so recht.

„Ich werde meinen Teil der Abmachung so oder so einhalten", fährt er fort. „Du musst mir nur sagen, was du tun willst, und ich sorge dafür, dass es so kommt."

Das Problem ist, dass ich nicht weiß, was ich will.

Das ist eine schwere Entscheidung.

„Kann ich etwas Zeit haben, um darüber nachzudenken?", frage ich im Flüsterton. „Ich weiß, dass die Uhr tickt, aber das ist ... viel."

Er runzelt die Stirn, nickt aber. „Natürlich."

Er rutscht auf der Couch hin und her und im ersten Moment denke ich, dass er aufsteht und weggeht, aber stattdessen rückt er näher und legt noch einmal seinen Arm um mich. Die Geste ist jetzt etwas fester und ich weiß, dass er immer noch damit kämpft, seine Gefühle zu zeigen, also komme ich ihm ein Stück entgegen und lehne meinen Kopf an seine Schulter.

„Ich habe nicht gelogen mit dem, was ich vorhin gesagt habe, Aria", murmelt er in mein Haar. „Seit du weg bist, habe ich an nichts anderes gedacht, als dich wiederzusehen. Ich habe dich mehr vermisst, als es menschenmöglich ist."

Das entlockt mir ein kleines Lächeln. „Nun, du bist ja auch kein Mensch, oder?"

Ich spüre, wie seine Lippen sich zu einem Lächeln verziehen und gegen meinen Kopf drücken. „Nein, bin ich nicht."

Ich hebe mein Kinn und schaue ihn an. Nach allem, was ich in letzter Zeit durchgemacht habe, bin ich erschöpft und ausgelaugt, doch in Cains Gegenwart erwacht eine neue Seite in mir. Ich lehne mich näher an ihn heran und greife nach seinem Shirt, um es in meinen Händen zu halten, weil ich all die Qualen in mir vergessen will. Und Cain bietet mir die Lösung.

„Ich habe darauf gewartet, deine Arme um mich zu spüren. Um mich sicher und geliebt zu fühlen. Es ist verrückt, ich weiß, aber ich habe dich furchtbar vermisst. Und ich will, dass du mich richtig fickst, damit ich mich so angebetet fühle, dass mich nichts anderes mehr berühren kann. Ich bin es leid, immer daran zu denken, dass ich in noch größerer Gefahr bin."

Er schenkt mir ein herrliches Grinsen und es gefällt mir zu sehen, dass meine Worte ihm solche Freude bereiten.

Seine Hände wandern zu meiner Taille und der Druck seiner Finger ist so heftig, als würde es ihn alles kosten, mir nicht gleich hier die Kleider vom Leib zu reißen und mich auf der Stelle zu erobern. Mir würde das nichts ausmachen, aber als er stattdessen meine Hand ergreift, habe ich den Verdacht, dass er etwas anderes im Sinn hat.

„Komm mit", ist alles, was er sagt, als er aufsteht und mich mit sich zieht. Wir gehen die Treppe hinauf und direkt auf sein Zimmer zu.

Als wir drinnen sind, schließt er die Tür hinter uns ab und ich drehe mich zu ihm um, während er mich mit einem besitzergreifenden Blick anstarrt.

„Hier drinnen können wir alles da draußen vergessen. Hier sind nur wir beide." Er kommt auf mich zu und knöpft langsam die Knöpfe an seinen Ärmeln auf, bevor er das weiße Shirt hoch und aus der Hose zieht. Es hat etwas Hypnotisches, einen starken Mann wie ihn zu beobachten, der zielstrebig auf mich zugeht. Die Art von Mann, die mich all meiner Widerstände beraubt und die ein Nein als Antwort nicht akzeptiert.

Das ist genau das, was ich will, und trotzdem weiche ich zurück, bis ich mit der Rückseite meiner Beine das Bett berühre. Mein Körper ist so angespannt vor Erregung, während mein Herz in meiner Brust hämmert.

„Hast du etwas unter der Hose an?", fragt er mich verschmitzt.

„Es gibt nur eine Möglichkeit, das herauszufinden", ermutige ich ihn, denn ich weiß nur zu gut, dass ich einen dünnen Tanga trage.

Er streift über meine Seite und seine Hand erkundet meinen geschmeidigen Oberschenkel und wandert langsam höher zum Knopf. Er öffnet ihn blitzschnell und auch der Reißverschluss fliegt auf.

Mein Atem geht stoßweise, während ich völlig bewegungslos vor ihm stehe und nach Luft ringe. Es ist fast unmöglich zu atmen, wenn ein Gott mit lüsternen Blicken vor mir steht.

Er schiebt den Jeansstoff beiseite, seine Finger fahren über den dünnen Stoff und tauchen immer tiefer zwischen meine Schenkel.

Ich erschaudere, und sein Lächeln wird breiter.

„Es gibt so viel, was ich an dir vermisst habe, Aria, von der Art, wie dein Körper auf meine Berührungen reagiert, bis hin zu dem Blick in deinen Augen, als würdest du kurz vor einem Orgasmus stehen und so sehr versuchen, ihn zurückzuhalten. Und wie sehr sich mein Körper nach jedem Zentimeter von dir sehnt." Seine Lippen schmiegen sich an meine, sein Kuss ist kraftvoll und explosiv.

Meine Antwort bleibt mir im Hals stecken, während ich mich an ihn klammere und die Leidenschaft erwidere, seinen rauen, sinnlichen Duft einatme und die Art und Weise genieße, wie seine Zunge meine Mundhöhle erforscht. Währenddessen streift sein Finger über den durchnässten Stoff meines Tangas über meine Muschi.

Ich stöhne auf. Was er tut, macht mich völlig wahnsinnig und ich will so viel mehr.

Seine andere Hand wandert nach oben und ertastet meine Brust durch mein Oberteil, meine Brustwarze wird hart unter seiner Berührung, während ich immer schneller atme. Er weiß genau, was er tut: Sein Finger reibt über meinen Kitzler und drückt dagegen. Meine Beine zittern unter mir und ich weiß nicht, wie lange ich das noch aushalte.

„Bitte, Cain", flehe ich.

Er löst sich von unserem Kuss. „Du bist mein Untergang. Das wusste ich von dem Moment an, als ich dich traf." Er beugt sich vor, schiebt einen Arm unter meine Knie und den anderen hinter meinen Rücken und hebt mich hoch.

Ich lege meine Arme um seinen Nacken, während mein ganzer Körper von einem Kribbeln durchflutet wird. Ich schmiege mein Gesicht an seinen Hals, lecke ihn ab und genieße den leicht salzigen Geschmack.

Er knurrt vor sich hin, ein aufreizendes Geräusch, das

zu einem heißblütigen Mann gehört, der sich durch nichts aufhalten lässt.

„Ich nehme mir Zeit mit dir. Koste dich aus." Er lässt mich auf das Bett sinken, stellt sich neben meine Füße und greift dann nach unten. Seine Finger packen meine Hose und streifen sie ab. Als Nächstes zieht er mit langsamen, geschickten Handgriffen den Gummizug meines Tangas an meinen Beinen hinunter und dann aus.

Ich erschaudere, wie er meine Nacktheit mit jedem Kleidungsstück, das er von mir abstreift, in sich aufnimmt.

Er wirft mein Shirt und meinen BH irgendwo auf den Boden, dann nimmt er meine Füße und stellt sie mit angewinkelten Knien auf die Bettkante, bevor er seine starken Hände auf sie legt.

„Berühre dich für mich", sagt er so zärtlich, dass ich ihm diese Bitte auf keinen Fall abschlagen kann.

Ich blinzle ihn zuerst an, während er langsam meine Beine öffnet und zurücktritt, um mich ganz in sich aufzunehmen.

Der Blick in seinem Gesicht jagt mir eine wohlige Gänsehaut über den Rücken. In seinen Augen steht nichts als pure Begeisterung.

„Lass mich nicht zweimal fragen." Er fängt an, sein Hemd aufzuknöpfen und betrachtet mich die ganze Zeit von oben bis unten. Ich bin hin- und hergerissen zwischen dem Anblick seiner starken, muskulösen Brust und dem Befolgen seiner Anweisungen. Meine Hand gleitet trotzdem meinen Bauch hinunter, sie scheint einen eigenen Willen zu haben, oder vielleicht liegt es auch nur daran, dass ich alles tun würde, um Cain zu gefallen.

Ich erinnere mich an einen unserer ersten intimen

Momente. An den in der Limousine während unseres ersten Ausflugs ins Fegefeuer. Seitdem hat sich so viel verändert, aber ich bin immer noch völlig in ihm versunken, genau wie damals. Und so schiebe ich meine Finger tiefer, bis ich unglaublich feucht bin und die Berührung seidig weich ist. Ich stöhne bei der bloßen Berührung auf, wie prall und empfindsam ich bin.

Er leckt sich über die Lippen, beobachtet jede meiner Berührungen, wie ich mit meinen Fingern meine inneren Schamlippen öffne und ihm alles biete, was ich habe.

Er streift sein Shirt von seinen starken, breiten Schultern und öffnet seinen Gürtel, während er sich die Schuhe auszieht. In Sekundenschnelle schiebt er seine Hose nach unten, und natürlich trägt er keine Unterwäsche. Ich hätte nichts anderes von ihm erwartet.

Als er seinen riesigen Schwanz ergreift, zischt er, während er mit seiner Hand ein paar Mal an ihm auf- und abfährt. Die dicke Ader an der Vorderseite tritt hervor und die Venen in seinem Nacken pulsieren, weil er so angespannt und willig ist.

„Oh, ja", murmle ich.

Ich bin so abgelenkt, dass ich nicht merke, wie er auf meine Brüste blickt, dann lässt er sich vor mir auf die Knie fallen. Große Hände schieben meine Oberschenkel weiter auseinander.

„Ich will alles von dir sehen, jeden Teil, den ich übersehen habe, ich will jeden Zentimeter lecken und dich daran erinnern, dass er mir gehört. Um dir zu zeigen, dass ich mich schuldig fühle, weil ich dich mir habe nehmen lassen. Meinen Kopf mit nichts anderem als dir zu füllen, in deinem Duft zu ertrinken."

Seine Worte sind zauberhaft, und er könnte mich

genauso gut mit einem Zauber belegen, denn ich bin schon jetzt von einer Euphorie erfüllt, auf die ich nicht vorbereitet war.

Ich will etwas erwidern, etwas Kluges sagen, aber ich stöhne nur und entlocke ihm ein Lachen. Dann liegt sein Mund auf meiner Muschi, so warm und göttlich, dass ich meinen Rücken durchbiege, als er seine Lippen auf meine Schamlippen drückt. Ich könnte ihn glatt für einen Pfirsich halten, so wie er mich mit seinen Lippen und seiner Zunge verwöhnt und nichts unberührt lässt. Wie versprochen, ist er unermüdlich, dieser mächtige Dämon, der mir alles bietet, wonach ich mich gesehnt habe.

Mein Körper scheint unter seiner Aufmerksamkeit zu zerbersten, meine Haut zittert unter der aufkommenden Erregung. Sein Finger streift über meine Muschi, dann schiebt er ihn in mich hinein und er knurrt, als würde es ihm genauso viel Spaß machen wie mir.

Dann fährt er mit einem weiteren Finger in mich hinein und sagen wir es mal so: Cain ist alles andere als klein, egal um was es geht, und seine Finger sind da keine Ausnahme.

„Heute Nacht gehörst du mir, Aria." Seine Zähne streifen die Innenseite meiner Oberschenkel und knabbern daran, während er schnell in mich hinein und wieder heraus stößt und meinen ganzen Körper durch die Kraft seiner Finger erzittern lässt. Er beugt sich vor und saugt an meiner durchnässten Muschi, und die Art, wie er das tut, verändert etwas in mir, bringt mich zum Höhepunkt wie ein verdammter Tornado. Er reißt mich mit.

Ich werfe meinen Kopf zurück auf die Matratze und mein Körper zittert, als ob ich in Flammen aufgehen würde.

Meine Beine zittern und ich schreie, bevor ich mir ein Kissen schnappe und es an mein Gesicht drücke. Darin entfessele ich meine tiefsten Sehnsüchte.

Im nächsten Moment wird mir das Kissen vom Gesicht gezogen.

„Versteck dich nicht. Schrei so laut, dass es jeder hören kann, von mir aus auch die ganze Welt. Weißt du eigentlich, wie verdammt heiß du klingst, wenn du einen Orgasmus hast?"

Er stöhnt, als er seine Finger aus mir herauszieht und sie durch seine Zunge ersetzt.

„Oh, Scheiße, Cain!" Sein Gesicht ist zwischen meinen Beinen vergraben, seine Hände packen meinen Hintern und heben ihn vom Bett, damit er leichter jeden Zentimeter von mir erreichen kann. Bei seinem schweren Atem und seinen knurrenden Geräuschen bezweifle ich, dass irgendetwas auf der Welt ihn jetzt noch von mir wegziehen könnte. Er verschlingt mich vollständig, leckt, was ich zu bieten habe, und ich bin wahnsinnig vor Verlangen.

Ich liege erschöpft da, mein Brustkorb hebt und senkt sich schnell, während ich diesem unglaublichen Mann zusehe, wie er mich verwöhnt. Dass jemand meinen Körper so sehr schätzt, wühlt mich innerlich auf und lässt mich Dinge für ihn empfinden, die ich nie erwartet hätte. Das bringt mich dazu, alles zu tun, was nötig ist, um ihn für immer an meiner Seite zu haben.

Ich versuche gar nicht erst, mir darüber klar zu werden, wie abwegig meine Gedanken sind, wenn ein verdammter Sündendämon meine Muschi leckt. Mein Körper vibriert, als ich von einem wahnsinnigen Höhepunkt wieder runterkomme, und als Cain sich zurückzieht, glänzen sein Mund und sein Kinn. Er lächelt verrucht und leckt sich über die Lippen, als ob er nicht genug bekommen könnte.

„Ich liebe es, dich so zu sehen", gebe ich zu.

„Mit deinem Saft auf meinem Gesicht?"

Ich nicke. „Das ist so verdammt scharf."

Er steht auf. „ Die einzige, die in diesem Raum scharf ist, bist du." Er drückt ein Knie auf die Matratze zwischen meinen Beinen und senkt seinen Körper über meinen, um mich zu umhüllen.

Bevor ich etwas erwidern kann, liegt sein Mund auf meinem und ich schmecke mich selbst, der schwere Geruch von Sex hängt zwischen uns, und er greift unter meinen Rücken und hebt mich ein Stück höher auf das Bett. Er platziert sich zwischen meinen Beinen und sieht mich eindringlich an.

„Was hättest du getan, um mich aus der Hölle zurückzuholen?", frage ich, obwohl ich weiß, dass es bescheuert ist, aber ich will seine Hingabe hören. Im Moment sehne ich mich nach Aufmerksamkeit ... nach seiner ganzen Aufmerksamkeit.

„Ich hätte die ganze Welt in zwei Hälften gerissen. Ich hätte die Unterwelt auf den Kopf gestellt, wenn ich dich dafür zurückbekommen hätte. Nichts wird sich jemals wieder zwischen uns stellen. Darauf schwöre ich mit meinem Leben."

Ich lächle verrucht und kichere dann, aber ich kann nicht leugnen, dass ein Mann, den ich verehre und der mich derart beschützt, meine ursprüngliche Seite zum Vorschein bringt. Es hat etwas Wildes und macht süchtig.

„Fick mich", sage ich. „Lass mich alles vergessen."

Sein Kuss kommt dieses Mal sehr überraschend und

zeigt mir, wie sehr er sich zurückgehalten hat, um sich unter Kontrolle zu halten. Wie sehr er sich wünscht, mich einfach zu bändigen und mich zu nehmen. Allein dieser Gedanke macht mich wahnsinnig.

Er bewegt sich leicht, als seine Eichel gegen meinen Eingang stößt. Dann küsst er mich und dringt in mich ein. Es gibt kein Zurückhalten, nur den hungrigen Akt, mich zu beanspruchen. Sein Mund verschluckt mein Stöhnen, und er ist elektrisierend, leckt in meinem Mund, während sein Schwanz immer härter zustößt. Jeder seiner Stöße entlockt meiner Lunge ein heftiges Keuchen.

Mein Körper bebt unter ihm, während wir beide in einen Rhythmus verfallen, ich um ihn herum, er vergräbt sich in mir und drückt seine Erektion gegen meine Wände. Ich spüre jedes Gefühl, jede Berührung, und ich verliere den Verstand.

Die Realität dessen, was ich wirklich für Cain empfinde, ist viel komplizierter, viel beängstigender, denn ich weiß nicht, wohin das zwischen uns führen kann. Aber ich weiß, dass unsere Leben miteinander verflochten sind und dass es kein Entrinnen aus der drohenden Gefahr gibt, also beschließe ich, mir keine Gedanken über unsere Zukunft zu machen. Jedenfalls nicht im Moment. Wir müssen uns darauf konzentrieren, wie wir die Gegenwart überleben können.

Mein wunderschöner Dämon zischt, als er in mich eindringt und mich so vollständig ausfüllt. Es ist beängstigend, wie sehr es schmerzt, wenn ich daran denke, dass ich ihn hätte verlieren können. Ich will nie wieder das Gefühl haben, dass meine Welt immer dunkler wird. Ich habe schon genug in meinem Leben verloren.

Und hier bin ich nun, er nimmt mich und ich kann

mich des Gefühls nicht erwehren, dass er tatsächlich mit mir Liebe macht, wenn er mir so in die Augen schaut und mich küsst, während er mich zum Explodieren bringt. Für ihn ist das so viel mehr als nur Sex, und ich gebe zu, dass es sich auch für mich so anfühlt.

Er dringt in mich ein und wieder heraus, und ich liebe jeden Zentimeter dieses Mannes. Erst als er mich noch heftiger küsst, löst er meine eigene Erregung aus und bringt mich mit Leichtigkeit zu einem zweiten Orgasmus. Ich versteife mich unter ihm und das laute Stöhnen reibt an meiner Kehle. Als er merkt, dass ich nicht mehr in der Lage bin, mich zurückzuhalten, wird er immer zielstrebiger und stößt immer schneller zu, was meinen Höhepunkt noch einmal in die Höhe schießen lässt.

Grelle Lichter flackern hinter meinen Augen auf, als ich die wahnsinnigste Lust herausbrülle. Ich winde mich unter ihm, während er ächzt, mich festhält und in mich stößt, bis er innehält und ein donnerndes Stöhnen aus seinem Inneren dringt. Ein Stöhnen, das einfach nur verdammt heiß ist.

Seine Finger krallen sich in meine Schultern, während er in mir pulsiert und seine Augen klappen in seinem eigenen Moment höchster Erregung nach hinten.

Plötzlich bewegen sich seine Muskeln und werden weicher, dann senkt er seinen Blick auf mich. Er ergreift meinen Hinterkopf und legt seine Stirn an meine, während wir beide um Atem ringen und unsere Körper in Flammen stehen. Er zieht mich so nah wie möglich an sich heran, seine Finger graben sich in meine Haut.

„Du bist alles für mich, Aria. Zweifle nie an meiner Hingabe zu dir. Ich werde alles zerstören und töten, was sich mir in den Weg stellt, um zu dir zu gelangen."

Bei seinen Worten wird mein Blick verschwommen. Mein ganzes Leben lang habe ich mir diese Art von Hingabe gewünscht, und jetzt möchte ich weinen, weil er sie mir schenkt.

„Ich nehme alles, was du mir gibst", antworte ich und meine es ernst mit jeder Faser meines Seins, denn ich weiß, dass die Zeit, die ich mit Cain, Dorian und Elias verbracht habe, ein endloser Kampf war. Aber gerade in der Not zeigt sich der wahre Charakter eines Menschen, sagte Murray immer. Es gibt nicht viele gute Dinge, die er mir an Weisheiten mit auf den Weg gegeben hat, aber dieser Spruch passt so gut.

Cains Blick tastet mein Gesicht ab, dann lächelt er so vollkommen, dass ich unter ihm schmelze.

„Und ich gebe dir alles von mir", antwortet er.

12

ARIA

Die letzten zwei Tage seit meiner Rückkehr aus der Hölle waren ereignislos. Ich sollte mich nicht beschweren, wenn die drei Jungs darauf bestehen, dass ich es ruhig angehen lasse und man sich um alles kümmert, auch darum, dass sie kommen und Zeit mit mir verbringen. Sie haben Angst, dass Maverick oder Luzifer zurückkommen, und ehrlich gesagt, habe ich das auch im Hinterkopf.

Ich weiß noch nicht, wie ich ein Gefühl der Normalität zurückgewinnen kann, wenn ich immer wieder auf meinen Finger schaue, wo Mavericks Ring zuletzt steckte. Wenn ich manchmal spüre, dass Sayah knapp unter meiner Haut lauert und ich nichts unternehmen kann, um sie aufzuhalten, wenn sie sich dazu entscheidet, aufzutauchen. Und dann ist da natürlich noch das große, fette unausgesprochene Thema zwischen uns ... Mein Kuss mit Maverick.

In letzter Zeit denke ich so oft an ihn, dass ich mir

immer wieder ins Gedächtnis rufen muss, dass ich nur getan habe, was ich tun musste, um nach Hause zu kommen. Aber was ist, wenn ich mir etwas vormache? Was ist, wenn der Grund, warum ich ständig an ihn denke, und das Gefühl seines Kusses beides Anzeichen für etwas sind, das ich mir selbst nicht eingestehen will?

Was ist, wenn ich eine schreckliche Sucht nach allem habe, was dunkel ist, besonders nach Dämonen?

Ich seufze und lasse mich zurück in mein Bett fallen. Cassiel drückt seinen Kopf an meine Seite und stöhnt leise vor sich hin.

Ich sehe zu ihm hinüber, der geduldig neben meinem Bett sitzt. Sein Kopf schwenkt zur Tür und wieder zu mir, bevor er schnaubt.

„Wie kann ich nein sagen, wenn du mich mit diesen riesigen Rehaugen ansiehst?"

Ich stehe auf und streiche ihm über das Fell und kraule seine Ohren. Ich kann immer noch nicht glauben, wie groß er auf unserer letzten Reise nach Schottland geworden ist. Noch mehr von ihm zum Liebhaben.

Cassiel gibt ein miauendes Geräusch von sich und starrt erst auf die geschlossene Tür und dann auf mich.

„Okay, lass uns rausgehen."

In dem Moment, in dem ich die Tür öffne, stürmt er die Treppe hinunter und wartet an der Eingangstür auf mich. Dort stehen mehrere Wachen, und unter ihren Blicken schlendere ich in den Vorgarten. Zur Abwechslung macht es mir nichts aus, beobachtet zu werden, wenn das verhindert, dass ich entführt werde.

Ich lache fast darüber, dass ich alles versucht habe, um zu fliehen, als ich das erste Mal in der Villa ankam, und jetzt bin ich so verwurzelt hier, dass ich nicht mehr weggeschafft werden will.

Cassiel flitzt durch den Garten und springt ab und zu über den Schnee, bevor er sich hinter einem großen Baum verbirgt und zu pinkeln scheint.

Ich schlinge meine Arme um meinen Oberkörper und merke, dass ich mir einen Mantel hätte anziehen sollen, als eine kalte Brise vorbeirauscht. Doch der Schnee glitzert im Sonnenlicht und ist vollkommen unberührt. Bis auf die Stellen, an denen Cassiel seine Fußabdrücke hinterlassen hat. Der gepflasterte Weg von der Tür zur Straße wurde vom Schnee befreit, und ich gehe hinunter und atme tief die frische Luft ein.

In diesem Moment huscht ein kleiner Schatten über mich hinweg und ich werfe den Kopf zurück, als ein schwarzer Vogel in der Nähe herumfliegt, aber vom Himmel über mir fliegt ein Stück Papier auf mich zu.

Ich schnappe es mir aus der Luft, denn heutzutage überrascht mich kaum noch etwas. Botschaften, die vom Himmel fallen? Oh ja. Völlig normal. Ich lache fast hysterisch über mich selbst, als ich das weiße Papier auffalte. Es kann natürlich gut sein, dass es nichts weiter als Abfall ist, den der Vogel zum Bau seines Nestes mitgenommen hat ...

Aber als das erste Wort, das ich sehe, mein Name ist, geschrieben mit blauer Tinte, gefriert das Blut in meinen Adern.

Aria,

wir müssen reden. Ich werde die Stadt verlassen, aber ich kann nicht fahren, ohne dich vorher zu sehen. Ich komme in meine Wohnung zurück und werde heute um 15 Uhr dort sein, wenn du es schaffst.

Das alles tut mir sehr leid.

Joseline

Ich lese den Zettel immer wieder, aber das ändert nichts an der Nachricht. Joseline reist ab, und wenn ich sie wiedersehen will, muss ich sie um drei Uhr in ihrer Wohnung treffen.

Mein Entschluss steht fest. Ich muss sie sehen und herausfinden, was los ist. Unter anderem: Warum ist sie aus der Villa weggelaufen? Hat sie sich irgendwie in noch mehr Schwierigkeiten gebracht?

Ich drehe mich wieder um und will gerade hineingehen, als Dorian aus der Tür kommt. Er mustert mich aufmerksam und zieht die Nase kraus, als würde er mein Unbehagen spüren.

„Was ist los?“

„Wie viel Uhr ist es?“, frage ich und gehe näher an ihn heran, während ich dicht hinter mir spüre, wie Cassiel sich an meine Seite drängt.

Dorian holt sein Handy aus der Tasche und tippt darauf. „Wenige Minuten vor drei.“

„Scheiße. Du musst mich unbedingt zu Joselines Wohnung bringen.“ Ich drücke ihm den Zettel in die Hand und stürze ins Haus, um mir einen Mantel aus dem Flur zu holen. Cassiel ist mir die ganze Zeit auf den Fersen und denkt wahrscheinlich, dass wir ein Spiel spielen.

„Bist du dir sicher, dass das eine gute Sache ist?“, fragt er und ich weiß, dass er seine Frage aus einer gewissen Besorgnis heraus stellt, aber das gilt auch für mein Verlangen, nach der einzigen wahren Freundin zu sehen, die ich habe.

„Was ist, wenn sie wirklich die Stadt verlässt und vor allem davonläuft? Ich will sie ein letztes Mal sehen und sichergehen, dass es ihr gut geht."

„Und was ist, wenn das eine Falle ist?"

„Könnte sein, aber warum sollte Luzifer uns dorthin locken, wenn er so einfach an unserer Haustür auftauchen kann?"

Darauf gibt es keine Einwände. „Wir nehmen Cain und Elias mit."

„Von mir aus. Es ist besser, die ganze Gang dabei zu haben."

Cassiel miaut mich an und stupst mit dem Kopf gegen meine Beine, als ob er wüsste, dass wir alle irgendwo hin wollen. Als Dorian zurück in die Villa eilt, hocke ich mich neben meinen Luchs und streichle ihm über das Gesicht. „Willst du auch mitkommen? Wir haben dich einfach zu sehr damit verwöhnt, dass du mit uns raus durftest."

Er schnurrt unter meiner Berührung und schmiegt sich enger an mich, reibt sich an meinem Gesicht.

Ich kuschle mich an sein weiches Fell. „Okay, du kannst auch mitkommen."

Ich weiß nicht mehr, wie lange wir auf Dorians Rückkehr warten, aber ich bin kurz davor, wieder hineinzurennen, um zu sehen, woran es liegt, als das Knirschen von Reifen auf Schnee mich aufhorchen lässt. Cassiel stürmt bereits auf die Limousine zu, bevor ich einen Schritt vorwärts machen kann.

Die Hintertür öffnet sich für mich, aber es ist Cassiel, der hineinspringt, und selbst von dort, wo ich stehe, höre ich Elias schimpfen, dass er aussteigen soll.

Lachend stürme ich zu den beiden hinüber, steige ein und schließe die Tür.

Cain sitzt vorne, Dorian neben mir und in der Nähe

des Fensters und Cassiel hat sich zwischen Elias' Beine gezwängt.

„Was macht die Katze im Auto?", fragt er.

„Er ist auch besorgt, so wie ihr alle. Können wir jetzt bitte fahren, Holmes, ich bin schon spät dran."

Dorian legt seinen Arm um meinen Rücken und zieht mich näher an sich heran, während Elias und Cassiel einander gegenseitig anstarren.

„Erklär uns doch mal, wie genau du an den Zettel gekommen bist?", fordert Cain mich auf und dreht seinen Kopf, um uns anzublicken.

Ich erzähle ihnen alles, was passiert ist, und das war wirklich nicht viel.

„Glaubst du, es ist ein Rabe, wie der, der früher Sir Surchion gehörte?", fragt Elias. „Wenn dieser Hurensohn irgendwie aus der Asche wieder auferstanden ist, drehe ich durch."

„Es war kein großer Vogel, sondern eher ein Spatz."

Cains Stirn legt sich in Falten und er lehnt sich in seinem Sitz zurück. „Deine Freundin hat den Liefer-vogel vielleicht nur heraufbeschworen", sagt er schließlich.

„Das denke ich auch, denn ich habe kein Handy und ich nehme an, dass sie nicht wollte, dass ihr davon etwas mitbekommt."

Dorian gluckst. „Da hat sie sich wohl geschnitten. Ohne uns gehst du nirgendwo hin."

Ich drücke mich an seine Seite und habe dagegen nichts einzuwenden.

Cassiel lässt sein Kinn auf Elias' Knie plumpsen und ich streichle meinen bezaubernden Luchs. „Er mag dich wirklich, Elias."

Aber der wortkarge Dämon antwortet nicht und sitzt nur steif wie ein Brett da.

Es dauert nicht lange, bis wir die Stadt erreichen und direkt vor Joselines Wohnung parken. Ich denke an die letzten Male, als ich hier war, als ich herausfand, dass sie dunkle Magie praktizierte und dass mir nie klar war, dass sie mich in diesem Punkt angelogen hatte. Ich mache mir Vorwürfe, dass ich die Wahrheit nicht erkannt habe, bevor die Situation so aus dem Ruder gelaufen ist.

Als wir alle aus dem Wagen steigen, stürzt Cassiel heraus und krallt sich an meinem Bein fest, weil er anscheinend auch mitkommen will. „Kann einer von euch ihn reintragen, damit die Leute nicht ausflippen, wenn sie ihn frei herumlaufen sehen?" Mir fällt bereits ein Mann auf, der den Bürgersteig entlangschlendert und uns so interessiert anstarrt, dass er direkt in einen Mülleimer läuft.

Elias knurrt und schlingt einen Arm um Cassiels Oberkörper, dann hebt er ihn hoch. Keiner der beiden scheint sich wohl zu fühlen, aber ich will mich nicht beschweren, als wir alle zum Eingang des hohen Wohnhauses marschieren. Ich drücke den Knopf neben Joselines Namen auf der Tafel neben der Tür, die sich fast augenblicklich öffnet.

Drinnen angekommen, lässt Elias Cassiel auf seine Füße fallen und wir drängen uns alle in den Aufzug.

„Also, wie gehen wir vor?", frage ich.

„Was meinst du?", fragt Cain.

„Ihr könnt doch nicht alle wie meine Bodyguards in die Wohnung marschieren. Das würde sie nur verängstigen."

„Doch, genau das werden wir tun", antwortet Elias.

„Und wenn sie mir heimlich etwas sagen will? Das wird sie nicht tun, wenn ihr drei mir im Nacken sitzt."

„Wir können auf keinen Fall alle vor der Wohnung warten", fügt Dorian hinzu.

„Sie hat einen Balkon. Zwei von euch können dort draußen stehen und uns beobachten, aber wir haben trotzdem unsere Privatsphäre und der andere bleibt vor der Tür", erkläre ich. Ich bin mir nicht sicher, ob das Joseline dazu bringt, offen zu sprechen, aber es ist ein Kompromiss, den sie eingehen muss. Ich fühle mich selbst nicht gerade wohl dabei.

Im fünften Stock klopfe ich an die Tür, und mir dreht sich der Magen um. Als sich diese öffnet, späht Joseline hinter der angelehnten Tür hervor, ihre Augen sind groß und auf die drei Dämonen gerichtet.

„Was machen die denn hier?", fragt sie. Ihr Haar ist durcheinander, ihre Augen sind rot, als hätte sie geweint, und in ihrem Gesicht kann ich nur Angst ablesen.

„Du kannst ihnen vertrauen", erkläre ich. „Können wir reinkommen?"

In diesem Moment fällt ihr Blick auf Cassiel an meiner Seite, dann öffnet sie die Tür.

Ich betrete die Wohnung, die immer noch mit den teuren Möbeln eingerichtet ist, die ich schon bei meinem letzten Besuch gesehen habe, aber heute liegt ein beklemmendes Gefühl der Trauer in der Luft.

Cain und Dorian folgen mir, während Elias vor der Tür stehen bleibt und sie soweit zuzieht, dass sie noch einen Spalt weit aufsteht.

Dorian macht sich auf den Weg zum Balkon, während Cain den Flur entlang geht und jedes Zimmer inspiziert.

„Es ist niemand da", ruft Joseline.

Ich nehme ihre Hand, die sich unglaublich kalt anfühlt, und ziehe sie zum Sofa. Sie bewegt sich nur langsam über den Boden und humpelt stark. Als ich nach unten schaue, sehe ich, dass ihr rechter Fuß eingegipst ist. Gebrochen. Sie bemerkt meinen fragenden Blick und erklärt: „Es war ein kleiner Fehltritt ... als ich versuchte zu fliehen." Ah. Wir setzen uns beide. „Also, was ist hier los? Ich habe deine Nachricht bekommen", beginne ich.

Sie blickt immer noch zu Cain, als er wieder auftaucht und sich zu Dorian auf den Balkon gesellt, dann zieht er die Glastür zu. Sie stehen beide draußen, tuscheln und sind in unserer Sichtweite.

„Ich habe alles so viel schlimmer gemacht", sagt meine Freundin und zieht damit meine Aufmerksamkeit auf sich. Sie schüttelt den Kopf. „Ich war verzweifelt und habe meinen Job verloren, und ich wollte nicht auf der Straße landen. Also habe ich eine bescheuerte Entscheidung getroffen, nachdem ich ein paar einheimische Hexen getroffen habe, die mich davon überzeugt haben, wie einfach das wäre." Ihre Augen werden feucht, aber sie blinzelt die Tränen weg und sieht mich an. „Deine Dämonen haben recht. Es ist zu gefährlich, in deiner Nähe zu sein. Ich fühle mich jetzt schon schrecklich, weil ich so viel Scheiße vor deine Tür geladen habe. Es wäre egoistisch, wenn ich bleiben würde."

„Du weißt, dass mir das alles egal ist. Und außerdem können wir dich in Sicherheit bringen. Du solltest bei uns bleiben ..."

„Ich kann nicht." Sie blickt auf den Balkon und wieder zu mir. „Ich will nicht noch mehr Schaden anrichten. Weder für dich noch für mich, also muss ich hier fort und alles richtig machen. Woanders neu anfangen. Lass mich das tun."

Ich ziehe sie in meine Arme und halte sie fest. Ich denke daran, was Luzifer über ihren Vertrag gesagt hat und was aus ihr werden soll. Gibt es eine Möglichkeit, dass sie dem wirklich entkommen kann?

Laut Luzifer nicht, es sei denn, ich schließe mich bei der Übernahme des Himmels seinen Reihen an, und das kann ich nicht tun. Aber ich kann ihr das alles nicht anvertrauen. Genauso wenig wie ich sie dafür verurteilen kann, dass sie abhauen will. Sie will ihr Leben wieder in den Griff bekommen. Auch wenn es nur für eine kurze Zeit ist.

„Hinterher ist man immer schlauer", sage ich zu ihr und streichle ihren Rücken. „Aber ich hätte in deiner Situation vielleicht dasselbe getan. Erinnerst du dich an all die Dinge, die wir als Kinder geklaut und angestellt haben, nur um an Essen zu kommen?"

Sie löst sich lächelnd von mir, wischt sich über die Augen und nickt. „Ich mache mir Sorgen, dass etwas in mir nicht stimmt. Jetzt, wo ich das Böse hereingelassen habe, ist es vielleicht zu spät für mich."

Wow, wenn sie nur wüsste, was ich für eine Dunkelheit in mir verberge.

Cassiel kommt angetrabt und stellt sich neben uns, dann legt er sein Kinn auf das Bein meiner Freundin.

„Cassiel mag dich auf jeden Fall", sage ich, und sie streichelt seinen Kopf. „Tiere können dunkle Energie spüren und er würde dir keine Zuneigung schenken, wenn du böse wärst."

Sie streichelt weiter seine Ohren, ihr Kinn zittert, und ihre Angst frisst mich innerlich auf. Wir haben so viel zusammen durchgemacht, und wenn ich sie so gebrochen sehe, möchte ich sie am liebsten in den Arm nehmen und ihr versprechen, dass alles gut wird.

„Du weißt, dass die Dämonen und ich versuchen werden, dir aus deinem Deal mit Maverick rauszuhelfen." Wenn ich seinen Namen sage, kommen mir meine eigenen Schwierigkeiten in den Sinn, aber ich kann das nicht in meine Gedanken lassen, wenn es gerade nicht um mich geht. „Ich will nicht, dass du fortgehst."

Ein kleines Lächeln umspielt ihre Lippen. „Ich weiß, aber ... ich brauche das."

Ich nehme ihre Hand in meine und drücke sie leicht. „Ich verstehe", sage ich. „Mir gefällt das ganz und gar nicht, aber ich verstehe, was du meinst."

„Ich habe so viel Scheiße gebaut." Sie wirft einen Blick zu den Dämonen, die uns beide mit ausdruckslosem Blick beobachten, und dann wieder zu mir. „Ich weiß nicht, was ich tun soll, und ich kann vor lauter Sorgen und Schuldgefühlen kaum schlafen. Ich hasse es, dass meine Probleme auch auf dich abfärben." Ihre Stimme bebt, doch sie strafft die Schultern und sieht so entschlossen aus, wie ich es seit meiner Ankunft bei ihr noch nicht gesehen habe.

Meine Brust zieht sich zusammen, wenn ich sie so niedergeschlagen sehe, aber wenn sie glaubt, dass eine Auszeit ihr helfen wird, kann ich ihr diese Chance nicht verwehren. „Nun ... Wir wissen auf jeden Fall, wie man sich überall ein Zuhause schafft", sage ich düster. Sie nickt.

„Du musst tun, was du für richtig hältst", fahre ich fort, „aber du musst weiter mit mir in Verbindung bleiben und mich auf dem Laufenden halten. Schick mir einfach einen anderen Vogel oder so."

Daraufhin lächelt sie.

„Und versprich mir bitte, dass du keine schwarze Magie mehr anwendest?"

Sie zögert, was mich nur noch mehr beunruhigt.

Eine gewisse Traurigkeit zeichnet sich auf ihrem Gesicht ab. „Ich verspreche, dass ich mein Bestes tun werde."

Ich drücke ihre Hand wieder leicht und lehne mich näher zu ihr, um sie in meine Arme zu nehmen. Sie schmiegt sich wieder an mich und ich kann mich des Gefühls nicht erwehren, dass ich mich für immer von meiner Freundin verabschiede. Ich habe Angst um sie, um uns alle, aber wir müssen alle unseren eigenen Weg im Leben gehen.

„Tut mir leid, dass ich dir auf die Nerven gehe, aber ich sollte jetzt besser gehen", sagt sie, als sie sich aus unserer Umarmung löst. „Mein Bus kommt in fünfzehn Minuten und ich darf nicht zu spät kommen.

„Natürlich." Ich schlucke den Felsbrocken in meinem Hals hinunter, und weiß nicht, wie ich mich fühlen soll.

Ich winke Cain und Dorian zu, zu uns zu kommen, und öffne dann die Tür für Elias, als Joseline einen riesigen Rucksack durch den Flur ins Wohnzimmer schleppt, Cassiel an ihrer Seite, der an einem der Gurte zieht und ihr hilft.

Elias eilt ihr zu Hilfe, ohne dass ich darum bitte. „Wo soll das hin?"

„Nach unten, bitte", sagt sie.

„Wir brechen also auf?", fragt Dorian.

„Ja, Joseline muss einen Bus erwischen." Mein Mund

fühlt sich trocken an, die Worte fühlen sich an wie Stacheldraht in meiner Kehle. Das geht alles viel zu schnell, und während sie Zeit hatte, alles zu verarbeiten und eine Entscheidung zu treffen, hatte ich keine.

Cain sieht mich an und ich sehe, wie ein Dutzend Fragen in seinen Augen aufflackern, aber er stellt sie nicht, denn er spürt deutlich die Trauer, die den Raum durchströmt.

Draußen vor der Wohnung ist die Luft bitterkalt geworden und es schneit leicht. Joseline hat die Tasche auf dem Rücken und ist abmarschbereit. Sie schenkt mir ein schiefes Lächeln, wie sie es mir immer zuwarf, wenn sie unsicher war. Meine Augen brennen, wenn ich sie so sehe, und ich bin noch nicht bereit, ihr Lebewohl zu sagen.

Sie umarmt mich. „Pass auf dich auf, Süße, und lass dir von niemandem etwas gefallen."

Ich lache, als sie sich von mir löst, aber ich halte sie immer noch am Arm fest. „Ruf mich an, wenn du bereit bist, zurückzukehren, okay?"

„Aye, aye, Captain." Sie salutiert mit der Hand an der Stirn und stößt die Hacken zusammen.

Kichernd löse ich meinen Griff um sie und sie dreht sich um, eilt den Bürgersteig hinunter und weicht mit der großen Tasche auf dem Rücken den Leuten aus.

Meine Brust fühlt sich an, als würde sie sich in zwei Hälften teilen.

Jemand legt seine Hand in meine und ich sehe erst nicht, wer es ist. Ich ersticke an meinen eigenen Atemzügen und kann mich kaum zusammenreißen, als so viel um mich herum zusammenbricht. Irgendwie schaffe ich es, heil zurück zum Auto zu gelangen, aber in dem

Moment, in dem wir alle wie Sardinen auf dem Rücksitz zusammengepfercht sind und Cassiel sich über all unsere Schöße ausstreckt, wird mir alles zu viel.

„Geht es dir gut, kleines Kaninchen?", fragt Elias.

Aber ich kann keine Worte finden. Stattdessen strömen Tränen aus meinen Augen und ich umarme Cassiel, vergrabe mein Gesicht in ihm und weine unkontrolliert.

13

DORIAN

*I*ch kann es nicht ertragen, wenn sie so aufgewühlt ist. Das halte ich nicht aus. Es zerreißt mich innerlich.

Wie konnte ich von einem der berühmtesten Kopfgeldjäger in der Hölle und dem König der One-Night-Stands hier auf der Erde dazu kommen, mich so sehr um eine Frau zu kümmern, dass ich schwach werde, wenn sie weint? Ich weiß nicht, wie es so weit kommen konnte, aber jetzt sitze ich hier auf dem Rücksitz der Limousine, Aria zum Teil auf meinem Schoß, vor Kummer zitternd, und alles, woran ich denken kann, ist, wie ich ihr den Schmerz nehmen kann.

Als ich Elias und Cain ansehe, wird mir klar, dass sie das Gleiche denken, aber keiner von uns weiß, was er tun oder sagen soll. Wir sitzen steif da und schweigen vor uns hin, während Aria weint, und wir können sie nur durch unsere Anwesenheit trösten. Elias hält ihre Hand, während Cain so tut, als würde er sich raushalten, aber in Wirklichkeit kann ich sehen, wie sein Daumen über ihren

Oberschenkel zwischen uns streicht. Das ist seine Art, ihr zu vermitteln, dass er da ist.

Und ich? Ich frage mich, was ich noch tun kann. Das reicht nicht aus. Aria hat so viel durchgemacht und wird immer wieder aufs Neue getroffen. Wir sind an so etwas gewöhnt, aber sie ... Ich weiß nicht, wie viel sie noch ertragen kann, bevor sie zusammenbricht. Ich meine, die Frau wurde gerade entführt und in die Hölle verschleppt, verflucht noch mal.

Als die Reifen über den Kies unserer Einfahrt rollen, kommt mir eine Idee. Das letzte Mal, dass ich Aria glücklich gesehen habe – wirklich glücklich – war, als wir in Schottland waren und Touristensachen unternahmen, als wären wir das normalste Paar der Welt.

Ich lächle, als ich mich daran erinnere, wie sehr sie sich darauf gefreut hat, durch die Läden zu schlendern, Souvenirs zu kaufen und Fotos zu machen.

Was sie jetzt braucht, ist ein weiterer Abend wie dieser. Etwas Einfaches, fast Albernes, aber stressfrei, um sie auf andere Gedanken zu bringen.

Der Wagen hält vor der Haustür, und Cain und Elias steigen aus. Aber als Aria versucht, über den Rücksitz zu rutschen, um den Wagen zu verlassen, packe ich sie an der Taille und ziehe sie zurück ins Auto. Sie blickt mich verwirrt an.

„Wir beide müssen noch eine weitere Zwischenstation einlegen", sage ich und schiebe Cassiel nach draußen. Cain bleibt draußen stehen und wirft einen Blick in meine Richtung, aber ich sehe ihn vielsagend an, um ihm klarzumachen, dass ich das schon hinkriegen werde; ich will nur etwas Zeit mit ihr allein verbringen.

Wie immer scheint er meine Gedanken zu lesen und

nickt. „Komm schon, Elias. Wir müssen noch ein paar Dinge in meinem Büro besprechen."

Elias hat wie immer keine Peilung. „Über das Ritual? Oder die Vampire?"

Cains Miene ist ausdruckslos. „Über beides."

„Bist du sicher, dass ihr mich nicht brauchen könnt?", fragt Aria ihn.

„Dafür nicht", antwortet Cain schnell. „Fahr du mit Dorian." Er schließt die Tür. Elias tut das gleiche und damit sind wir vom Rest der Welt abgeschnitten. Aria dreht sich sofort zu mir um.

„Wohin fahren wir?", fragt sie.

Ich tippe eine Adresse in mein Handy und gebe es an Holmes weiter, damit er weiß, wo er hin muss. Aria versucht, einen Blick auf das Display zu werfen, bevor ich es in meine Tasche stecken kann. „Nee, nee, nee", sage ich mahnend, als wir uns auf den Weg machen. „Das ist eine Überraschung."

Sie runzelt die Stirn und verzieht die Lippen zu einem bezaubernden Schmollmund. „Das macht mich unruhig", sagt sie.

„Unruhig? Inwiefern?"

„Ich habe schon zu viele Überraschungen mit euch drei Dämonen erlebt. Findest du nicht auch?" Obwohl sie sich bemüht, nicht belustigt zu wirken, schleicht sich ein Lächeln ein.

„Touché." Ich grinse.

Wir fahren schweigend weiter. Aria lehnt sich etwas näher an ihr Fenster und schaut hinaus. Ich hatte erwartet, dass sie sich mehr über meine Überraschung freuen würde, aber wenn wir erst einmal da sind, wird sich das ändern. Zumindest hoffe ich das.

Während Aria abgelenkt ist, ziehe ich mein Handy heraus und beginne, durch die Fotos zu scrollen. Das erste Bild, das ich sehe, ist Arias hübsches Gesicht, das mich anlächelt, während sie in einer roten Telefonzelle posiert. Ich wische über den Bildschirm und finde ein Selfie, das sie unbedingt mit mir machen wollte, auf dem sie meine Wange küsst und die Burg von Edinburgh im Hintergrund zu sehen ist. Das Entsetzen auf meinem Gesicht ist offensichtlich. Damals hatte sie mich überrascht, aber wie auf dem nächsten Bild zu sehen ist, hatte ich sie ebenfalls überrascht, indem ich ihr einen Kuss auf die Wange gab.

Mir wird ganz warm ums Herz. Damals machte ich mich über ihren Wunsch lustig, während unserer Schottlandreise Touristensachen zu unternehmen, wie Fotos schießen und shoppen, aber jetzt blicke ich zurück und vermisse die Zeit, die wir zusammen verbracht haben. Aria ist einfach wunderbar. Sie hat mich verzaubert. Und ich glaube nicht, dass ich diese Fotos jemals löschen werde.

„Was siehst du dir da an?" Arias Stimme lässt meinen Kopf hochschnellen. Sie mustert mich nachdenklich und legt den Kopf schief.

„Dich."

Sie blinzelt mich verwirrt an.

Ich mache das Display aus und stecke das Handy wieder ein. Als ich aus dem Fenster schaue, sehe ich, dass wir uns dem Zentrum von Glenside nähern, wo der Marktplatz bereits weihnachtlich geschmückt ist. In dem niedlichen Park gibt es kleine Verkaufsbuden, die mit Lichtern geschmückt und mit Schnee verziert sind, ein Lagerfeuer, an dem Kinder fröhlich Marshmallows rösten, und eine Eislaufbahn.

Das Weihnachtsfest steht für diese Erdenbewohner kurz bevor. Als Dämonen haben wir das Fest aus naheliegenden Gründen nie gefeiert, aber das bedeutet nicht, dass wir nicht die Vorzüge nutzen können, die es mit sich bringt. Zum Beispiel für ein spontanes Date.

„Der Marktplatz?", fragt Aria, als sie ebenfalls aus dem Fenster blickt. „Warum sind wir hier?"

Holmes hält den Wagen in der Nähe des Eingangs zum Park an. Ich steige als Erster aus und bin vor Aria an ihrer Tür, die ich ihr wie ein echter Gentleman öffne. Sie beäugt mich skeptisch, als sie aussteigt.

Was soll ich sagen? Tief im Herzen bin ich eben ein Romantiker.

Ich biete ihr meinen angewinkelten Ellbogen an, aber sie zögert. „Was hast du vor?", fragt sie und mustert mich mit ihren wunderschönen dunklen Augen.

Ich täusche Überraschung und Entrüstung vor. „Darf ein Dämon nicht mit seiner Frau ausgehen, um sich ein bisschen harmlosem Vergnügen hinzugeben?"

„'Dämon' und 'harmloses Vergnügen' sind zwei Dinge, die normalerweise nicht im selben Satz vorkommen."

„Bei mir schon", erwidere ich, schnappe mir ihre Hand und lege sie in meine Ellenbeuge. „Und außerdem möchte ich hier vielleicht vor allen mit dir angeben."

Ich erwarte ein Erröten oder eine schüchterne Ablehnung, aber stattdessen richtet sich ihr Blick auf die Menschenmenge und ihr Gesicht zeigt keine Regung.

Seltsam ... Diese Reaktion habe ich nicht von ihr erwartet. Ist sie wirklich so niedergeschlagen wegen Joseline? Ich vermute ja. Aber während ich sie so ansehe, wird mir ganz flau im Magen. Irgendetwas scheint nicht in Ordnung zu sein.

„Aria, meine Liebe, geht es dir gut?", frage ich sie.

Sie antwortet nicht. Vielleicht hört sie mich nicht.

„Aria?"

„Hm?" Sie dreht sich leicht zu mir um und sieht zu mir auf.

Langsam frage ich mich, ob die Idee mit dem Date wirklich so clever war. „Geht es dir gut?"

Sie blinzelt langsam, als würde sie aus einer Trance erwachen. Dann mustert sie mein Gesicht und sieht mich zum ersten Mal. „Oh, ja. Absolut."

Ich starre sie an und glaube kein Wort von dem, was sie sagt.

Sie erwidert meinen Blick nicht mehr und reibt sich die Stirn. „Es tut mir leid. Es war ... ein langer Tag."

Ich seufze. Ich kann ihr nichts vorwerfen. Sie hat eine Menge durchgemacht. „Es waren wirklich ein paar lange Tage für dich."

„Eher Wochen." Sie stößt ein Lachen aus, das gezwungen klingt.

„Da hast du nicht unrecht."

Hatte ihr spontaner Ausflug in die Hölle ihr mehr zugesetzt, als wir gedacht hatten? War dort etwas passiert, wovon sie uns nichts erzählt hatte?

Ich fange an, das zu glauben.

Aber jetzt ist nicht der richtige Zeitpunkt, um das anzusprechen, also nicke ich in Richtung des Getümmels und schiebe sie weiter. „Komm schon. Wir sind schließlich jetzt hier. Da können wir doch auch ein bisschen Spaß haben."

„Ich dachte, Dämonen mögen keine Kälte", sagt sie.

Das ist wahr. Alle Kreaturen, die in der Hölle leben,

bevorzugen aus verständlichen Gründen die Wärme. „Für dich werde ich eine Ausnahme machen."

Ich schenke ihr ein Lächeln, aber sie scheint nicht sonderlich beeindruckt zu sein.

Da mir die Ideen ausgehen, führe ich sie durch die kleinen Verkaufsbuden. Sie schweigt die ganze Zeit. Dieses distanzierte Verhalten ist so untypisch für sie, dass sich bald ein Unbehagen zwischen uns breit macht. So sind wir noch nie miteinander umgegangen – so kalt und förmlich. Das ist Cains Ding. Nicht meins. Aria war mir gegenüber schon immer sehr offen, deshalb irritiert mich ihr Schweigen.

Das ist ganz sicher nicht das, was ich mir für unseren romantischen Ausflug vorgestellt habe.

Mit ihrer Hand auf meinem Arm helfe ich ihr, sich durch die Menschenmassen zu schlängeln. Ihr Blick ist starr nach vorne gerichtet, und mit jedem Augenblick wächst meine Sorge. Irgendetwas stimmt hier einfach nicht.

Vor uns sehe ich die Eislaufbahn, auf der Erwachsene und Kinder im Kreis ihre Runden drehen. Ich steuere Aria in diese Richtung.

Ob man es glaubt oder nicht, aber als Romantiker habe ich mir schon viele romantische Komödien reingezogen. Eislaufen im Winter und das gemeinsame Trinken von heißer Schokolade stehen auf der gleichen Stufe wie Bootsfahrten und Spaziergänge bei Sonnenuntergang ... Frauen lieben solche Sachen.

Als wir in der langen Schlange stehen, um unsere Eislaufschuhe auszuleihen, dreht sich Aria zu mir um und sieht mich stirnrunzelnd an. „Moment, Schlittschuhlaufen?"

„Ist das ein Problem?", frage ich.

Sie antwortet zunächst nicht und kaut stattdessen auf ihrer Unterlippe. Das ist typisch für Aria und ich lächle, weil es mir so vertraut ist.

„Ich bin noch nie Schlittschuh gelaufen", sagt sie nervös.

„Wirklich?" Aber eigentlich bin ich gar nicht so überrascht. Soweit ich mich mit Liebesromanen auskenne, hat das Mädchen keine Ahnung vom Schlittschuhlaufen und der Typ springt ein und fängt sie auf, wenn sie stürzt. Da komme ich dann ins Spiel.

„Wir hatten doch kein Geld, als ich klein war, schon vergessen?"

„Ah", beginne ich. „Dann wird das heute eine Premiere für dich sein."

Als wir an der Reihe sind, um unsere Schlittschuhe in Empfang zu nehmen, sieht sie immer noch nervös aus. Wir wählen unsere Größen aus und setzen uns auf eine der Bänke, um sie anzuziehen. Ihre Hände zittern und sie kommt nur langsam voran.

„Lass mich dir helfen." Ich knie mich vor sie und binde ihr die Schuhe zu. Als ich wieder aufstehe, nehme ich sie bei der Hand. „Mach dir keine Sorgen. Ich lasse dich nicht stürzen", versichere ich ihr.

Sie nickt. „Okay."

Gemeinsam wackeln wir auf das Eis zu. Andere Schlittschuhläufer flitzen an uns vorbei und gleiten gekonnt dahin. Sogar Kinder drehen sich und springen und sehen aus wie kleine Olympiateilnehmer.

Aria schaut ihnen auch zu. „Hast du das schon mal gemacht?"

Ich zucke mit den Schultern. „Nicht wirklich."

Ihre Augen weiten sich. „Was?"

„Wie schwer kann das schon sein?" Ich zeige auf eine Gruppe Zehnjähriger, die einander an den Händen halten und kichern, während sie an uns vorbeiziehen. „Wenn die das können, kann ich das auch."

Ich trete auf das Eis und sofort flutschen meine Füße unter mir weg. Ich schlage mit den Armen um mich, aber es ist zu spät – ich stürze. Ich knalle auf meinen Hintern. Der Schmerz schießt mir die Wirbelsäule hinauf und ich stoße heftige Flüche aus.

Jetzt kann ich garantiert nicht mehr aufrecht laufen. Mist.

Als ich aufschaue, lacht Aria. Hysterisch. Sie krümmt sich nach vorne, umklammert ihre Knie und schnappt nach Luft. Ich schaue finster drein.

Das Eis friert mir schnell den Hintern ab, also versuche ich, wieder auf die Beine zu kommen, aber auf diesen Schlittschuhen ist es fast nicht möglich, das Gleichgewicht wiederzufinden. Ich rutsche aus, meine Füße gehen in zwei entgegengesetzte Richtungen, und es dauert nicht lange, bis ich wieder hinfalle und diesmal auf allen Vieren lande wie ein Hund. Aria lacht weiter, und mein Ärger wird immer größer. Wie kann ich – ein berühmter Attentäter und Inkubus – nicht in der Lage sein, etwas so Einfaches zu schaffen wie aufrecht auf Schlittschuhen zu stehen? Das ist so was von peinlich.

Eine Hand packt mich und als ich aufschaue, hat Aria ihren Lachanfall beendet und versucht nun, mir aufzuhelfen. Ich weiß nicht wie, aber sie schafft es, zumindest auf dem Eis stehen zu bleiben, während ich meine Füße nicht einmal dazu bringen kann, einfache Anweisungen zu befolgen. Es ist, als wäre ich plötzlich ein neugeborenes

Rehkitz, das nicht in der Lage ist, seine Gliedmaßen richtig zu bewegen.

Irgendwie führt sie mich an die Bande und ich kann mich daran aufrichten. Ich atme schwer und mache keine plötzlichen Bewegungen. Eine falsche Drehung und ich lande garantiert wieder auf meinem Hintern.

„Wage es ja nicht, Elias davon zu erzählen", knurre ich, aber schon beim Sprechen zittern meine Knie und ich klammere mich an die Bande, um mich abzustützen. „Sonst bekomme ich das ewig vorgehalten."

Ich bin angeblich der Geschickteste in unserer Gruppe. Als Dämon kann ich mit Leichtigkeit eine Wand erklimmen oder über eine brodelnde Grube springen. Ich mache mich jeden Tag über Elias lustig, weil er so unge-schickt ist, aber ich bin nicht in der Lage, mich länger als zwei Minuten auf den Beinen zu halten. Geschweige denn, um auf der Eisbahn zu laufen.

Wenn er das herausfindet, ist es vorbei.

Aria prustet vor Lachen. „Ich kann nichts versprechen."

Die gleiche Gruppe von Kindern, die ich zuvor gesehen habe, kommt wieder um die Eisbahn, diesmal kichern sie und zeigen auf mich, als sie vorbeifahren. Ich zische sie an, damit sie sich ein wenig beeilen.

Diese kleinen Scheißer.

Eislaufen ist definitiv nicht so einfach, wie es aussieht.

„Gar nicht so einfach, was?", fragt Aria und lenkt meine Aufmerksamkeit wieder auf sie. Sie greift nach meiner Hand, aber ich habe zu viel Angst, eine von ihnen von der Bande zu nehmen. Wenigstens scheint sie jetzt mehr sie selbst zu sein, auch wenn das auf meine Kosten geht.

„Anscheinend nicht", murmle ich. „Aber ich hätte es besser wissen müssen. Dämonen und Eis passen einfach nicht zusammen."

„Oder ist das echte Leben vielleicht doch nicht so wie ein kitschiger Film?"

Ich starre sie fassungslos an. Woher um alles in der Welt wusste sie...

„Ein Blinder konnte doch erkennen, worauf du hier hinaus willst. Weihnachtsläden? Heiße Schokolade? Schlittschuhlaufen? Was kommt als Nächstes? Eine Kutschfahrt für zwei? Das ist zwar wirklich eine nette Idee, aber nicht mein Ding."

Ich hätte es besser wissen müssen. Aria ist nicht wie all die anderen Frauen, die ich versucht habe, zu umgarnen, bevor ich sie ins Bett bekam. Meistens aus Langeweile, denn ich hatte es nie nötig, jemanden zum Sex mit mir zu überreden, aber trotzdem. Sie hatte meinen Schwachsinn von Anfang an durchschaut.

„Ich wollte nur, dass du dich besser fühlst", sage ich. „Du warst so durcheinander wegen deiner Hexenfreundin und ich ..."

„Ich versteh schon", antwortet sie und unterbricht mich. „Ich habe schon lange nicht mehr so gelacht."

Ich zucke zusammen, als der Schmerz meine Wirbelsäule hochschießt und meine Pobacken von dem Sturz schmerzen. „Ich freue mich, wenn ich dir eine Hilfe sein konnte."

Sie zieht eine meiner Hände von der Bande. „Na los. Lass uns einfach nach Hause fahren. Schauen wir uns zusammen einen Horrorfilm an und essen verbranntes Popcorn oder so. Das ist sicherer."

Ich lächle. „Mein schmerzender Hintern dankt dir."

Sie stützt sich mit einer Hand an der Bande ab und zieht mich zum Ausgang, der nur zwei Schritte hinter uns liegt.

Als wir wieder auf normalem, festem Boden stehen, drehe ich mich zu ihr um. „Es tut mir leid, dass es nicht so gelaufen ist, wie ich es geplant hatte. Das habe ich davon, wenn ich diesen ganzen kitschigen Romantik-Quatsch ausprobiere. Vielleicht sollte ich einfach beim Sex bleiben ..."

Ich werde abrupt unterbrochen, als ihr Mund auf meinem landet und sie mich zärtlich und schnell küsst. Als sie zurückweicht, huscht ein leichtes Lächeln über ihre Lippen.

„Danke, übrigens", flüstert sie und ihre Augen funkeln im bunten Schein der Weihnachtsbeleuchtung über uns. Ich verstehe nicht, warum sie nicht weiß, wie wunderschön sie wirklich ist. Wenn ich sie jetzt ansehe, mit dem frisch gefallenen Schnee in ihren Haaren und den von der Kälte geröteten Wangen, muss ich unweigerlich daran denken, wie sehr sich dieser Moment wie einer dieser Weihnachtsfilme anfühlt. Es ist fast magisch, wie sich alles auf unvollkommen perfekte Weise zusammenfügt.

Ich beuge mich wieder vor, um einen weiteren Kuss zu erhaschen. Sie kommt mir auf halbem Weg entgegen, und als sich unsere Lippen berühren, ist der Kuss weicher und zärtlicher als alle anderen, die wir bisher ausgetauscht haben. Ein neues und ungewohntes Gefühl durchströmt mich, füllt mich bis zum Rand aus und wärmt mich bis ins Innerste.

Als wir uns schließlich voneinander lösen, erhellt sich Arias Gesicht, aber ich erkenne auch einen Hauch von

Schalk. „Nur damit das klar ist: Ich bin auch dafür, dass du es beim Sex belässt.“

Ich werfe meinen Kopf zurück und lache laut. Diese Frau ist wirklich etwas Besonderes.

Ich lege meinen Arm um ihre Taille und ziehe sie zu mir heran. „Aria, meine Hübsche, das ist ein Deal.“

ELIAS

Die frische Morgenluft sitzt mir in den Knochen, der Schnee unter meinen Pfoten ist eisig. Jedes Mal, wenn ich mit schnellen Schritten den Boden berühre, schmilzt der Schnee augenblicklich unter meiner flammenden Berührung. Ich bin mit nichts anderem als Feuer und Schwefel aufgewachsen. Ich war an die Hitze gewöhnt, aber seit ich auf der Erde bin, habe ich gelernt, das abwechslungsreiche Wetter zu schätzen. Und der Winter ist mir mehr ans Herz gewachsen, als ich erwartet hatte.

Ich eile an den dunklen, dichten Kiefern vorbei, weiche aus und springe über Baumstämme. Es ist schon viel zu lange her, dass ich das letzte Mal in diesen Wäldern gelaufen bin. Und ich habe den Wind in meinem Fell vermisst und bin gerast, als würde ich den Teufel selbst jagen.

Als ich aus dem Wald herauskomme, hetze ich über den vollkommen unberührten Schnee durch die flache

Landschaft. Die Villa liegt in der Ferne, umgeben von Bäumen, und die Auffahrt führt zu den Haupttoren. Das morgendliche Sonnenlicht funkelt auf ihnen. Der Augenblick erinnert mich an die Zeit in der Hölle, als Luzifer zur großen Jagd aufrief. Eine Zeit, in der neu hinzugekommene Seelen in die Wälder entlassen wurden und jeder auf die Jagd nach ihnen ging. Je mehr du für Luzifer zurückgebracht hast, desto größer war die Belohnung, die er dir zukommen ließ. Die Bezahlung erfolgte in Form von Seelen ... alles da unten wurde in dieser Währung gehandelt. Davon ernährte er sich, damit trieb er Handel.

Ich liebte diese Abenteuer und die Preise, die ich dabei gewann, schenkte ich immer Serena. Sie war ganz versessen darauf, mit den Menschen um ihre Seelen zu handeln. Schließlich war sie der Ansicht, dass die ihr einen schönen Teint verliehen. Ich fand immer, dass sie wunderschön aussah, aber da ich so ein liebeskranker Idiot war, hatte ich keine Ahnung, dass sie die Seelen, die ich ihr gab, benutzte, um sich bei Luzifer beliebt zu machen. Und das alles für ihren größten Verrat – als sie mir das Herz herausriss und mich daran erinnerte, dass ich wirklich ein Hornochse war, weil ich mich jemals auf sie eingelassen hatte.

Ich stampfe mit den Pfoten auf den Boden, und Wut lodert in meinem Körper auf. Ich hasse es, mich an die Vergangenheit zu erinnern, hasse es, dass ich sie nicht loslassen kann, hasse es, dass ich jeden Tag daran erinnert werde, dass wir alle auf der Erde sind, weil Serena uns verraten hat und Luzifer so von uns erfahren hat.

Heute fällt es mir schwer, die Gedanken abzuschütteln.

Ich stürme immer schneller voran, als ein dunkler Schatten an der Seite des Hauses meine Aufmerksamkeit erregt. Er bewegt sich zwischen den überwucherten Sträuchern hin und her.

Mein Herz schlägt schneller, als ich die Gestalt beobachte und versuche zu begreifen, was ich da sehe. Ich laufe weiter, den Blick auf die Sträucher gerichtet.

Dann springt sie heraus, eine große Kreatur, dunkel wie die Nacht, mit zerzaustem Fell. Sie steht auf allen Vieren, den Kopf gesenkt und schnüffelt am Boden.

Der Anblick eines verdammten Höllenhundes jagt mir einen Schauer über den Rücken. In meinem Revier? Ich knurre leise vor mich hin, während die Wut in mir brodelt.

Ich wusste nur zu gut, wie das läuft ... Eine Seele muss von der Erde weggebracht werden und die Legion schickt ihre Bestien, um sie zu holen. Als ich zu den Streitkräften stieß, hatte ich schon einige Male eine Seele eingefangen.

Er ist wegen Aria hier. Er will mir wegnehmen, was mir gehört. Das erkenne ich sofort. Aber das wird nicht geschehen. Aria ist meine Leidenschaft, und es gibt nichts, was ich nicht für sie tun würde. Ohne sie kann ich nicht atmen, kann ich nicht existieren, und in diesem Moment starre ich das Monster an, das gekommen ist, um ihr etwas anzutun.

Ich rase so schnell über das Feld, dass der Höllenhund meine Anwesenheit erst bemerkt, als es für ihn schon zu spät ist. Armer Kerl. Ich stürze mich auf ihn, als er sich zu mir umdreht. Die Überraschung in seinen großen Augen spornt mich an.

Er erweist mir einen Gefallen. Wie sehr ich die Jagd

und die Kämpfe hier vermisst habe, und dieser Köter scheint meine Probleme zu lösen. Nun, zumindest einen Teil davon.

Er stürzt zu Boden, ich auf ihm, und ich schlage zu und verbeiße mich direkt in seine Kehle.

Sofort spritzt Blut heraus, viel mehr, als ich erwartet hatte. Mist, ich muss eine wichtige Arterie getroffen haben. Dabei wollte ich doch mit meiner Maus spielen.

Ich springe von ihm herunter und schüttle mich, während der Köter blutend daliegt. Er würgt und gurgelt an seinem eigenen Blut.

Ich starre ihm in die Augen, aber ich erkenne ihn nicht. Es gibt so viele neue Rekruten, dass es unmöglich ist, den Überblick über alle zu behalten.

Es ist schneller vorbei, als ich erwartet habe, und ich seufze enttäuscht auf. In der Sekunde, in der der Höllenhund aufhört zu kämpfen, löst er sich in Luft auf und wird zurück in die Hölle befördert. Er wird es überleben, aber der Legionsführer wird ihn auch für sein Versagen bestrafen. Und dann werden mehr kommen ... Das tun sie immer.

In diesem Moment würde ich Maverick am liebsten umbringen. Er mag Aria gegenüber etwas Mitgefühl gezeigt haben – immerhin hat er sie aus irgendeinem Grund auf die Erde zurückgebracht -, aber das hält mich nicht davon ab, ihn in Grund und Boden zu stampfen.

Ein Schrei durchdringt die Luft und ich reiße meinen Kopf hoch, meine Ohren drehen sich in die Richtung, aus der das Geräusch kommt. Noch vor meinem nächsten Atemzug stürme ich hinter das Haus.

Aria!

Ich rase mit Höchstgeschwindigkeit. Als ich um die Ecke des Hauses biege, sehe ich, wie Aria vor einem weiteren Höllenhund zurückweicht. Sie sind mindestens fünfzehn Meter von mir entfernt.

Wut schießt mir durch die Adern, die Wut darüber, dass die Bestie glaubt, sie könne etwas anfassen, das mir gehört, pocht in mir.

Gerade als ich mich auf sie stürze, springt ein schwarzer Schatten aus dem Inneren von Aria hervor. Sayah. Die Kreatur. Sie stürzt sich auf das Tier und breitet sich wie eine Schutzmauer zwischen Aria und dem Höllenhund aus.

Mein Blick richtet sich auf die Kreatur, die sich mit gefletschten Zähnen auf Sayah stürzt und versucht, ihre Gestalt zu zerreißen, aber sie scheint direkt an ihr abzuprallen. Ich habe keine Ahnung, was zum Teufel sie ist, aber im Moment liebe ich jeden Zentimeter ihrer dunklen Abartigkeit, solange mein Mädchen dadurch geschützt wird.

Ich stürme auf sie zu, mein Herz rast, ich hole schnappend Luft.

Arias Keuchen erregt meine Aufmerksamkeit. Sie hat sich an das Haus gepresst und wird von ihrem Schatten beschützt, aber der Höllenhund ist unaufhaltsam hinter ihr her. Ihr Gesichtsausdruck ist voller Angst, was mich nur noch mehr antreibt. Die Bestie bemerkt mich nicht einmal, als Sayah immer größer wird und eine noch größere Barrikade zwischen Aria und dem Feind errichtet.

Wie der Wind schlage ich ihm in die Seite. Wir rollen beide in einem Durcheinander von Fell, Reißzähnen und Zweigen auf dem Boden umher.

Ich sehe nur noch rot, und meine Wut macht mich blind für alles andere als für pure Zerstörung. Wir geraten in einen Kampf und prallen gegen einen Baum, als der Bastard nach meinem Vorderbein schnappt und ein Stück davon herausreißt.

Das war's. Schluss mit lustig. Meine Gedanken verfinstern sich und ich verliere die Kontrolle, reiße ihm den Hals auf und zerfetze ihn in der Kehle. Das Blut spritzt überall hin und sein Körper zuckt, als das Leben aus ihm herausströmt.

Ich spucke das blutige Durcheinander aus Muskeln und Gewebe aus, als sich sein schlaffer Körper vor mir auflöst. Im Nu ist er verschwunden, und alles, was bleibt, ist ein dunkler Fleck im Schnee.

Ich drehe mich um. Nur Aria steht da und atmet schwer. Von Sayah ist keine Spur zu sehen. Als ich auf sie zugehe, rufe ich meinen Wolf zurück, mein Körper verändert sich, die Knochen strecken sich, das Fell verschwindet. Ich stehe auf zwei Beinen und eile in meiner menschlichen Gestalt zu ihr, nackt und blutbespritzt. Aber das ist ja nichts Neues.

„Elias", keucht sie und stürzt sich auf mich. Sie schmiegt sich an mich, ihr Körper zittert vor Angst. Ihre Arme schlingen sich um meine Mitte und sie drückt ihr Gesicht an meine Brust. „Was war das für ein Vieh?"

„Ein Höllenhund", sage ich. „Aber du bist jetzt in Sicherheit."

„Höllenhund? Du meinst, so wie du?"

Zum Glück nicht ganz so wie ich, sonst wäre diese Auseinandersetzung noch viel blutiger geworden.

„Dieses Mal hatten wir Glück", sage ich stattdessen.

„Woher kommt er? Aus der Hölle? Sayah – sie hat versucht, mich zu beschützen."

„Das habe ich gesehen." Aber was ich immer noch nicht verstehe, ist, warum? „Ist sie jetzt weg?"

„Ich glaube schon ..."

Dieses Mal mag sie zwar geholfen haben, aber ich traute dem Schatten immer noch nicht über den Weg. Um ehrlich zu sein, machte mir das immer noch verdammt viel Angst.

„Warum sind sie hier? Sind sie hinter dir her?"

Ich schüttele den Kopf. Höllenhunde werden geschickt, um Seelen zurück in die Hölle zu bringen. Cain, Dorian und ich sind verbannt. Es bleibt also nur eine Person übrig.

Mein Magen krampft sich zusammen. „Nicht hinter mir."

Ihre Augen weiten sich vor Überraschung. „Hinter m... mir?"

Ich antworte nicht. Das kann ich nicht. Mein Kopf schwirrt bereits von der wachsenden Gefahr, in der sie sich befindet. Wir waren dumm zu glauben, dass Luzifer sie jemals aufgeben würde. Es war nur eine Frage der Zeit, bis er seine Köter schickte, um sie zu holen.

Ich spitze meine Ohren und versuche, jedes ungewöhnliche Geräusch aufzufangen. Draußen ist es für Aria nicht mehr sicher.

„Ich gehe nicht zurück in die Hölle." Ihre Stimme zittert, und das Herz wird mir schwer, wenn ich ihre Angst höre.

Oh, die süße Pein, die ich für Maverick geplant habe, weil er ihr diese Qualen zugefügt hat. Ich werde ihn verdammt noch mal vernichten. Und dann Luzifer.

„Komm, gehen wir rein."

Aber sie rührt sich nicht von der Stelle.

Ihre Augen glänzen vor Tränen, als sie zu mir aufblickt, und ich versuche, sie mit meinem Daumen daran zu hindern, ihr über die Wangen zu laufen.

„Wie kann man Höllenhunde aufhalten?", fragt sie.

„Sie können nur von Luzifer oder von ihrem Anführer aufgehalten werden. Höllenhunde befolgen Befehle. Sie haben kaum einen eigenen Gedanken." Das ist eine bittere Wahrheit, die mir klar wurde, als ich der Anführer meiner eigenen Legion wurde. Meine Art wird von Kindesbeinen an zu Killern ausgebildet. Das ist alles, was sie wissen. „Es werden noch mehr kommen ... Da bin ich mir sicher."

Aria schluckt schwer und blinzelt ihre Tränen weg. Sie hat schon so viel durchgemacht und ist schon in die Hölle hineingezogen worden, und so sehr ich mich auch danach sehne, wieder in die Hölle zu platzen, das ist einfach keine Möglichkeit.

„Ich verspreche dir, dass wir einen Weg finden werden, das in Ordnung zu bringen", sage ich. „Und wenn nicht, dann werde ich mit jedem Atemzug jede Bestie vernichten, die hinter dir her ist. Das verspreche ich dir mit meinem Leben."

Sie hält sich an mir fest. Der Wind pfeift, weht durch unsere Haare und lässt noch mehr Schnee fallen, und mit ihm spüre ich ein unheilvolles Gefühl, das ich nicht abschütteln kann.

„Wie geht es dir?", frage ich.

„Was meinst du? Ich wurde gerade von einem Höllenhund angegriffen ..."

„Nein. Na ja, schon, aber das meinte ich nicht. Dorian

hat gesagt, dass du gestern bei deinem Date ein bisschen neben der Spur warst?"

Sie schnaubt lachend. „Date? Das war es also?"

„Sag ihm das nicht so. Er könnte beleidigt sein."

Aria tritt schließlich zurück, ihr Blick schweift zur Villa und sie lässt ihre Schultern hängen. „Die Situation scheint immer schlimmer zu werden. Vielleicht bin ich verflucht oder so."

„Sag so etwas nicht", antworte ich energisch. „Du bist genau das Gegenteil davon. Ich war mein ganzes Leben lang von verfluchten Kreaturen umgeben, und du, mein kleines Kaninchen, bist so perfekt, so schön, so mächtig, dass du andere einschüchterst. Auch Luzifer sieht das. Er fühlt sich von der Macht angezogen ..."

Er will sie kontrollieren. Sie in Besitz nehmen. Sie beherrschen. Aber das behalte ich für mich.

Sie sieht zu mir auf. „Und Cain?"

Ich nicke. „Wenn du mich fragst, denke ich, dass das einer der Gründe ist, warum Luzifer ihn nicht einfach getötet hat. Er weiß, dass Cain eine Bedrohung ist und würde ihn lieber zu seinem Vorteil nutzen." Ich zucke mit den Schultern. „Er ist nicht immer der Dämon gewesen, der er heute ist. In der Unterwelt sind wir alle von Korruption, Gier und Macht umgeben, und es ist leicht, sich darin zu verlieren."

„Aber er ist jetzt anders."

„Er wurde oft genug von seiner Familie über den Tisch gezogen, um zu erkennen, dass sie niemals auf seiner Seite stehen würde. Dass sein Vater eher die Hölle niederbrennen würde, bevor er seine Macht abgibt. Das Problem ist, dass Luzifer bereits viele Leute verletzt hat, aber alle haben zu viel Angst, sich ihm entgegenzustellen.

„Außer Cain, du und Dorian.“

Ich lache. Wenn sie das so sagt, klingen wir wie eine Art höllische Superhelden. Märtyrer oder so. Das war aber gar nicht unsere Absicht gewesen. Zumindest nicht am Anfang. Am Anfang waren unsere Motive vor allem egoistischer Natur. Wir wollten Macht und Prestige für uns selbst. Wir wollten die Hölle beherrschen. Aber je mehr uns die Augen für Luzifers Wahnsinn und Grausamkeit geöffnet wurden, desto mehr wussten wir, dass wir etwas tun mussten, um ihn vom Thron zu stürzen.

„Wir wollten, dass sich die Dinge ändern. Aber Luzifer ist niemand, der jegliche Art von Bedrohung auf die leichte Schulter nimmt.“

„Er ist verdammt furchterregend. Und völlig geistesgestört“, räumt sie ein und grinst mich schief an. „Da haben wir uns ein riesiges Chaos eingebrockt.“

„Ja, aber aus dem Chaos erwächst unvorstellbare Größe.“

Sie rollt mit den Augen. „Wo zum Teufel hast du das denn her?“

„Das sind meine Worte, kleines Kaninchen. Nach außen hin mag ich rücksichtslos und einschüchternd sein, aber im Inneren bin ich ein kleines Genie.“

Sie lacht, stellt sich auf die Zehenspitzen und stiehlt sich dann einen schnellen Kuss. „Ein Genie, hm?“

„Und das habe ich vielleicht irgendwo auf einem inspirierenden Poster gesehen“, gebe ich mit einem verschmitzten Grinsen zu.

„Jetzt, wo du es sagst, fällt mir ein, dass ich so etwas im Aufenthaltsraum der Angestellten im Fegefeuer gesehen habe.“

Verdammt. Sie hatte mein Geheimnis gelüftet.

Wir lachen und machen uns auf den Weg zurück zum Eingang der Villa. Als wir durch die Tür gehen, durchschneidet ein weiteres lautes Heulen die morgendliche Stille. Sieht aus, als würde ich heute noch auf die Jagd gehen.

ARIA

„**B**ist du sicher, dass wir hier draußen sein sollten? Du weißt schon, mit den Höllenhunden auf unseren Fersen und so", frage ich Cain, als er mir die Tür der Limousine öffnet. Er ist freundlich wie immer und trägt zur Abwechslung mal keinen Anzug, aber er sieht immer noch gut aus. Er hat tiefblaue Jeans an, die seine kräftigen Beine und all seine guten Seiten umschmeicheln – wenn du weißt, was ich meine. Und zu allem Überfluss verbirgt sein mitternachtsblaues Hemd die Muskeln darunter in keinster Weise. Er ist mehr als hinreißend. Allein die Tatsache, dass er an meiner Seite ist, lässt mein Herz rasen.

„Du bist nicht in Gefahr", antwortet er mit einem kleinen Grinsen. Ich schätze, er hat mich beim Gaffen erwischt.

Ich steige aus in die kühle Nacht ... Okay, es ist eigentlich viel mehr als das. Es ist eiskalt und nur mit einer Hipster-Jeans und einem gelben Baumwollshirt bekleidet, das mir über die Schultern rutscht, muss ich frösteln.

Aber Dorian hat versichert, dass es in der Bar, in die wir gehen, warm ist, und ich wollte gut aussehen.

„Du hast uns drei dabei", antwortet Elias, der aufrecht und ganz in Schwarz gekleidet in der Dunkelheit des Parkplatzes verschwindet. Der Wind weht durch sein Haar, wirbelt es durcheinander und verleiht ihm diesen wilder Kerl-Look, und für einen Moment möchte ich die Zeit anhalten und einfach nur dieses perfekte Bild von ihm einfangen. „Was kann schon schiefgehen?", fragt er und durchbricht die perfekte Illusion.

Ich verschlucke mich fast an meinem Atem. „Bring das Universum nicht so in Versuchung. Es hat einen fiesen Sinn für Humor."

Dorian kommt auf mich zu, sein Arm legt sich um meinen Rücken, und ich drücke mich an ihn. In dem Moment, in dem wir einander berühren, erwacht mein Körper zum Leben und mein Puls beschleunigt sich. Ich merke ganz genau, wo seine Hände sind und wie er sich anfühlt. Diese Wirkung hat er immer auf mich, und ich liebe das. An ihn geschmiegt schließe ich für einen Moment die Augen und atme tief ein, während mich ein Gefühl der Ruhe überkommt. Mein ganzes Leben lang war ich stark und habe mich auf niemanden außer mich selbst verlassen. So habe ich in einer rauen Welt überlebt. Ich hätte nie gedacht, dass ich nicht immer so bleiben muss ... dass ich andere Menschen in meinem Leben habe, die sich so sehr um mich sorgen, dass sie ihr eigenes Leben riskieren würden.

„Wir können uns nicht weiter verstecken", murmelt Dorian. „Das ist unser Abend, an dem wir das tun, was Menschen tun."

Die Art und Weise, wie Dorian das sagt, hört sich an,

als wären wir auf dem Mars gelandet und würden uns mit den Einheimischen zu einem Festessen treffen. Und das Komische ist, dass ich mich eher zu den Dämonen als zu den Menschen zähle.

Als ich zu Dorian aufschaue, glitzern seine Augen im Mondlicht, und mir stockt der Atem, weil er mich ansieht, als gäbe es nichts anderes. Wenn ich mich nicht irre, würde ich fast denken, dass sie die Normalität mehr vermissen als ich.

Ich werfe einen kurzen Blick hinter uns, wo Elias sich hinter uns hält und die Schatten des Parkplatzes nach Höllenhunden absucht. Ein Schauer läuft mir über den Rücken, wenn ich daran denke, dass die verdammten Hunde hinter mir her sind und mich dorthin zurückschleifen wollen, wo ich nicht hingehöre. Im Ernst, ich könnte mir so etwas nicht ausdenken, selbst wenn ich es versuchen würde.

Als wir uns vom Parkplatz entfernen, richte ich meinen Blick auf das zweistöckige Restaurant, das früher einmal ein Saloon in einer Cowboy-Stadt gewesen sein könnte. Es hat eine hölzerne Veranda an der Vorderseite, einen entsprechenden Holzbalkon auf der nächsten Etage und sogar eine Schwingtür am Eingang.

Aus den Fenstern dringt helles Licht, Gelächter und ein Country-Song. Oben am Balkongeländer leuchtet der Schriftzug „Daisy's Place" in grellem Gelb auf, und als Cain die Eingangstür öffnet, werden wir von einer Explosion aus Stimmen und Musik empfangen. Dazu kommt der Geruch von Bier, Erdnüssen und gebratenem Fleisch. Überall sind Menschen, an den vollen Tischen auf der rechten Seite, an der Bar im hinteren Teil und an den

Billardtischen zu meiner Linken, von denen ein Großteil des Lachens kommt.

Ein junger Mann in einer gestreiften Schürze geht auf Cain zu und ehe wir uns versehen, werden wir alle zu einem runden Tisch ganz hinten in der Nähe des Fensters geführt. Der Tisch ist mit einer rot-weiß karierten Tischdecke bedeckt, hat vier Gedecke und eine flackernde Kerze in einer roten Glasschale.

„Das ist so süß", sage ich und nehme schnell den Platz in der Ecke mit dem besten Blick auf den ganzen Raum ein.

Noch bevor wir uns niedergelassen haben, bringt uns der Kellner Knoblauchbrot und Wasser für den Tisch und nimmt dann die Getränkebestellung von Dorian für uns alle auf.

„Ich bin am Verhungern", bemerkt Elias, während er die fünfseitige Speisekarte durchblättert und an einem Stück Knoblauchbrot knabbert.

Cain und Dorian sehen sich das Lokal an und ich frage sie: „Wollt ihr etwas von dem Essen probieren?" Im Gegensatz zu Elias essen sie nicht oft.

Beide schütteln den Kopf und Cain antwortet: „Ich werde aber den Wein genießen."

Elias stupst mich an. „Darf ich für uns beide bestellen?"

„Sicher", sage ich, ohne zu wissen, was auf der Speisekarte steht. Aber in Wahrheit esse ich alles, denn heute Abend geht es um unser Zusammensein und nicht um das Essen.

Elias verschwendet keine Zeit damit, den Kellner herbeizuwinken. „Wir nehmen alles, was auf dieser Seite steht."

Ich schaue hinüber und bin überzeugt, dass er auf eine kurze Liste mit wenigen Gerichten zeigt, aber er zeigt auf eine Seite mit mindestens fünfzehn Gerichten.

„Bist du sicher?", frage ich und der Kellner wirft Elias einen ähnlichen fragenden Blick zu.

„Ja, wir sind zu viert am Tisch." Er wirft mir einen Blick zu, der sagt: „Vertrau mir, ich hab's im Griff", und schickt den Kellner mit der Bestellung weg.

„Du hast nicht gescherzt, als du sagtest, du wärst hungrig", murmle ich.

„Er ist eben ein Biest", ergänzt Dorian. „Ich bin mir ziemlich sicher, dass er mit Cains Bruder Valdim, dem Dämon der Völlerei, verwandt sein könnte."

Elias bricht in Gelächter aus und zieht damit die Aufmerksamkeit des Nachbartisches auf sich. „Valdim ist ein Arschloch, aber wenn du das beste Festessen genießen willst, bist du bei ihm genau richtig. Oh, und schlechte Witze. Er kennt sie alle."

„Wann hast du schon mal zusammen mit ihm gegessen?", fragt Dorian.

Ich kann nur daran denken, dass ich bisher nur zwei von Cains Brüdern getroffen habe, und das reicht bei dem Chaos, das sie hinterlassen haben, völlig aus.

„Erinnerst du dich an das Blutfest, als Nix darauf bestand, splitterfasernackt zu gehen und mit dem Blut seiner Opfer besudelt war?", antwortet Elias und jault. „Und wie er vor allen Leuten ausrutschte und direkt auf seinem Hintern landete?"

In diesem Moment brechen beide in schallendes Gelächter aus, aber ich merke, dass Cain nicht mitmacht. Er setzt sich auf meine andere Seite und ich lege eine Hand auf sein Bein.

„Alles in Ordnung?", frage ich.

Seine Hand schiebt sich über meine und er lächelt breit. „Die meisten Erinnerungen, die ich an meine Brüder habe, sind durch ihren Verrat getrübt, deshalb fällt es mir nicht so leicht wie ihnen, mich an die Vergangenheit zu erinnern." Sein Blick fällt auf Elias und Dorian, die sich über das Blutfest austauschen, was auch immer das ist. Es ist interessant, die Belustigung in ihren Stimmen zu hören. Sie haben das Leben in der Hölle wirklich genossen.

„Ich habe nicht viel gesehen, als ich in der Hölle war, außer einem gruseligen Raum, aber der Ort war dein Zuhause, also hast du bestimmt auch gute Erinnerungen."

Seine Augen erscheinen im grellen Scheinwerferlicht dunkler, aber ich finde vor allem sein wunderschönes Lächeln anziehend. In seinem Gesichtsausdruck sehe ich den Kampf zwischen Liebe und Hass auf die Hölle.

„Es gibt viele Dinge, an die ich mich gerne erinnere, Familie und Freunde, die nicht mehr so sind, wie sie einmal waren. Letztendlich geht es bei der Heimat nicht um einen Ort, sondern um die Menschen, mit denen du dein Leben teilst. Ich denke, gerade du könntest das verstehen."

Er hat Recht. Das kann ich.

„Das ist ziemlich tiefgründig", sage ich und lehne mich näher zu ihm, woraufhin er sich zu mir beugt und mir einen Kuss gibt. Einen, den ich nicht unbedingt erwartet habe, den ich aber trotzdem erwidere. Ich spüre seinen Geschmack in mir und er küsst mich, als würde ich ihm gehören.

„Ich bin in einer sentimentalen Stimmung", flüstert

er, während ich nach dem Kuss schnell atme, mich immer noch festhalte und nicht bereit bin, ihn loszulassen.

„Wie wäre es, wenn ich dich nach dem Essen zu einer Partie Billard herausfordere? Weißt du, wie man das spielt?", frage ich ihn, denn ich will, dass er den Abend genießt und sich nicht von der Last der Ereignisse der letzten Zeit unterkriegen lässt.

„Abgemacht", antwortet Cain, woraufhin sich Elias einmischt. „Worum geht es?"

„Dass ich Cain beim Billardspielen in den Arsch treten kann", antworte ich.

Dorian strahlt über das ganze Gesicht. „Wenn du wirklich eine Herausforderung willst, dann lass uns einen richtigen Deal abschließen. Wenn du jeden von uns schlägst, machen wir einen Striptease für dich. Wenn du verlierst, ziehst du dich für uns aus."

Eine von Cains Augenbrauen zieht sich bei Dorians Vorschlag nach oben, aber er sagt auch nicht nein.

„Ich bin dabei", sagt Elias und beide sehen Cain jetzt an.

Er wendet seine Aufmerksamkeit wieder mir zu. „Ein Deal ist ein Deal. Akzeptierst du die Bedingungen?"

Seine Unverfrorenheit bringt mich zum Schmunzeln, denn er versucht, ernst zu sein, scheitert aber kläglich.

„Klar, einverstanden. Ihr drei wisst nicht, dass ich früher fast jedes Wochenende im örtlichen Club verbracht habe, um nichts anderes zu tun als Billard zu spielen. Das dürfte also lustig werden."

„Sollen wir dafür einen Dämonenvertrag abschließen?", lacht Dorian.

„Nein, so wie ich das sehe, gibt es keine Nachteile",

antwortet Elias und wendet sich mir zu. „Wir ziehen uns aus, und du gesellst dich bald danach noch dazu."

Ich breche in ein falsches Lachen aus. „Das ist nicht Teil der Abmachung. Ihr drei zieht euch einfach aus und ich schaue zu. Basta." Ich strecke ihm die Zunge raus und ich merke, dass es ihn schier umbringt, mir gegenüber am Tisch zu sitzen und mich nicht sofort in seine Arme zu ziehen.

Aber all das wird unterbrochen, als der Kellner mit einem riesigen Tablett voller Gerichte ankommt. Er fängt an, sie auf unseren Tisch zu stellen, die ersten fünf Gerichte, von Fettuccine in weißer Soße und Pilzen über Lasagne und Schnitzel bis hin zu Fleischbällchen und einem Brathähnchen.

Es riecht göttlich, aber selbst ich bezweifle, dass wir das aufessen können, ganz zu schweigen vom nächsten Tablett, das auf uns zukommt.

„Nach diesem Essen verwandle ich mich in einen Luftballon", sage ich.

„Ein scharfer, strippender Luftballon", fügt Dorian hinzu.

Ich schaue ihn an. „Das ist keine besonders scharfe Vorstellung."

Er zuckt mit den Schultern. „Du bist doch immer scharf."

Elias stürzt sich bereits auf die Lasagne, während Cain von seinem Glas Wein trinkt.

„Iss auf", sagt Cain zu mir, „es gibt noch mehr." Er sieht sich den nächsten Teller an und meine Augen quellen aus ihren Höhlen. Es ist so viel Essen, dass jetzt sogar die Nachbartische uns anstarren.

„Mensch, wir sehen aus, als hätten wir noch nie etwas

gegessen. Macht euch lieber die Teller voll, damit niemand auf die Fressmaschine hier aufmerksam wird", fordere ich Cain und Dorian auf.

Zu meiner Überraschung – obwohl es mich eigentlich nicht überraschen sollte – schafft es Elias mit meiner kleinen Hilfe, eine ganze Menge von den Gerichten zu vertilgen.

Und weil so viel los ist, bemerkt keiner von uns die Gestalt, die sich unserem Tisch nähert, bis sie sich schließlich einen Stuhl heranzieht und sich an unseren Tisch setzt.

Ich brauche den Bruchteil einer Sekunde, um zu begreifen, wer es ist, und dann schlägt mein Herz wie wild in meiner Brust.

„Maverick", stottere ich, während es mir kalt den Rücken runterläuft und ich mich auf meinem Platz zurücklehne.

Dorian und Elias springen auf, die Stühle schrammen über die Holzdielen, und plötzlich starrt das halbe Restaurant in unsere Richtung.

Maverick grinst und etwas funkelt in seinen Augen. „Fast hundert Leute beobachten uns gerade", sagt er mit einem Grinsen in der Stimme, das deutlich macht, dass sie sich alle in Gefahr befinden.

„Setzt euch wieder hin", befiehlt Cain, und obwohl Dorian und Elias zunächst zögern, folgen sie der Aufforderung.

„Was machst du hier?", zischt Cain mit zusammengebissenen Zähnen.

Aber Maverick lässt mich nicht aus den Augen, und unter seinem Blick spüre ich, wie ein Feuer in mir ausbricht, zusammen mit der Erinnerung an seinen Kuss.

Als er sich schließlich aus unserer Verbindung löst, lehnt er sich bequem in seinem Sitz zurück und dreht sich zu Cain um. „Ich bin hier nicht der Feind, Bruder. Wenn dem so wäre, hätte ich Aria nicht aus der Hölle befreit."

„Du hast sie doch dorthin gebracht", bellt Elias etwas zu laut, hält sich an der Tischkante fest und sieht aus, als wolle er sich auf Maverick stürzen. Der wiederum zuckt nicht einmal zurück. Er hat wirklich Mumm, aber wenn man in der Hölle lebt, muss man auch fast furchtlos sein.

„Wie Cain weiß, ist in unserer Familie nie etwas einfach."

Cains Blick ändert sich nicht, nicht eine Sekunde lang. „Was willst du?", knurrt er.

„Ich habe keine anderen Hintergedanken, als nach Aria zu sehen. Es ist nie leicht für jemanden mit einer Seele, zwischen den Welten zu wechseln."

Dorian beugt sich vor und presst seine Zähne zusammen. In jedem der Männer ist spürbar, wie sie darum kämpfen, sich zurückzuhalten. Ich spüre es an der dicken Luft, an den todessüchtigen Blicken. Sogar die Menschen um uns herum bemerken es und verfolgen das Geschehen mit erschrockenen Gesichtern.

Doch Maverick sitzt entspannt da, mit einem schwarzen Hemd, das am Hals offen ist und dessen Knöpfe das Licht einfangen, als wären sie aus Obsidian, mit weißem Haar, das er sich aus dem Gesicht streicht, mit scharfen Augen, und alles an ihm ist atemberaubend schön. Ich bemerke sogar die Mädchen am Tisch gegenüber, die ihm Blicke zuwerfen.

„Hör auf mit dem Quatsch", wirft Dorian ihm vor. „Wir kennen die Wahrheit. Du bist gekommen, um festzustellen, warum die Höllenhunde, die du ihr hinterhergeschickt hast, ihren Job noch nicht erledigt haben."

Für einen Moment könnte ich schwören, dass Mavericks Gesicht blass wird, denn Dorians Worte scheinen ihn zu überrumpeln. Kann das sein?

„Er kann gut schauspielern, das muss man ihm lassen", sagt Elias zu uns anderen und deutet mit dem Kinn auf Maverick.

„Ich hatte keine Ahnung, dass die Hunde losgelassen worden sind", sagt er.

„Warum nicht?", sagt Cain. „Sie sind Seelenfänger. Das waren sie schon immer."

Maverick richtet sich in seinem Sitz auf, sein Blick ist auf mich gerichtet und der Schmerz in seinen Augen fleht mich an, ihm zu glauben, aber ich weiß nicht, ob ich das kann. Egal wie sehr mein Körper in seiner Nähe reagiert, das macht ihn noch lange nicht sicherer oder vertrauenswürdiger.

„Weil ich angenommen habe, dass wir zumindest mehr Zeit haben würden. Ich dachte, Vater wüsste noch nicht Bescheid. Ich habe ...", beginnt Maverick, schüttelt dann aber den Kopf und sagt etwas anderes. „Aria, glaub mir, ich würde dich nie so in Gefahr bringen."

Ich senke den Blick, während mir angesichts seiner flehentlichen Worte vor den Augen der drei anderen übel wird.

„Du hast kein Recht, so mit ihr zu reden. Es wird Zeit, dass du dich verpisst", sagt Elias.

Ein Knurren von Maverick lässt meinen Kopf hochschnellen und ich sehe die Wut in seinem Gesicht, die Dunkelheit in seinen Augen, die das ganze Weiß verdrängt. Ich beobachte den Kampf in seinem Gesicht.

Elias verrenkt sich den Hals, die Muskeln sind angespannt.

„Nicht hier", sage ich. „Um Himmels willen, hier drin sind Unschuldige."

Angesichts der Pattsituation zwischen den beiden rutsche ich unruhig auf meinem Platz hin und her und schaue immer wieder zu den anderen Leuten, die gerade essen, manche zusammen mit ihren Kindern. Und sie ahnen nicht, dass sie den Raum mit vier Dämonen teilen, die direkt aus der Hölle kommen. Ja, das könnte so schnell schief gehen, dass es beängstigend ist.

Ich zittere und lehne mich näher an Dorian. „Du musst die Situation entschärfen. Es sind zu viele Menschen hier."

Er antwortet nicht sofort, sondern hält seinen Blick auf Maverick gerichtet.

Plötzlich stürzt sich Elias über den Tisch, Teller und Essen fliegen in alle Richtungen.

Ein Schrei entringt sich meiner Kehle vor lauter Schreck, als eine Schüssel mit gebratenem Reis direkt in meinem Schoß landet.

Dann bricht das Chaos wie ein Lauffeuer aus und breitet sich im ganzen Saal aus.

Die Leute schreien, Stühle kratzen, während alle verzweifelt versuchen, sich aufzurappeln. Aber meine Aufmerksamkeit gilt Elias, der auf Maverick knallt, sodass beide mit einem lauten Knurren zu Boden stürzen.

Bevor ich etwas tun kann, ist Dorian schon auf den Beinen und stürzt sich ebenfalls in den Kampf. Ich kann nicht sagen, ob er versucht, sie aufzuhalten oder sich Elias gegen Maverick anschließt, denn es geht alles viel zu schnell.

Auch ich stehe auf, weiche zurück und wische mir den Reis von der Kleidung. Cain ergreift meinen Arm und führt mich weg von dem Tumult.

„Wir müssen gehen", sagt er und wir schlängeln uns durch die Menge der verstörten Gäste, die nirgendwo hingehen, sich aber auch nicht bewegen. Die meisten beobachten den Kampf. Cain verfolgt sein Ziel und schleppt mich zur Tür, während mein Herz in meiner Brust hämmert.

Die Leute drängeln gegen mich, jemand tritt mir auf die Füße, aber ich werfe immer wieder einen Blick über meine Schulter. Ich drehe mich um, um mir einen besseren Überblick zu verschaffen, während sich die Sicherheitskräfte einen Weg zum Gerangel bahnen.

Ein donnerndes Knurren ertönt und scheint die ganze Bar in ihren Grundfesten zu erschüttern.

Jemand kreischt, ein Geräusch des blanken Entsetzens.

Dann fliegt Maverick kopfüber auf das Fenster zu, zerschlägt das Glas in Hunderte von Splittern, die überall hinfliegen.

Die Leute ducken sich vor den herumfliegenden Scherben, andere schreien.

Gerade als Cain mich an seine Seite zieht, sehe ich, wie Elias sich durch das Fenster und direkt hinter Maverick her stürzt.

„Gott, er wird ihn umbringen", schreie ich, und jetzt schiebe ich mich auch an den Leuten vorbei.

Wir werden von den drängenden Menschenmassen aus dem Gebäude gestoßen. Dorian ist uns direkt auf den Fersen. Ich stolpere nach vorne auf den Rasen, der zum Parkplatz führt, und da sehe ich Elias und Maverick in einem Knäuel der Gewalt, aufeinander einschlagend und knurrend. Ihre animalischen Instinkte sind völlig außer Kontrolle, und obwohl Maverick vorher so beherrscht wirkte, ist er jetzt im Kampf bösartig und angriffslustig.

Hinter mir drückt Cain mit der Schulter gegen die Eingangstür der Bar und sperrt alle anderen ein, während Dorian eine eiserne Bank heranschleppt, um zu verhindern, dass noch mehr Leute nach draußen kommen. Sie müssen den Kampf unbedingt beenden, ohne dass jemand Mavericks Flügel oder Elias' Form als Höllenhund sieht. Zum Glück haben sich die beiden hinter einem großen Gebüsch verschanzt, das sie vor Blicken aus den Fenstern schützt.

Ich wippe auf meinen Fersen und weiß nicht, was ich tun kann, um den Kampf zu beenden. Es liegt so viel Wut zwischen ihnen. Ich sollte nichts für Maverick empfinden, und das tue ich auch nicht, sage ich mir immer wieder. Trotzdem will ich nicht, dass Elias ihn umbringt.

Maverick lacht laut auf und schleudert Elias direkt in eine Limousine. Er stürzt zu Boden und hinterlässt eine große Delle in der Hintertür. Autsch. Ich hoffe wirklich, dass diese Leute eine Versicherung haben.

„Verdammt noch mal, geht das immer noch so weiter?", murmelt Dorian.

Ich bin so angespannt wie ein Gummiband, das gleich reißen wird. Die nächtliche Brise weht mir die Haare um die Schultern und zerrt an meinem Shirt. Es ist eiskalt und trotzdem koche ich innerlich vor Wut und Angst und allen möglichen Gefühlen, die ich nicht ganz verstehe. Vor allem, weil es mir nicht gefallen sollte, dass die beiden sich um mich streiten.

„Bringen wir es zu Ende", sagt Cain, klopft Dorian auf

die Schulter und die beiden stürmen nach vorne, wobei Dorian einen Kampfschrei ausstößt.

Wenn ich sagen würde, dass ich die Vorstellung nicht genieße, wäre ich die größte Lügnerin der Welt und außerdem eine Heuchlerin.

Mein Puls rast und ich verliere die Kontrolle darüber, was falsch und richtig ist, je länger ich Zeit mit Dämonen verbringe.

Ein furchterregendes Knurren ertönt hinter einem nahen Auto zu meiner Linken, weit weg vom Kampf.

Ich zucke bei dem Geräusch zusammen und drehe langsam meinen Kopf in diese Richtung, während sich mein Magen verkrampft, weil ich weiß, was es ist, bevor ich es sehe.

Feurige Augen aus den Abgründen der Hölle durchdringen die Dunkelheit. Der Schatten bewegt sich und entpuppt sich als ein riesiger Höllenhund, so schwarz wie die Nacht. Mit zerzaustem, steifem Haar und angriffslustig an den Kopf angelegten Ohren stürmt die Bestie auf mich zu.

Mein Herz schlägt mir bis zum Hals und ich kann nicht atmen, als ich in einen Strauch zurückweiche.

Panisch versuche ich, die Jungs zu rufen, aber mein Röcheln hört sich an wie ein erwürgtes Tier. Ich hasse es, wie schwach ich mich fühle, wie erbärmlich ich bin, wo ich doch in der Lage sein sollte, einen Weg zu finden, für mich zu kämpfen.

Meine Nerven kribbeln und ich kann nicht aufhören, auf die Oberlippe des Höllenhundes zu starren, die sich über die messerscharfen Zähne zieht, und auf den Sabber, der aus den Rändern seines Mauls tropft.

Verzweifelt greife ich nach dem Busch hinter mir,

reiße einen Zweig ab, um ihn als Waffe zu benutzen, aber ich kriege nur eine Handvoll Blätter zu fassen.

„Cain!", schreie ich schließlich, aber im selben Moment stürzt sich die Bestie auf mich.

Für mich bleibt die Welt stehen. Vor Angst wird mir schwarz vor Augen, und ich sehe nur mehr verschwommen.

Ich werde ohnmächtig.

Ein unaufhaltsamer Sekundenbruchteil, der wie in Zeitlupe abläuft.

Das explosive Geräusch von Schreien kommt von rechts, wo die Jungs sind, aber ich kann mich nicht bewegen, kann nicht klar denken.

Ein Schatten rast unvermittelt an mir vorbei und kracht direkt in den Höllenhund. Er kommt so schnell, so nah, dass die Luft mit einer Wucht an mir vorbeirauscht, die mich stolpern lässt.

Die Kakophonie aus Wimmern und Knurren des Höllenhundes durchdringt die Nacht. Ich brauche nur wenige Augenblicke, um festzustellen, dass Maverick derjenige ist, der auf die Bestie springt. Er steht über dem Tier, das auf der Seite liegt, die Zunge herausstreckt und seinen Körper zur Flucht drängt. Mavericks Knie drückt gegen seine Kehle und er schaut zu mir auf.

Blut tropft aus den Schnitten in seinem Gesicht, sein Haar ist durcheinander, seine Kleidung zerrissen, aber er scheint keine Schmerzen zu haben.

„Was ... Was ...", stottere ich, weil ich im Moment keinen zusammenhängenden Satz bilden kann.

Maverick zwinkert mir zu, sodass ich auf der Stelle dahinschmelze. „Bis bald, Aria."

Dann löst er sich vor meinen Augen in Luft auf und hat den Höllenhund mitgenommen.

Entsetzen macht sich in meiner Brust breit und ich blinzle auf die nun leere Stelle.

Genau in diesem Moment fliegt die Tür des Restaurants auf und das Geräusch von splitterndem Holz erfüllt die Luft.

Menschen stürmen heraus, in unsere Richtung, und sie sind stinksauer, wenn man ihre Rufe hört.

Dorian ist an meiner Seite. „Wir müssen los." Er schlingt seine Arme um meine Mitte und hebt mich hoch, als würde ich nichts wiegen. Cain ist vor uns, während Elias in seiner Hundegestalt zum Auto sprintet.

Als wir an der Limousine ankommen, schiebt mich Dorian auf den Rücksitz und die anderen steigen ein.

„Gib Gas, Holmes!", bellt Dorian und schon brettern wir los und wirbeln Staub auf.

Mein Herz hört nicht auf, gegen meinen Brustkorb zu hämmern. Ich stehe immer noch unter Schock. Mein Körper zittert. Alles, woran ich denken kann, ist, dass Maverick – *Maverick* – mich vor einem Höllenhund gerettet hat.

16

ARIA

In dieser Nacht will der Schlaf nicht kommen.

Ich wälze mich in meinem Bett, während Cassiel zu meinen Füßen schnarcht. Cain hat mir sein Bett angeboten, genau wie die anderen, aber ich hatte darauf bestanden, dass ich etwas Zeit für mich brauche. Jetzt bin ich mir da nicht mehr so sicher.

Maverick will mir nicht aus dem Kopf gehen. Ich verstehe weder sein Verhalten noch meine Reaktion auf ihn. Nicht falsch verstehen, ich begreife es schon, aber die Frage ist, warum?

In zwei Sekunden bin ich auf den Beinen, durchquere den Raum zum Fenster und starre hinaus in die Nacht. Die Wälder liegen ruhig und ungestört da, und die Dunkelheit umgibt sie. Werden mich noch mehr Höllenhunde jagen, oder hat Maverick endlich eine Möglichkeit gefunden, sie aufzuhalten? Und warum sollte er mir überhaupt helfen wollen?

Er weiß, was ich für seinen Bruder, für Elias und

Dorian empfinde. Auch ich weiß das, aber irgendwie schweifen meine Gedanken immer wieder zu ihm ab.

Ich gehe auf und ab, um meinen Kopf wieder klar zu bekommen. Das Ritual findet bald statt. Ich weiß nicht, wie ich mich fühlen soll, wenn ich meine Seele für immer meinen Dämonen übergebe. Wenn ich das tue, werde ich für immer mit ihnen verbunden sein. Ist das etwas Schlechtes, wenn ich sehe, wie viel sie mir bedeuten? Aber für die Ewigkeit? Das ist eine verdammt lange Zeit.

Ich kaue besorgt auf meiner Unterlippe, denn wie kann man nur so eine Entscheidung treffen?

Ich stoße einen weiteren langen Atemzug aus und stapfe auf nackten Füßen über die Holzdielen. Cassiel hat sich nicht vom Ende meines Bettes gerührt und ich schleiche mich aus meinem Zimmer, unsicher, ob ich die Nacht doch nicht allein verbringen will.

Es dauert nicht lange, bis ich vor Elias' Zimmer stehe, sein schweres Atmen ist ein beruhigendes Geräusch. Ich habe es vermisst, wie er bei seinen Nachtwanderungen als Schlafwandler in meinem Zimmer aufgewacht ist. In letzter Zeit hat er damit aufgehört, was damit zusammenzuhängen scheint, dass er nicht mehr tagelang auf die Jagd geht. Aber er fehlt mir, also schleiche ich in sein Zimmer. Er hat nicht viele Möbel, aber sein Bett ist größer als ein normales Doppelbett, das steht fest. Der helle Mond scheint durch die Fenster und lässt alles silbrig schimmern.

Er liegt auf dem Rücken, Beine und Arme ausgestreckt wie ein Seestern, das Bettlaken bedeckt ihn von der Taille abwärts. Er ist so unglaublich kräftig und groß. Ich durchquere schnell das Zimmer und erreiche die Seite des Bettes, auf der mehr Platz zu sein scheint. Ich habe nur meine Pyjamahose und ein Tanktop an, während er nackt ist, was mir nichts ausmacht.

Schnell schlüpfe ich ins Bett und unter das Laken, dann rutsche ich zu ihm hinüber. Ich rolle mich auf die Seite und drücke mich mit dem Rücken an seine Seite, mein Kopf ruht auf seinem Bizeps. Sein Körper ist wie ein Ofen und ich drücke mich an ihn, um seine Wärme aufzusaugen, während ich meine kalten Zehen unter sein Bein schiebe. Er spendet so viel Wärme, dass ich die Augen schließe und darüber lächle, wie gut sich das anfühlt.

Es dauert ein paar Augenblicke, bis er sich bewegt und auf die Seite rollt, bevor er sich an mich schmiegt. Sein Arm legt sich um meinen Bauch und er zieht mich näher an sich heran, sodass wir aneinander gekuschelt sind.

„Hey, kleines Kaninchen", flüstert er mir ins Ohr, sein Atem ist warm. „Alles in Ordnung?"

„Ich konnte nicht schlafen."

Er küsst mich auf die Stirn. „Kann ich dir irgendwie helfen?"

Ich höre das Flirten in seinem Tonfall, die Verlockung in der Art, wie er die Worte flüstert, und sogar das Zucken seines Schwanzes an meinem Hintern. Offensichtlich braucht er nicht lange, um geil zu werden, auch wenn er erst vor zwei Sekunden aufgewacht ist.

Ich winde mich in seinen Armen und rolle mich herum, sodass wir einander in die Augen sehen. Seine bronzefarbenen Augen glitzern in der Dunkelheit und er hat diesen wunderschönen, verschlafenen Schlafzimmerblick. Alles an ihm ist traumhaft. Allein die Tatsache, dass ich in seinen Armen liege und er nackt ist, weckt meine eigene Erregung.

„Mir geht so viel durch den Kopf, dass es schwer ist, die Stimmen zum Schweigen zu bringen."

„Du hast eine Menge durchgemacht. Mehr als irgendjemand ertragen sollte."

„Ich versuche nur, das alles in meinem Kopf zu ordnen, verstehst du? Aber es ist ein großes verheddertes Durcheinander."

Er streckt seine Hand aus und streicht mir zärtlich die Haare aus dem Gesicht. „Ich bin immer in die Wälder gelaufen, wenn es mir zu viel wurde. Es gibt Dinge, die wir nicht ändern können, also ist das Beste eine Ablenkung."

„Wolltest du so sehr nach Hause zurück?", frage ich.

„Das Gegenteil. Ich wollte mich nicht mit meiner Vergangenheit auseinandersetzen, aber ich konnte auch nicht vor ihr weglaufen und wusste, dass sie mich irgendwann einholen würde. Dieser Gedanke hat mich umgebracht. Ich wusste, dass ich nichts tun konnte, außer zu warten. Und das ist quälend."

Ich starre ihn an und sehe, wie sein Blick abschweift, als würde es ihn selbst jetzt noch schmerzen.

„Cain hat mir erzählt, dass du das Ritual mit Serena durchgeführt hast."

Seine Lippen werden schmal und er antwortet nicht sofort. Wenn er es dann tut, ist seine Stimme dunkel. „Ich habe Serena nicht nur mein Herz, sondern auch *alles* gegeben, was ich hatte, und sie hat mich auf die schlimmste Art und Weise verraten." Danach schweigt er und ich fühle mich schlecht, weil ich überhaupt gefragt habe, aber meine Eifersucht brodelt. Es sollte nicht so sein, aber ich kann nicht anders, als mich Elias gegenüber besitzergreifend zu fühlen.

Außerdem war ich hierhergekommen, weil ich Gesellschaft brauchte, und jetzt habe ich ihn dazu gebracht, über seine Vergangenheit nachzudenken. Ich will es nicht übertreiben. Ich kann mir nur vorstellen, wie es sich angefühlt haben muss, wenn jemand, den er mochte, ihn verletzt hat. Aber wenn man bedenkt, wie meine Eltern mich behandelt haben, sind wir einander vielleicht ähnlich: Diejenigen, die uns eigentlich lieben sollten, stoßen uns von sich.

„Deshalb habe ich darauf bestanden, dass Cain dir die Wahrheit über die Bedeutung des Rituals sagt. Was es für dich bedeuten wird", sagt er, seine Hand auf meinem Rücken, die mich streichelt. „Ich spüre Serena immer noch durch die Bindung, auch wenn sie in der Hölle ist und ich hier. Es ist wie ein ständiges Kribbeln, das ich nicht loswerde. Es verfolgt mich."

„Elias, ich verspreche dir, dass ich dir nie wehtun werde.

Seine leichte Berührung gleitet über meine Schulter und zu meinen Lippen. Er mustert mich und sieht mir tief in die Augen. „Du bist so unschuldig, Aria, dass ich mir manchmal Sorgen mache, dass du von uns verdorben wirst."

Ich ziehe eine Augenbraue hoch. „Hallo, du sprichst mit dem Mädchen, das ein Monster in sich trägt, das selbst Luzifer nicht kennt. Ich weiß nicht, ob ich noch verdorbener sein kann."

Er grinst mich an und ich beuge mich vor, um ihm einen Kuss auf die warmen Lippen zu drücken.

„Lass mich dir heute Abend etwas geben", bietet er an.

„Ich werde deine süße Muschi lecken und du wirst einen so starken Orgasmus haben, dass du die nächsten Tage an nichts anderes als an mich denken wirst."

„Ist das ein Versprechen oder eine Drohung?" Ich necke ihn, während seine Worte meine Erregung anheizen und ich mir ein Lächeln nicht verkneifen kann.

Er wälzt sich auf mich, dreht mich auf den Rücken und drückt mich an sich. Seine Erektion schmiegt sich zwischen meine Beine und er schiebt sich näher an mich heran.

Ich zappele und scheitere kläglich daran, mich loszureißen.

„Bist du schon ganz durcheinander?", fragt er.

„Nicht wirklich", lüge ich und entlocke ihm damit ein Lachen.

Er gleitet in Windeseile an mir herunter, seine Finger schieben sich bereits in den Gummizug meiner Hose und ziehen sie mir die Beine hinunter. Er kniet sich hin und hebt meine Füße in die Luft, während er mir die Hose auszieht.

Dann spreizt er meine Beine, wirft mir einen Blick zu und vergräbt sein Gesicht ohne zu zögern in meiner Muschi. Seine Zunge fährt über meine glitschige Hitze, und ich zittere vor Erregung.

Ich werfe meinen Kopf zurück und stöhne, weil ich es genieße, wenn er mich leckt. Er spreizt meine Beine mit seinen Händen, während er mit seiner Zunge über mich streicht und mich ganz auskostet.

Mein Atem geht schnell und ich zupfe an meinen Brustwarzen, weil sich die Erregung in mir so schnell steigert. Atemlos winde ich mich unter ihm.

Die Geräusche, die er von sich gibt, sind teuflisch, und

er macht diese Sache mit seiner Zunge, bei der er sie immer wieder in mich eintaucht. Meine Hüften reiben gegen sein Gesicht hin und her und meine Schreie werden lauter.

Er küsst meine Muschi, bevor er mich in den Mund nimmt und wild leckt und zärtlich zieht. Ich schlage unter ihm um mich, als der Höhepunkt mich überwältigt.

Er trifft mich mit voller Wucht, und es ist das geilste Gefühl überhaupt. Ich erschaudere und meine Schenkel schmiegen sich an seinen Kopf.

Elias lässt mich nicht los, sein Mund leckt an meinem feuchten Innersten und hält es fest, als wäre es für ihn eine Herausforderung, mich mit meinem Orgasmus in den Wahnsinn zu treiben. Ich zittere, weil sich mein Körper so unglaublich anfühlt und weil ich immer noch schwebe, als er mich endlich aus seinem Griff befreit. Er lehnt sich zurück, leckt sich über die Lippen und wischt sich mit dem Handrücken über das Kinn.

„Verdammt noch mal, du bist einfach köstlich. Süß und salzig und die beste Süßigkeit überhaupt."

Ich starre atemlos zu ihm auf, mein Körper vibriert und es kribbelt immer noch überall in mir. „Du bist ein Gott."

Er lacht mich an, dann packt er meine Hüften und dreht mich auf die Seite. „Für dich kann ich das jederzeit sein, kleines Kaninchen." Er lässt sich hinter mir aufs Bett plumpsen, schiebt eines seiner Beine zwischen meine und spreizt sie.

Erst dann spüre ich, wie sein Schwanz gegen meine Muschi drückt.

Ich stöhne auf, weil ich ihn in mir brauche, und bewege mein Becken, um ihn willkommen zu heißen.

Er stößt in mich hinein, dehnt mich aus und diesmal schreie ich vor Lust, weil mich das Gefühl überwältigt.

Als er bis zum Anschlag in mir steckt, schlingt er seine Arme um meine Mitte und drückt mich an seine Brust, um mich festzuhalten.

„Jetzt ruhen wir uns aus, kleines Kaninchen."

„Ähm, du bist immer noch in mir drin. Wollen wir nicht miteinander vögeln?"

Er gluckst. „Das kommt später, aber jetzt will ich in dir sein, dich besitzen und spüren, wie du dich bei jeder Bewegung an mich klammerst. Und wenn ich es dann keine Sekunde mehr aushalte, dann werde ich dich so richtig durchvögeln."

Ich erschaudere bei seinen Worten, bei der Art, wie er meinen Körper genießt.

„Ruh dich aus", sagt er zu mir.

Mein Herz schlägt so heftig, dass es fast zerspringt und mein Verlangen in die Höhe schießt. Er ist riesig und ich kann spüren, wie er mich verschlingt. Er hält mich in seinen Armen, doch allein, dass er tief in mir ist, bewirkt Dinge, die ich nie erwartet hätte. Dass er mich auf diese Weise kontrolliert, ist die fesselndste aller Qualen.

„Du wirst mich noch umbringen", keuche ich und mein Körper windet sich, als er unter mein Shirt greift und meine Brust umfasst.

„Wenn das bedeutet, dich immer wieder zum Orgasmus zu bringen, dann gerne", flüstert er mir ins Ohr. „Ich will spüren, wie sich deine Muschi an meinem Schwanz festsaugt."

„Du bist nicht gut darin, mich zu beruhigen", erwidere ich und bewege mich leicht, diesmal ganz bewusst, um ihn zu erregen. Er ist nicht der Einzige, der die Kontrolle über die Situation gewinnen kann.

Er zwickt mir in die Brustwarzen und ich stöhne auf, weil ich die Reibung brauche, die nur er bieten kann.

„Bitte, Elias, deine Schikanen sind so unfair."

Er kann es wohl auch nicht mehr ertragen, denn seine Hand landet auf meiner Hüfte und er zieht sich aus mir zurück.

Ich protestiere und schmolle ihn an, aber sein teuflisches Grinsen verrät mir, dass das zu viel für ihn ist. Er kommt auf die Knie und packt grob meine Hüften, sodass ich auf meinen Händen und Knien lande. Er kniet sich zwischen meine Beine und schiebt sie weiter auseinander.

„Ist es das, was du willst?" Er treibt seinen Schwanz noch einmal in mich hinein, diesmal mit der Kraft eines Sturms, und er fickt mich jetzt wie verrückt.

„Oh verdammt, das ist es … ja!"

Er dringt tief in mich ein und stößt hart zu. Mein ganzer Körper bebt jedes Mal, wenn er in mich stößt. Mein Körper glüht vor Hitze, und ich hechle.

Die vertraute Kraft in mir verstärkt sich genauso schnell wie beim ersten Mal, als er mich zum Orgasmus gebracht hat. Sie durchströmt mich von meinen Zehen bis zu meinen Ohren. Jeder Zentimeter in mir pulsiert mit einem unerträglichen Verlangen.

„Ich kann spüren, wie du dich zusammenziehst. Komm für mich", befiehlt er.

In meinem Kopf dreht sich alles, weil ich so erregt bin, und bei seinem nächsten Stoß verliert mein Körper jede Kontrolle.

Ich werfe meinen Kopf zurück und schreie, während mein ganzes Inneres zittert und schmerzt, weil ich einen wahnsinnigen Höhepunkt erreiche. Elias knurrt und hält inne, während er tief in mir pulsiert und mich mit seinem Samen füllt. Jeder Teil meines Körpers zuckt, meine Muschi umklammert seinen Schwanz.

Ich bin überzeugt, wenn ich jetzt versuchen würde, aufzustehen, würden meine Knie vor lauter Erregung einknicken.

Mit einem lauten Stöhnen zieht er sich schließlich aus mir zurück und lässt sich auf das Bett fallen, wobei die Matratze unter mir wackelt.

„Komm her, kleines Kaninchen." Er fasst mich an der Taille und zieht mich an sich, sodass wir uns jetzt gegenüberliegen. Wir atmen beide schnell, und alles, was zwischen uns bleibt, ist das herrliche Glühen unserer Orgasmen.

Er küsst meine Lippen, und ich drücke mich an seine Brust und meine Handflächen gegen seine brennend heiße Haut.

„Das war die perfekte Ablenkung", murmle ich.

Elias antwortet zunächst nicht, wir liegen beide im Bett und meine Augen werden schwer. Unsere Körper liegen eng beieinander, und erst als ich merke, dass ich einschlafe, höre ich die Worte, die ihm über die Lippen kommen.

„Ich verliere mich in dir, und das macht mir eine Heidenangst."

17

CAIN

Im Fegefeuer sitzen Elias und ich an unserem üblichen Platz neben der Bühne. Es ist eine runde Sitzecke und weit genug hinten, dass wir die Menschenmenge und die Angestellten beobachten können, ohne aufzufallen. Hier halten wir auch die meisten unserer Treffen ab. Zumindest die, die nicht so viel Privatsphäre brauchen. Für die gibt es ein Hinterzimmer. Und für die, bei denen die Gäste ein wenig grob behandelt werden müssen? Nun, die werden im Keller abgewickelt. Wegen der Sauerei.

Diesmal haben wir wieder eine Verabredung mit Dalmer und Bechem, den Mitgliedern des hiesigen Kartells, die den gesamten Drogenhandel in Glenside betreiben. Die menschliche Seite des Unternehmens. Und da ich eher altmodisch bin, ziehe ich es vor, unsere Geldgeschäfte persönlich abzuwickeln, anstatt das Geld elektronisch zu überweisen. Und warum? Erstens gibt es keine belastenden Unterlagen und zweitens möchte ich sicherstellen, dass die

Leute mit einem gewissen Maß an Einschüchterung von dannen ziehen. Damit sie wissen, dass sie uns nicht verarschen können, auch wenn sie nicht wissen, wer wir sind.

In diesem Geschäft ist es wichtig, Präsenz zu zeigen und an der Spitze der Nahrungskette zu stehen. Das ist der Grund, warum ich Elias heute Abend bei mir habe. Mit Dalmer und Bechem bin ich bisher ganz gut allein zurechtgekommen, aber heute Abend gibt es einige Informationen, die sie uns vermutlich nicht ohne Überredungskunst mitteilen werden. Und mit Elias und seinem aufbrausenden Temperament haben sie noch nie Bekanntschaft gemacht.

Apropos Höllenhund neben mir: Er rutscht auf seinem Sitz hin und her und trommelt mit den Fingern auf seine Arme, während er an der Eingangstür des Clubs nach den beiden Männern Ausschau hält.

„Geduld, Elias", überrede ich ihn und rücke die Manschetten meiner Anzugjacke zurecht.

Er schnaubt. „Sie sind spät dran."

Ich schaue auf meine Uhr. Er hat Recht. Es ist zwölf nach neun. Ich bin genervt. Alle unsere Mitarbeiter wissen, dass ich niemand bin, den man warten lassen sollte. Meine Zeit ist kostbar und das ist einfach nur respektlos.

„Wenn sie nicht auftauchen ..."

„Das werden sie", schnauze ich, während mein eigener Ärger wächst. „Sie wissen es besser."

Er zuckt mit den Schultern und sieht beunruhigt aus. Und ich vermute, das ist er auch. Elias mag es nicht, zu lange in einem Raum eingesperrt zu sein. Das ist das wilde Tier in ihm.

Aber heute Abend brauche ich ihn im Fegefeuer, nicht nur für dieses Treffen, sondern auch für Arias Sicherheit.

„Ich hätte dich nicht hergebeten, wenn es nicht wichtig wäre, aber jetzt, wo die Höllenhunde hinter Aria her sind, bist du der Geeignetste von uns, um sie zu beschützen. Du kennst deine Art.“

Seine gelben Augen wandern in meine Richtung. „Du hast Recht.“

Natürlich habe ich das.

Elias nickt in Richtung der Bar, wo Aria gerade ein Tablett mit Getränken für einen ihrer Tische holt. In ihren zerschlissenen schwarzen Shorts, Netzstrümpfen und einem blutroten Korsett sieht sie umwerfend aus, und es ist fast unmöglich, nicht an unsere kleine Begegnung im Red Room zu denken. Wie sie ihre schlanken Beine um meinen Hals schlingt, während sie sich an meinem Gesicht reibt und meinen Namen schreit, als ich sie verschlinge.

Leider kann ich mir das heute Abend nicht gönnen. Das Geschäftliche muss Vorrang haben.

Aber es gibt immer ein Später ...

„Kam sie dir irgendwie anders vor?“ Elias' Frage unterbricht meine Gedankengänge. „So wie Dorian es neulich gesagt hat? In einem Moment ist sie abweisend, und später am Tag ist sie dann anhänglich.“

„Nein, das ist mir nicht aufgefallen. Sie ist zwar etwas ruhiger und zurückhaltender, aber wir wissen ja alle, dass sie in letzter Zeit viel durchgemacht hat.“

„Sie war früher nicht zurückhaltend mir gegenüber.“ Er grinst mich wölfisch an, und ich mache eine Grimasse. Plötzlich schweift Elias' Blick zum vorderen Teil des Clubs und er springt auf. „Endlich. Verdammt.“

Ich folge seinem Blick und entdecke die beiden Männer, auf die wir gewartet haben, beim Betreten des Clubs. Einer der Türsteher deutet in unsere Richtung und Dalmer und Bechem steuern auf uns zu. Während ich sitzen bleibe, stellt sich Elias neben mich, zieht die Schultern zurück und macht sich bereit dazu, die beiden einzuschüchtern.

Dalmer ist der erste, der spricht, als er den Tisch erreicht. „Tut uns leid, wir ...“

„Zu spät.“ Ein Knurren dringt aus Elias' Kehle und seine Lippen ziehen sich über einen spitzen Eckzahn.

Ich werfe ihm einen strengen Blick zu. Er muss sich daran erinnern, dass dies Menschen sind. Sie wissen nichts von unserer Welt, und ich habe keine Lust, hier Chaos zu stiften.

Dalmer und Bechem bemerken, dass Elias dicht bei ihnen steht und seine Muskeln anspannt. Sie treten sofort einen Schritt zurück.

Das ist gut.

Keiner von ihnen hat sich bisher hingesetzt. Sie stehen starr an ihrem Platz.

„Es tut uns leid, dass ihr warten musstet“, beginnt Dalmer und fährt mit einem Finger unter den Kragen seines Hemdes. An seinem Hals und seinem kahlgeschorenen Kopf ranken sich Tattoos mit Dornenrosen empor. „Wir hatten ein bisschen Ärger mit einer neuen Bande, die in unser Territorium eindringen will.“

Eine neue Bande? Warum hatte ich davon noch nichts gehört?

„Sie nennen sich beschissene Nightwalkers. Sie steigen mit dieser neuen Droge in unser Geschäft ein. Hush“, fügt Bechem hinzu.

Hush... Wo habe ich das schon mal gehört?
Richtig! Im Radio in der Limousine.

Ich denke zurück. Wenn ich mich richtig erinnere, hieß es, Hush sei eine neue Droge, die in der Stadt im Umlauf sei und Menschen töte. Möglicherweise auch Übernatürliche.

Er holt sein Handy aus der Jackentasche und tippt ein paar Mal auf den Bildschirm, bevor er es uns vor die Nase hält. Ein Bild von einem auf dem Kopf stehenden Dreieck mit einem Kreuz in der Mitte. Das gleiche, das ich an der Eingangstür des Queen Ann Stadthauses gesehen hatte ... wo sich die Vampire versteckten. „Sie haben das überall in der Stadt aufgemalt. Das ist ihr Gang-Tag. Habt ihr das schon mal gesehen?"

Ich werfe Elias einen Blick zu. Auch er hat das Symbol erkannt.

Ein neuer Vampirmeister in Glenside und eine neue Gang, die gleichzeitig mit einer harten Droge handelt? Nicht gerade ein Zufall.

„Unser Auto wurde auf dem Weg hierher überfallen", sagt Dalmer mit einer Grimasse. „Die Scheiben unserer Limousine wurden zerschossen, aber wir haben es geschafft, da rauszukommen. Ich tippe darauf, dass sie es waren. Nightwalkers."

„Und diese Droge, mit der sie handeln? Was wisst ihr darüber?", frage ich.

„Nur, dass sie verdammt stark ist. Sie macht höllisch süchtig, aber der Rausch soll dich direkt in den Himmel schicken ... *falls* du es überlebst", antwortet er. „Ansonsten schickt es einen buchstäblich in den Himmel oder die Hölle."

Elias verzieht das Gesicht.

„Das muss ein Zeug aus Übersee sein. Vielleicht aus Indien oder einem anderen fernöstlichen Land." Bechem streicht sich über die Bartstoppeln auf seinem Kinn. „So etwas haben wir noch nie gesehen. Und ich bin in diesem Geschäft, seit ich laufen kann."

Dalmer meldet sich wieder zu Wort. „Wir wollten wissen, ob ihr uns helfen könnt, sie unschädlich zu machen. Sie dringen in unsere Stadt ein und das sehr schnell. Ich weiß nicht, wie sie es geschafft haben, so schnell so viele Mitglieder auf ihre Seite zu bringen."

Ich habe eine ziemlich gute Idee. Wenn die Nightwalkers mit dem Meistervampir, Stephan, zusammenarbeiten, wie ich annehme, gibt es keine Grenze, wie viele Nachkommen er erschaffen kann. Vor allem, wenn er alt und mächtig genug ist. Er baut eine Armee für eine feindliche Übernahme auf. In unserer Stadt.

Das werden wir auf keinen Fall zulassen.

„Wir sind schon dabei, uns das anzusehen", sage ich. Die Erleichterung in den Gesichtern der Männer ist sofort zu sehen. „Glenside gehört uns. Und das wird auch so bleiben."

Sie tauschen einen kurzen Blick miteinander aus und nicken dann dankend. Sie wollen sich gerade gegenüber von mir niederlassen, als Elias einen Arm ausstreckt, sein ganzer Körper ist starr wie Stein. Sein Kopf neigt sich nach oben, sein Blick ist auf den Eingang des Clubs gerichtet.

Diese Haltung erkenne ich sofort. Irgendetwas stimmt nicht.

Mein Blick wandert zur Menge auf der Tanzfläche. „Was ..." Aber mein Satz wird in dem Moment unterbrochen, als ich fünf große Männer entdecke, die sich durch die Menge drängen und uns im Visier haben. Einer von ihnen zeigt mir seine Reißzähne.

Vampire. Und so wie es aussieht, machen sie sich für einen Kampf bereit.

„Nightwalkers", knurrt Elias und bekräftigt damit meine Gedanken. Dalmer und Bechem wirbeln herum. Als sie sie bemerken, holen sie ihre Handfeuerwaffen hervor, aber anstatt sie auf die Nightwalkers zu richten, drehen sie sich zu mir und Elias.

Ein Schuss dröhnt über die Musik und ich spüre den brennenden Schmerz der Kugel, als sie sich in meine Schulter bohrt. Ich schaue nach unten und sehe, wie Rot meine Anzugsjacke besudelt. In mir steigt Wut auf und Hitze durchflutet jedes Stückchen meines Körpers.

Wir sind verraten worden.

Als ich wieder zu den beiden Männern aufschaue, weiß ich, dass mein Dämon herausschaut. Ihre Gesichter spiegeln blankes Entsetzen wider.

Als ich spreche, ist meine Stimme tiefer und ernster. „Ihr habt die falsche Seite gewählt."

Elias steht plötzlich hinter Bechem und noch bevor er sich umdrehen kann, packt Elias ihn seitlich am Kopf und bricht ihm das Genick. Er sackt in sich zusammen.

Dalmer zuckt mit seiner Waffe in Richtung Elias, und ich stürze mich auf ihn, packe ihn an der Kehle und schleudere ihn quer durch den Raum. Sein Körper knallt gegen eine der schwarzen Marmorsäulen und er bricht auf dem Boden zusammen. Wenn er nicht tot ist, wird er für sein ganzes Leben gelähmt sein. Er wird auf keinen Fall wieder eine Waffe ziehen können.

Die Leute stürmen zur Seite und verlassen den Raum. Einige eilen zu den Ausgängen. In dem ganzen Trubel stürzen sich die Vampire auf uns. Elias springt auf sie zu wie ein wütender Stier und schlägt zwei auf einmal nieder. Seine Haut spannt sich vor dem Bedürfnis an, sich zu verwandeln, aber er hält seine Bestie zurück und kämpft stattdessen in seiner menschlichen Gestalt.

Als Dorian, Elias und ich das Fegefeuer eröffneten, hatten wir uns darauf geeinigt, unsere dämonischen Erscheinungen nur dann zu zeigen, wenn es unbedingt nötig war, denn einige unserer Gäste waren Gewöhnliche – Menschen, die von oder unter Übernatürlichen geboren wurden und etwas über Magie wissen – und sie hatten noch nie zuvor eine Kreatur der Hölle gesehen. Wenn wir uns zu oft offenbarten, könnte das zu Angst führen und letztlich unserem Geschäft schaden.

Aber auch wenn Elias Haut statt Fell trägt, macht ihn das nicht weniger zu einem Killer. Er ist mit seinen Fäusten genauso geschickt wie mit seinen Zähnen und Klauen, und es dauert nicht lange, bis der Boden mit Blut getränkt ist und die Wände mit Blut bespritzt sind.

Weitere Clubbesucher rennen zu den Ausgängen. Die verbleibenden Vampire teilen sich auf, während sie auf mich zustürmen, zwei gehen nach rechts, während einer nach vorne sprintet. Mit gefletschten Reißzähnen springt er auf einen Tisch und dann die Wand hinauf und bewegt sich in rasender Geschwindigkeit. Als ich seine Bewegungen verfolge, sticht mir etwas Scharfes in den Nacken und ein Schmerz durchzuckt mich.

Scheiße! Einer der Blutsauger hatte es geschafft, seine Reißzähne in meinen Hals zu bohren.

Brüllend greife ich hinter mich, packe den Bastard am Shirt, stemme ihn über meinen Kopf und schleudere ihn auf den Boden. Er reißt ein Stück meines Halses mit sich,

und weißglühender Schmerz blendet mich vorüberge-
hend. Ich gerate ins Wanken und bevor ich mich wieder
fangen kann, werde ich von dem anderen Vampir seitlich
am Kopf getroffen. Mehr Blut strömt in meinen Mund.

Okay. Ich habe diese Nightwalkers schon zu lange
unterhalten. Es wird höchste Zeit, das zu beenden.

Langsam richte ich mich auf und wende mich um.
Mein Blick wandert vom Vampir auf dem Boden zu dem
vor mir. Dem Vampir zu meinen Füßen klebt mein Blut
am Mund, und bei diesem Anblick kämpft mein Dämon
um seine Befreiung. Meine Muskeln spannen sich an und
meine Flügel strecken sich unter meiner Haut. Das Blut,
das aus meinen Wunden sickert, verdunkelt sich, und ich
kämpfe darum, das Monster zurückzuhalten.

Mit all meiner Kraft rufe ich mein inneres Feuer zu
meiner Faust und ramme sie dem Vampir auf dem Boden
direkt in die Brust. Die Knochen brechen und die Hitze
bringt Fleisch und Muskeln zum Schmelzen. Meine
Finger schlingen sich um sein Herz und ich reiße es
heraus. Er zittert ein letztes Mal, bevor er zusammensackt.
Er ist tot.

Ich reiße meinen Kopf hoch und sehe, wie der andere
Vampir langsam zurückweicht. Auch ohne meine Flügel
bin ich sicher ein furchteinflößender Anblick, mit meinen
Augen, die schwarz wie Tinte sind, und den Linien, die
sich über meine Haut ziehen. Ich beobachte, wie sein
Selbstvertrauen schwindet, bis nur noch Angst übrig
bleibt. Ich ernähre mich von ihr. Ich bade in ihr. Und ich
lecke mir die Lippen.

„Oh, wie köstlich Seelen schmecken, wenn absolute
Angst an ihnen haftet", sage ich, und meine Stimme ist
nicht mehr als ein Grollen.

Er wirbelt herum, in der Hoffnung zu fliehen, aber er trifft direkt auf Elias' Brust. Eine neue Wunde zieht sich über seine Wange und Blutflecken verschmieren sein Gesicht und seine Kleidung.

Elias' Augen funkeln. „Da hast du Recht."

In Panik stolpert der junge Vampir zurück, hält aber in dem Moment inne, als er mich näher kommen sieht. Er ist zwischen uns eingeklemmt.

Als ich auf ihn zuschreite, ertönt ein spitzer Schrei.

Mein erster Gedanke ist Aria, und mein Herz setzt aus. Doch dann sehe ich den einen fehlenden Vampir von den fünf, der Charlotte durch den Club jagt.

Verdammt! Sieht aus, als wären wir nicht die einzigen Ziele dieses Angriffs gewesen.

Ich sehe Elias an und nicke ihm zu. Eine einfache Geste, aber eine, die alles aussagt, was er wissen muss.

Als ich Charlotte hinterher eile, höre ich hinter mir das Knacken von Knochen, als Elias das Leben des erbärmlichen Nightwalkers beendet.

18

ARIA

Ein Schuss ertönt, und die Musik hört abrupt auf. Ich bleibe auf der Stelle stehen und mein Blick sucht in dem Chaos sofort nach Cain und Elias. Ich finde sie auf der gegenüberliegenden Seite des Raums, Cain hat ein Loch in der Schulter und das Blut tritt bereits hervor.

Ich lasse das Tablett fallen, und Panik steigt mir in die Kehle. Ich will zu ihm eilen, aber eine raue Hand packt mich am Arm und zerrt mich zurück über die Theke. Ich lande auf meinem Hintern, und als ich aufschaue, sehe ich Antonio neben mir hocken und einen Finger an seine Lippen legen. Sting ist auch da, zusammengekauert neben einem Stapel Kisten.

Antonio winkt Sting zu. „Bring Aria hinten raus", sagt er flüsternd. „Schaff sie hier raus."

Ich schüttle verzweifelt den Kopf. „Nein, ich gehe nirgendwo hin. Cain ist ..."

„Cain ist ein großer Junge. Er kann auf sich selbst aufpassen." Er greift wieder nach mir, und ich zucke zurück, ärgere mich immer mehr.

„Na wenn du nicht willst, selbst Schuld." Antonio robbt zu Sting hinüber und sie verschwinden um die Ecke.

Bösartiges Knurren und Zischen erhebt sich über den Lärm, und ich stehe auf. Die Clubbesucher zerstreuen sich und rennen zu den Ausgängen. Elias reißt zwei Vampire in Stücke, während Cain einen anderen über seine Schultern wirft. Aus einem fehlenden Stück an seinem Hals sickert noch mehr Blut.

In meinen Adern gefriert das Blut und plötzlich zittere ich am ganzen Körper. Ich kann nicht aufhören, daran zu denken, wie tödlich er nach unserem großen Kampf mit Sir Surchion aussah und wie nahe ich daran war, ihn zu verlieren. Ich weiß nicht, wie ich jemals damit zurecht kommen würde. Allein bei dem Gedanken daran durchzuckt mich Schmerz.

Ich spüre, wie Sayah sich erhebt, ihre Dunkelheit brodelt in mir und breitet sich aus. Mein Brustkorb zieht sich zusammen, ich atme schnell und unregelmäßig, und mein Schädel dröhnt.

Es ist wie immer, wenn ich sie zu lange zurückhalte und ihren dunklen Geist in mir behalte, anstatt sie freizulassen – sie wird mir zu viel, als ob sie mich verschlingen würde. Aber anders als sonst sprudelt die Energie in mir, und ich möchte jeden einzelnen Vampir in Stücke reißen. Glied für Glied. Das Blut spritzt überall hin. Dieses dunkle Verlangen durchströmt mich und wird mit jeder Sekunde stärker.

Es ist ein ekelhafter Gedanke, von dem ich weiß, dass er falsch ist, aber das ist mir egal. Meine Stimme der Vernunft wird von Sekunde zu Sekunde leiser; auch sie wird von der Bosheit verschluckt. Es ist dasselbe widersprüchliche Gefühl, das ich hatte, als ich Maverick die Engelsklinge an die Kehle hielt, und dann wieder, als ich mit Dorian unterwegs war. Das Bedürfnis zu töten ... Der Wunsch, jemandem mit meinen eigenen Händen den Tod zu bringen ... Es ist wieder da, diesmal stärker als je zuvor. Sayah übernimmt die Kontrolle.

Was noch beunruhigender ist? Ich habe keine Angst.

Ich will nicht gegen sie kämpfen. Ich weiß nicht, ob ich das kann.

Aber gleichzeitig bin ich ... auch erregt.

Was stellt Sayah mit mir an?

Ich habe nicht allzu viel Zeit, darüber nachzudenken, denn plötzlich sprintet Charlotte an mir vorbei und ein Vampir ist ihr auf den Fersen. Da er blitzschnell ist, hat er sie in Sekundenschnelle erwischt, legt seinen Arm von hinten um ihre Kehle und zieht seine Lippen über seine Reißzähne. Sie schreit.

Mein Blick verdunkelt sich und meine Wut fegt wie ein Wirbelsturm durch mich hindurch. Ich erspähe das Tablett, das ich auf den Boden hatte fallen lassen, bedeckt mit Glasscherben von den Getränken, und schnappe es mir.

Nicht meine Freundin, du Arschloch!

Mit beiden Händen knalle ich es mit aller Kraft auf den Hinterkopf des Vampirs.

ELIAS

Ich kann nicht glauben, was ich da gerade gesehen habe. Aria hat einen Vampir mit einem Tablett niedergeschlagen.

Noch überraschender ist, wie weit er durch die Wucht des Schlags geschleudert wurde und über die Tanzfläche schlitterte. Das Tablett in Arias Hand ist in zwei Teile zerbrochen.

Verdammte Scheiße.

Ich weiß, die Frau hat Mumm, aber Vampire stehen auf der Liste der übernatürlichen Wesen wegen ihrer Schnelligkeit und Stärke ganz oben. Trotzdem hat sie es geschafft, einen mit einem Schlag quer durch den Club zu befördern.

Wie ist das überhaupt möglich?

Selbst Cain ist fassungslos und bleibt mitten in der Bewegung stehen, als der getroffene Vampir zu seinen Füßen schlittert. Charlotte reibt sich den Nacken, atmet schwer und versucht zu begreifen, was gerade passiert ist. Wir können alle keine logische Erklärung dafür liefern.

Mein kleines, zartes Kaninchen hat einen Vampir zu Fall gebracht? Jetzt habe ich wirklich alles gesehen.

Und dann erkenne ich es. Schwarze Rauchschwaden, die sich um ihre Gliedmaßen schlängeln, und orangegoldenes Licht, das auf ihrer Haut funkelt. Es ist dasselbe, was immer passiert, wenn Sayah auftaucht und ihre Essenz entzieht, um realer zu werden. Greifbarer.

Aber ich sehe keine Sayah. Nur Aria.

„Ar... Aria?" Charlottes Stimme zittert vor Angst.

Arias Kinn hebt sich langsam, und was immer sie sieht, lässt sie vor Angst zurückschrecken. Arias Muskeln sind steif, ihre Bewegungen ruckartig und unnatürlich.

Irgendetwas stimmt hier ganz und gar nicht.

„Aria", ruft Cain etwas eindringlicher. Das reicht, um ihre Aufmerksamkeit zu erregen. Ihr Kopf dreht sich in unsere Richtung, aber ihr Blick ist leer, sie schaut durch uns hindurch.

„Aria", sagt er wieder etwas sanfter. Mit vorsichtigen Schritten kommt er näher an sie heran. „Geht es dir gut?"

Sie blinzelt nicht. Sie starrt ihn nur mit ihren großen dunklen Augen an.

Ein warnender Schauer läuft mir über den Rücken, und meine Nackenhaare richten sich auf. Mein Jagdhund spürt die neue Gefahr, die vor uns steht, und er weiß nicht, ob er kämpfen oder sich unterwerfen soll, da sie von seiner Gefährtin ausgeht ... unserer Gefährtin.

Dann wird der Rauch wieder in sie hineingesaugt und das seltsame Licht verschwindet. Aria blinzelt, der Bann scheint gebrochen. Sie atmet tief ein, bevor ihre Augen nach hinten rollen und ihre Knie nachgeben.

Bevor sie zu Boden gehen kann, ist Cain an ihrer Seite, fängt ihren schlaffen Körper in seinen Armen auf und drückt sie an seine Brust. Ihr Kopf kippt zur Seite und meine Brust krampft sich vor Schreck zusammen. Ich eile hinüber.

Während Cain ihr blasses Gesicht untersucht und ihren Hals nach dem Puls abtastet, wippe ich auf meinen Beinen. Vor lauter Angst kann ich einfach nicht stillhalten.

„Sie ist bewusstlos, aber am Leben", erklärt Cain mit seiner tiefen, besorgten Stimme.

In den Hunderten von Jahren, die ich ihn kenne, habe ich Cain selten besorgt erlebt. Aber es ist klar, dass das, was mit Aria passiert ist, ihn zutiefst erschüttert hat.

„Du hast gesehen, was sie getan hat, oder?", frage ich und beobachte ihn.

Er nickt. „Das muss die Schattenkreatur in ihr sein. Sie wird immer stärker."

„Verdammt. Sie versucht eine feindliche Übernahme."

Charlotte tritt näher und legt ihre Stirn in Sorgenfalten. „Schattenkreatur? Was ist ..."

„Quinn!" Cain winkt einen der Wachleute des Fegefeuers heran. Ein Bärenshifter, den ich rekrutiert hatte, als wir den Club gründeten.

Quinn schleppt den Vampir, den Aria niedergeschlagen hat, zum Ausgang, aber er hält inne, um Cains Anweisungen entgegenzunehmen.

„Wenn du dort fertig bist, musst du Charlotte nach unten bringen."

Charlottes Augen weiten sich. „Nach unten! Aber ..."

„Es ist zu deiner Sicherheit, Charlotte", antwortet er und unterbricht sie erneut. Da sie ihm nicht widersprechen will, hält sie den Mund. Normalerweise wird der Keller hier für Verhöre, Gefangene, Folter usw. genutzt, aber es gibt auch ein paar private Räume für die Angestellten oder einen von uns, wenn die Arbeitsschichten zu lange dauern. Ich vermute, dass er meint, dass sie in einem dieser Räume bleiben soll.

Charlotte sieht unwillig aus, aber als sie einen Blick auf Arias unbewegliche Gestalt in Cains Armen wirft, senkt sie nur den Kopf und geht zu Quinn hinüber.

Ich blicke auf Aria hinunter und runzle die Stirn. Luzifer. Höllenhunde. Vampire. Und jetzt Sayah. Alles wird von Sekunde zu Sekunde komplizierter. Ganz zu schweigen von der Gefahr. Wie sollen wir Aria vor all dem schützen?

„Meinst du immer noch, wir sollten ihr die Wahl bei

dem Bindungsritual lassen?", fragt mich Cain mit einer hochgezogenen Augenbraue.

Ich knirsche mit den Zähnen. Ich weiß, worauf er anspielt. Wir haben schon viel Zeit damit vergeudet, darauf zu warten, dass sie uns das Okay für etwas gibt, das sie vor Luzifer schützen könnte. Jetzt müssen wir auch noch einen parasitären Schattengeist auf die Scheißliste setzen.

„Und was ist, wenn sie nein sagt?" Er mustert Arias Gesicht und fährt ihr zärtlich mit dem Finger über die Wange. „Wirst du sie dann sterben lassen können?"

Ich sage kein Wort. Allein der Gedanke, sie zu verlieren, zerreißt mich innerlich. Ich weigere mich, auch nur daran zu denken.

Die Art, wie er sie ansieht und ihr Gesicht berührt, macht deutlich, dass auch er nicht bereit ist, sie aufzugeben.

„Weil du weißt, dass das passiert, wenn sie sich weigert", sagt er mit Schmerz in der Stimme.

„Ich weiß, verdammt. Ich weiß", schnauze ich und meine Wut steigt. Er hat Recht und ich weiß es. Aber verdammt.

Was sollen wir nur tun?

19

ARIA

Nach einem langen Tag des Nichtstuns, vor allem nach den brutalen Kämpfen im Fegefeuer gestern Abend, wird es mir langsam klar.

Ich ziehe Gefahr geradezu magnetisch an.

Früher dachte ich, es wären die Dämonen, aber jetzt weiß ich, dass ich es bin.

Eine gefährliche Auseinandersetzung jagt die nächste, und ich scheine die einzige Konstante zu sein. Das Chaos liebt mich. Und nach den Begegnungen mit den Vampiren, Sayahs immer größer werdendem Einfluss auf mich und meiner mangelnden Kontrolle über alles, wird es langsam zu viel.

In meinem Kopf schwirren sorgenvolle Gedanken herum und in meinem Bauch kribbelt es vor lauter Aufregung.

Als ich aufwachte, lag ich in meinem Bett in der Villa und alle drei Dämonen standen über mich gebeugt. Ich war nach den Ereignissen im Fegefeuer ohnmächtig geworden. Das Letzte, woran ich mich erinnere, ist, dass ich sah, wie Charlotte von einem Vampir gejagt wurde und das Tablett in die Hand nahm. Das war's.

Elias behauptete, ich hätte den Vampir damit geschlagen und ihn irgendwie durch den Club geschleudert. Zuerst dachte ich, er würde übertreiben, aber als ich die Sorgenfalten auf Cains Stirn sah, wurde mir klar, dass er das nicht tat.

In dem Moment erinnerte ich mich an Sayahs Dunkelheit, die mich durchflutet hatte, und an die immense Macht, die ich gespürt hatte. Und auch an das Bedürfnis nach Zerstörung und Tod. Es war überwältigend. Es machte süchtig.

Es scheint, als wäre sie seit meinem Ausflug in die Hölle noch stärker geworden. Sie ist in meinem Kopf. In meiner Seele, und ich weiß nicht, wie ich sie besiegen soll. Was ist, wenn sie am Ende ganz von mir Besitz ergreift?

Ich habe das Gefühl, die Kontrolle zu verlieren.

Draußen grollt ein Donner, so laut, dass das Haus unter der Wucht zu zittern scheint.

„Ich liebe Gewitter", sagt Dorian zu mir. Wir sind beide in seinem Zimmer und starren aus den riesigen Fenstern auf den schwarzen Himmel, den heftigen Regen und die grellen Blitze.

„Sie eignen sich perfekt zum Lesen", antworte ich und lehne mich zurück gegen seine Brust, während er mich festhält. Es hat etwas Angenehmes, begehrt zu werden, besonders wenn ich trotz der Ruhe den Kampf in meinen Adern spüre. Aber vielleicht habe ich die Sache falsch angepackt und muss einen neuen Ansatz wählen. Ich muss alles über Höllenhunde herausfinden, vielleicht sogar über Sayah, bevor die Dinge noch mehr außer Kontrolle geraten. „Gibt es in der Bibliothek in diesem Haus zufällig etwas über Dämonen und Höllenhunde?"

Dorian dreht mich mit meiner Hüfte zu sich. „Was willst du denn wissen?"

„Ich hasse es, nur herumzusitzen und auf den nächsten Angriff zu warten. Vielleicht kann ich ja Antworten in einem Buch finden? Etwas, mit dem ich wenigstens eines meiner Probleme loswerden kann."

Seine Mundwinkel verziehen sich nach oben. „In diesem Haus lebt ein Höllenhund, der dir alles beantworten kann, was du brauchst. Und nach der Begegnung mit Maverick in der letzten Nacht bin ich überzeugt, dass er ihnen das Handwerk legen wird. Seitdem ist keiner mehr zurückgekehrt."

„Ich weiß, aber was ist, wenn sie zurückkommen oder Luzifer sie wieder freilässt? Und glaub mir, ich habe Elias ausgehorcht. Aber nach allem, was er mir erzählt hat, sind sie nicht mehr aufzuhalten, wenn sie einmal ausgesandt wurden. Die einzige Möglichkeit, sie aufzuhalten, ist, sie brutal zu töten. Aber das schickt sie sowieso nur zurück in die Hölle." Ich seufze, und Frustration macht sich in meiner Brust breit. „Ich hasse es, verletzlich zu sein, und ich muss mich irgendwie schützen. Mit Kraft wie du kann ich es nicht schaffen, aber vielleicht kann ich meinen Verstand einsetzen, wenn ich mehr über sie weiß."

Er sieht mich einen langen Moment lang an, als ein entschlossener Ausdruck über sein Gesicht zieht. „Gut, dann weiß ich genau, wohin ich dich bringen muss."

„Ach ja?" Ich werde hellhörig und wippe fast auf meinen Zehen. „Nicht hier?"

„Es gibt keine Garantie, dass du etwas Neues findest, was Elias dir nicht erzählt hat, aber wenn es dich beruhigt, kann ich dich in die Reverie Bibliotheca bringen. Das ist eine uralte Bibliothek, die nur für Übernatürliche zugänglich ist und sich hauptsächlich mit den Bräuchen der verschiedenen Spezies und der Geschichte beschäftigt. Aber im geschlossenen Bereich gibt es auch eine Abteilung über Dämonen." Er grinst. „Vielleicht findest du sogar etwas über mich!" Er zieht die Augenbrauen hoch. „Allerdings musst du es mit Vorsicht genießen, denn vieles davon wurde von Nicht-Dämonen geschrieben und ist daher übertrieben."

„Jetzt hast du mich neugierig gemacht. Können wir nun endlich los?"

Er blickt nach draußen, wo der Sturm gegen die Landschaft schlägt. „In diesem Sturm?"

Ich nicke, bevor er fragt. „Es würde mir helfen, mich zu beruhigen."

„Dann nichts wie los." Seine Hand gleitet in meine, unsere Finger sind ineinander verschlungen, und wir verlassen sein Zimmer.

Sobald wir den anderen sagen, wo wir hinfahren, und wir im Auto sitzen, atme ich auf. Der starke Regen hat viel Schnee geschmolzen und auf den Straßen gibt es kaum noch andere Autos, aber die Fahrbahn ist auch sehr rutschig. Das veranlasst Dorian dazu, in der Mitte der Straße zu fahren und die riesigen Pfützen an den Seiten zu vermeiden.

In der Stadt beobachte ich die Menschen, die in Gebäude und Geschäfte rennen, um dem Wetter zu entgehen, die meisten in Geschäftsanzügen, denn es ist mitten am Arbeitstag. Wir fahren an der Unterführung von Storm vorbei und folgen der Straße weiter nach hinten, wo sich auf beiden Seiten der Straße mehrere Bürogebäude wie riesige Kolosse aneinander pressen. Getönte Fenster, dunkle Wände und keine Anzeichen dafür, was sich darin befindet.

Dorian biegt in eine Einfahrt ein und fährt auf ein geschlossenes Garagentor zu. Er öffnet sein Fenster und lässt einen Schwall von kaltem Wind und Regen herein. Eilig drückt er den Summer und spricht über die Gegensprechanlage in einer anderen Sprache mit jemandem.

Wenige Augenblicke später öffnet sich das Metalltor und wir rollen ins Innere, weg vom Sturm.

„Sicherheitsmaßnahmen für eine Bibliothek. Heftig", sage ich und schaue mir die Tiefgarage an, die zur Hälfte mit Autos belegt ist.

„Sie müssen die Menschen draußen halten." Er parkt in einer Parklücke direkt neben zwei Durchgängen. Über dem einen steht „Storm", über dem anderen „Bibliotheca". „Kann man den Storm auch hier betreten?"

„Ja, es ist nur ein etwas längerer Weg, und du musst noch durch weitere Sicherheitskontrollen."

„Gut zu wissen, dass es noch einen anderen Weg gibt."

In wenigen Minuten sind wir auf dem Weg zur Bibliothek und biegen um die Kurve zu einer schwarzen Tür aus Metall.

Dorian hebt seine Hand und legt sie flach auf die Oberfläche direkt über dem goldenen Griff, der wie ein Wolfskopf aussieht. Sofort leuchtet ein rotes Licht um seine Hand und seine Finger. Dann wechselt es innerhalb eines Augenblicks auf Grün und ein lautes Klicken ertönt.

„Wir sind drin", sagt er, drückt den Griff herunter und sieht zu mir herüber.

„Dürfen nur bestimmte Leute da rein?"

Er lacht. „Stell es dir wie einen Bibliotheksausweis vor.

Man muss sich anmelden, um reinzukommen, also wenn du willst, können wir dich auch anmelden?"

„Ja, das wäre toll."

Wir schlendern durch die Tür und kommen zu einer großen Marmortreppe mit einem goldenen Geländer. Die Betonwände sind verschwunden und durch einen Flur ersetzt, der in ein Schloss gehören könnte.

Als wir die Treppe hinaufgehen, kommen wir in ein großes Foyer, in dem auf der einen Seite ein Tresen steht, an dem mehrere Leute an Computern tippen, während andere davor stehen, um sich Bücher auszuleihen, vermute ich. Oder um nach Quellenangaben zu suchen?

Dorian führt mich in die entgegengesetzte Richtung, durch eine verschnörkelte Tür und in einen riesigen Raum, der mir den Atem raubt.

Ich schnappe vor Ehrfurcht nach Luft.

Der lange, schmale Raum dehnt sich so weit aus, dass ich gar nicht sehen kann, wo er endet. Jeder Zentimeter der Wände ist mit Bücherregalen bedeckt, die mit Leitern auf Rädern ausgestattet sind. In der Mitte stehen hölzerne Schreibtische mit jeweils nur zwei Stühlen und einer goldenen Lampe mit eingeschaltetem Licht. Ganz links befindet sich eine große Treppe, die dich in die nächsten beiden Stockwerke führt, die genauso riesig erscheinen. Ich hebe meinen Hals bis zur Decke, die größtenteils aus Glas besteht, und Licht ins Innere strömen lässt, während Regen gegen das Fenster prasselt. Allerdings dringt kein Geräusch von draußen herein.

„Wow, ich bin wohl gerade in die Bibliothek aus Die Schöne und das Biest geraten. Und du hast gesagt, hier gäbe es nicht viel. Das ist ja gigantisch."

Er lacht leise in die Stille hinein. „Du solltest die

Bibliotheken in der Hölle sehen. Dort gibt es Texte zu jedem Thema der Welt. Es gab schon Dämonen, die sich im Labyrinth der Bücher verirrt haben und nie wieder gesehen wurden."

„Das klingt sehr überwältigend."

„Komm hier entlang." Er führt mich direkt an der Treppe vorbei zur hinteren Wand, zu einer weiteren Tür, die uns zu einer Treppe führt, die nach unten geht. Die Wände leuchten blau und wenn ich genau hinsehe, könnte ich schwören, dass in den Wänden Fische schwimmen.

Dorian führt mich in einen weiteren Raum, der genauso eingerichtet ist wie der erste Bibliotheksraum, nur dass es keine Treppe und kein Fenster an der Decke gibt. Brennende Fackeln hängen an Metallbügeln von den Wänden und verleihen dem Raum ein dämonisches Flair. Natürlich würden sie die Bücher hier unten aufbewahren. Trotzdem ist es seltsam, eine Reihe von Computern zu meiner Rechten zu sehen, an einem Ort, der wie aus der Zeit gefallen zu sein scheint.

Nur eine weitere Person ist in diesem Bereich, ein älterer Mann, der an einem der Schreibtische sitzt und neben sich ein Dutzend Bücher stapelt.

„Hier sieht es fantastisch aus", flüstere ich. „Das Einzige, was fehlt, ist eine Tasse heiße Schokolade."

„Es gibt viele Regeln, die ich für dich brechen würde, aber meine Berechtigung für die Bibliothek zu verlieren, gehört nicht dazu. Tut mir leid, meine Süße. Ich besorge dir eine auf dem Heimweg."

„Gut zu wissen, dass auch du Grenzen kennst", necke ich ihn.

Er grinst und führt mich zu den Computern. „Also

gut, lass uns recherchieren und sehen, was wir für dich finden können."

Es müssen Stunden vergangen sein, aber in einem Raum ohne Fenster und Uhren ist das schwer zu sagen. Hier steht die Zeit still.

Mein Schreibtisch ist mit Büchern vollgestapelt. Alles, was ich über Höllenhunde lese, spiegelt das wider, was Elias mir erzählt hat. Es gibt buchstäblich keine Möglichkeit, sie aufzuhalten, wenn sie einmal entfesselt sind, außer sie zu bekämpfen. Das ist beschissen und lässt mich entmutigt zurück.

Dorian sitzt mir gegenüber auf einem Stuhl, das Kinn auf die Brust gedrückt, und schläft tief und fest. Ich ziehe das letzte Buch vor mir über den Tisch und seufze. „Ich hoffe, du kannst mir etwas Neues anbieten." Es ist in Leder gebunden und auf der Vorderseite ist nur ein goldenes Pentagramm eingestanzt. Keine Worte, aber es lag in der Nähe der anderen Bücher über Höllenhunde, also dachte ich mir, dass es etwas enthalten könnte.

Das gebundene Buch knarzt, als ich es aufschlage. Die Schrift auf den Seiten ist so winzig, dass ich fast schielen muss, um sie zu lesen. Ich blättere zum Inhaltsverzeichnis und suche nach Höllenhunden oder Schattendämonen, auch bekannt als Sayah, als ein anderes Wort meine Aufmerksamkeit erregt.

Luzifer.

Vor lauter Neugierde blättere ich schnell auf die ersten Seiten. Vielleicht habe ich nach der falschen Sache gesucht. Vielleicht hätte ich mich auf den großen Kerl selbst konzentrieren sollen.

Ich überfliege die Abschnitte, vorbei an dem üblichen Zeug über seinen Sündenfall und seine Gefangenschaft in der Hölle, bis ich an einer interessanten Stelle stehen bleibe. Darin wird erklärt, dass Luzifer die Situation zu seinen Gunsten gewendet hat, indem er die Unterwelt als sein Reich beanspruchte. Er wurde so mächtig, dass sogar die Himmelsbewohner anfingen, ihn zu fürchten.

Aber er hat auch seine Grenzen, was meine Aufmerksamkeit erweckt. Er kann die Hölle verlassen, aber nur für eine begrenzte Zeit und mit viel aufgesparter Kraft. Je länger er draußen bleibt, desto schwächer wird er, weshalb er das Reich nur selten verlässt.

Ich denke an seinen Besuch in der Villa zurück, wie schnell er hinein und wieder hinaus kam. Er hatte seine Kraft verbraucht, nur um seine Anwesenheit zu zeigen.

Ich konzentriere mich wieder auf den Text und lese weiter, bis ich bei dem Abschnitt über seine Söhne stehen bleibe.

Ich stutze über die Worte, über die Liste der sieben Namen und deren tödliche Identität. Natürlich steht Cain als der Älteste an erster Stelle und wird als Stolz bezeichnet. Dann folgen Torryn als Zorn, Nix, den ich schon in der Hölle kennengelernt hatte, als Lust, Lorcan als Neid, Valdim als Völlerei, den Elias und Dorian im Restaurant erwähnt hatten, Raziel als Trägheit und schließlich Maverick als Gier.

In dem Buch steht, dass jeder Sohn erschaffen wurde, als Luzifer Hilfe bei der Herrschaft über sein Reich brauchte. Er fand eine Möglichkeit, seine Seele in sieben Teile zu zerreißen, einen für jede seiner sündigsten Eigenschaften. Dann wurden die Todsünden und die ersten Dämonen geboren.

Wow. Das bedeutet, dass Cain der allererste Dämon ist, der jemals erschaffen wurde. Das bedeutet, dass er

Hunderte – nein Tausende – von Jahren alt sein muss! Ich kann mir das nicht vorstellen.

Ich lese weiter, aber ich finde nicht viel mehr Interessantes oder etwas, das uns helfen könnte. Die Herkunft der Dämonen ist zwar aufschlussreich, aber das wusste ich alles schon. Cain hatte es mir erklärt, aber was ich immer noch nicht verstehe, ist, was Luzifer davon abgehalten hat, ihn zu töten, als ihr Aufstand scheiterte. Es handelte sich eindeutig nicht um eine Art von Vaterliebe.

Luzifer hatte sich entschieden, ihn zu verbannen, obwohl er eigentlich wahnsinnig genug ist, jeden anderen zu töten, wenn er die Gelegenheit dazu hat. Es muss einen Grund dafür geben. Etwas, das wir übersehen. Aber was?

Meine Augen huschen wieder über die Worte. *Da er Hilfe brauchte, um sein Reich zu beherrschen, fand er eine Möglichkeit, seine Seele in sieben Teile zu spalten ...*

Seine Seele spalten.

Moment mal.

„Oh Scheiße."

Dorian schreckt auf und schaut sich verwirrt um.

„Was ist? Was? Was ist los? Was ist los?", bellt er so laut, dass der ältere Mann am anderen Ende des Raumes uns auffordert, leise zu sein.

„Lies das", sage ich und schiebe ihm das riesige Buch über den Tisch zu. Er dreht es zu sich und ich beuge mich vor, um auf die wichtigen Absätze zu zeigen, bevor ich mich wieder auf meinen Stuhl fallen lasse.

Er liest es und seine Augenbrauen ziehen sich irritiert in der Mitte zusammen.

„Das wussten wir schon", sagt er. „Die Geschichte der Todsünden ist nicht wirklich ein Geheimnis."

„Nicht das ... Überleg doch mal, Dorian. Luzifer hat

seine eigene Seele in Stücke gespalten, um seine Söhne zu erschaffen. Und als sich einer von ihnen gegen ihn erhebt, tötet er ihn nicht. Das wäre der ultimative Verrat, und doch verbannt er ihn nur auf die Erde, um ihn aus dem Weg zu schaffen, während er jedem anderen ohne zu zögern die Kehle durchschneiden würde."

Er wartet, bis ich fortfahre.

„Er hat Cain nicht getötet, weil er ihn nicht töten *kann*."

Sein Blick sucht mein Gesicht ab, seine eigene Verwirrung ist immer noch offensichtlich.

„Verstehst du denn nicht? Wenn er Cain tötet, tötet er einen Teil seiner eigenen Seele. Er würde sich verwundbar machen."

Ich sehe, wie ihm die Erkenntnis ins Gesicht geschrieben steht und ihm der Mund offen steht. „Heilige Scheiße."

„Genau." Das bedeutet, dass wir hier einen Vorteil haben. Er kann Cain nichts anhaben. Zumindest kann er ihn nicht töten. Nicht ohne sich selbst zu verletzen.

„Wir müssen mit Cain reden." Dorian ist schon auf den Beinen und packt die Bücher zusammen, um sie wieder ins Regal zu stellen.

Ich beeile mich und greife nach Dorians Handy, das er auf dem Tisch liegen gelassen hat. Ich schalte es ein und halte inne, als ich das Bild von uns beiden in Schottland als neuen Bildschirmhintergrund auf seinem Handy sehe.

Ein Lächeln schleicht sich auf meine Lippen. Oh, mein süßer, süßer Dämon.

Als Dorian zurückkommt, mache ich schnell ein Foto von der wichtigen Seite für Cain und Elias und klappe das

Buch zu. Er stellt es in ein nahegelegenes Regal und zieht mich dann praktisch von den Füßen.

„Ich hätte es besser wissen müssen." Er küsst mich und ich kann nicht anders, als ihn zu küssen, als ob mein Leben davon abhinge, denn unsere Körper sind so eng aneinander gepresst, dass mir in Sekundenschnelle warm wird. „Du hast vielleicht gerade etwas gefunden, das wir gegen Luzifer verwenden können."

„Wenn du das so sagst, habe ich das Gefühl, dass ich eine Art Belohnung brauche."

Seine Augenbrauen ziehen sich nach oben und sein hypnotischer Blick wandert durch seine Augen. Er küsst mich wieder, aber es ist nur von kurzer Dauer, denn der ältere Mann in der Bibliothek räuspert sich lauter. Wir beide drehen den Kopf, um ihn anzusehen, und er fuchtelt mit einem Finger herum.

Ich kann nicht anders, als leise zu kichern und fühle mich, als hätte man mich gerade dabei erwischt, wie ich einen Jungen unter der Tribüne der Highschool geküsst habe.

Dorian setzt mich wieder ab, ergreift meine Hand, und wir flitzen los. Im Handumdrehen sitzen wir in seinem Ferrari und fahren durch das scheußliche Wetter nach Hause.

„Ich habe einen tollen Plan für uns, wenn wir zurückkommen", sagt er und wirft mir einen verführerischen Blick zu, als er zu mir herüberschaut.

„Und der wäre?"

„Nachdem wir Cain und Elias erzählt haben, was wir herausgefunden haben, ziehen wir uns in mein Zimmer zurück. Ich heize das Feuer an und du setzt dich auf den Fellteppich vor dem Kaminfeuer, während ich dir eine heiße Schokolade bringe. Natürlich musst du komplett nackt sein. Danach werde ich mit dir machen, was ich will."

Ich lache über seine Zuversicht. „Bist du sicher, dass es so ablaufen wird?"

„Daran habe ich keine Zweifel. Ich kriege das schon hin."

„Nun, ich bewundere deine Entschlossenheit. Bereite alles vor, dann bin ich dabei."

Als er sich schnell umdreht, um mich anzusehen, zwinkere ich ihm zu und er heult lachend auf. „Kleine, du weißt, dass ich vor keiner Herausforderung zurückschrecke."

Ich grinse, drücke mich in den Sitz und starre aus dem Seitenfenster auf den heftigen Wind, der gegen das Auto schlägt, auf die Regenpfützen und den matschigen Schnee in den Wäldern, an denen wir vorbeifahren. Trotz des furchtbaren Wetters bin ich froh, dass wir losgefahren sind. Ich hoffe, dass die Informationen, die wir über Luzifer herausgefunden haben, uns helfen werden, ihm zu entkommen ... irgendwie.

Dorians Hand ruht auf meinem Oberschenkel, wandert langsam nach oben und seine Finger gleiten zwischen meine Schenkel. Sogar durch meine Jeans hindurch spüre ich die Hitze seiner Berührung, die mir einen Schauer der Erregung über den Rücken jagt.

Die Tore der Villa bleiben für unsere Rückkehr geöffnet und wir schlängeln uns den Weg entlang auf das Anwesen. Die Bäume schwanken wild, und Dorian ist kurz davor, den Knopf meiner Jeans zu öffnen.

„Hey." Ich gebe ihm einen Klaps auf die Hand. „Du hast gesagt, in deinem Zimmer."

„Ja, ich habe gelogen. Ich will dich hier und jetzt berühren." Er packt den oberen Teil meiner Jeans und zieht den Reißverschluss auf, sodass mein Körper unter seinem Verlangen erbebt.

Seine Hand ist unerbittlich und schon fährt er mit den Fingern vorne an meiner Hose herunter und in meine Unterwäsche. Natürlich mache ich keine Anstalten, ihn aufzuhalten, denn insgeheim begehre ich alles, was er verheißt.

Das Auto schlingert zur Seite und ich greife nach dem Türgriff. „Dorian!"

Er lacht, als er das Auto wieder in die Spur bringt und wir die Einfahrt entlang fahren. Seine Finger setzen ihre Erkundung fort, trotz des bedrohlichen Wetters und obwohl er am Steuer sitzt. „Du bist perfekt, Aria, das Schönste, was ich je gesehen habe."

Er erforscht die seidige Hitze zwischen meinen Beinen, sein Mittelfinger taucht tiefer ein und entlockt mir ein Stöhnen.

Ich bin schwach, ich gebe es zu. Wie kann ich Nein sagen, wenn sich jede Faser meines Körpers nach ihm sehnt?

„Du bist so feucht, so weich. Es ist eine verdammte Qual, von dir getrennt zu sein, und es ist schon zu lange her, dass ich dich hatte."

„Ist es das, was du willst?"

„Ja. Ich will alles von dir. Ich will dir die Kleider vom Leib reißen, deine Schreie nach mehr hören und spüren, wie sich deine Brustwarzen in meinem Mund versteifen, während ich meinen Schwanz in dich stoße." Er ist atemlos, behält die Auffahrt im Auge und bringt uns mit einer Hand am Lenkrad und einer in meiner Hose näher an die

Villa heran. Als er zum Stehen kommt und das Auto in der Einfahrt parkt, schiebt er einen Finger tiefer in mich hinein und ich drücke mich mit dem Rücken in den Sitz, während mein Körper vibriert.

„Das klingt, als hättest du viel darüber nachgedacht", murmle ich.

„Du hast ja keine Ahnung." Ich begegne seinem Blick, während sich mein Atem vor Verlangen beschleunigt und ich vor Erregung unter seinen Berührungen schmelze.

Ich lehne mich näher zu ihm, packe ihn an seinem Hemd und küsse ihn, während ich meine Beine spreize, um ihm den Zugang zu erleichtern. Unsere Lippen prallen aufeinander und unsere Zähne treffen sich mit jener Leidenschaft, die unseren Puls in die Höhe treibt.

„Du hast Recht", flüstere ich gegen seinen Mund. „Diese Klamotten sind im Weg. Die Hose muss weg."

Ich greife zwischen uns hindurch und streichle seinen harten Schwanz durch die Jeans, und er zischt, als ich ihn reibe. Wir rutschen hin und her, während ich versuche, meine Hose von den Hüften zu schieben. Ich kann nicht glauben, wie unverfroren ich mich fühle, mich von Dorian hierher bringen zu lassen, wo uns jeder in der Villa sehen kann.

Ich richte meinen Blick in die Richtung des Sees, der das Grundstück umgibt, als etwas meine Aufmerksamkeit erregt.

Dorians Lippen liegen auf meinem Hals, sein Finger steckt tief in mir, und ich stöhne, kann aber meinen Blick nicht vom Wasser lösen. In der Nähe des Ufers scheint sich etwas auf der Oberfläche zu bewegen.

Das nächste, was ich sehe, ist eine riesige schwarze Gestalt, die aus dem Wasser auftaucht.

„Mein Gott, was ist das?"

„Erwähne jetzt nicht seinen Namen, Süße, und es ist mein zweiter Finger in deiner süßen Muschi, den du da gerade spürst."

„Nein." Ich wehre mich, aber er lässt mich nicht los. „Das da draußen! Bitte sag mir nicht, dass das ein Höllenhund ist?"

Dorian versteift sich und schaut nach draußen, wobei er schnell seine Hand aus meiner Hose zieht. Er starrt auf das Wasser hinaus. Er leckt sich die Finger, als wäre er unsicher, ob er mich zuerst ficken oder sich mit dem Ding befassen soll, was auch immer es sein mag.

Er blinzelt und beugt sich über mich, um einen besseren Blick zu erhaschen. „Sieht nicht wie ein Höllenhund aus."

„Nun, vielleicht ist es ein weiterer Loch Ness Shifter", sage ich.

Dorian weicht zurück. Wir kleben beide am Fenster und starren durch den Regen hinaus auf das Ding, das sich aus dem Wasser zieht. Was auch immer es ist, es hat Mühe zu laufen, und es dauert nicht lange, bis es auf allen Vieren am Ufer des Sees zusammenbricht.

„Es sieht eher aus wie das Monster aus der schwarzen Lagune", sagt er und wir atmen jetzt beide schneller.

„Vielleicht solltest du es dir ansehen", schlage ich vor.

„Bei diesem Wetter?"

„Bist du aus Zucker?"

Er wirft mir einen Blick zu.

„Solltest du nicht ein tödlicher und mächtiger Dämon sein?"

„Bin ich, aber ich bin auch nicht dumm", antwortet er und lässt sich in seinen Sitz zurückfallen. „Ich schlage vor, wir fahren zurück zur Villa und schicken Elias los, um ihn zu jagen."

„Wow. Hast du Elias gerade als deinen persönlichen Bodyguard beschrieben?"

Er zuckt mit den Schultern und legt den Gang ein. „Er ist ein Höllenhund und liebt es, zu jagen."

Langsam rollen wir die Einfahrt entlang und nähern uns der schwarzen Kreatur, die versucht, auf zwei Füße zu kommen. Der Regen prasselt herunter, überall sind Wasserpfützen.

Erst als wir einige Schritte von dem Seeungeheuer entfernt sind, hebt es den Kopf und sieht mich an.

Wir sehen einander in die Augen.

Ich schnappe nach Luft und drücke mein Gesicht an das Fenster, während ich in diese vertrauten Augen, ein vertrautes Gesicht und vertraute Lippen starre.

„Scheiße, das ist Viktor!", rufe ich, mehr vor Schreck als weil Dorian mich nicht hören kann.

Er tritt auf die Bremse, und obwohl wir nicht gerade schnell unterwegs waren, werde ich nach vorne geschleudert, weil ich nicht angeschnallt bin.

„Willst du mich verarschen?" Dorian stürzt aus dem Auto und ich folge ihm, während ich den Reißverschluss meiner Jeans zuziehe.

Der Regen durchnässt mich in Sekundenschnelle, dringt unter mein Shirt und läuft mir eiskalt den Rücken hinunter. Ich zische leise vor mich hin, während ich zu ihm hinüberlaufe und mit meinen Schuhen in Pfützen trete, sodass das Wasser in sie hineinläuft.

„Viktor!", rufe ich.

Dorian erreicht ihn zuerst, und der Meistervampir bricht in seinen Armen zusammen.

„Was zum Teufel hat er in deinem See gemacht?"

„Das weiß ich nicht, aber das werden wir gleich herausfinden."

„*E*r ist wach", sage ich, als Viktors Augen aufflackern. Er sitzt auf einem Stuhl in der Mitte des Flurs und hat Handtücher um sich herum liegen, weil das Wasser überallhin tropft.

Cain kniet sich neben ihn. „Mein Freund, was ist mit dir passiert? Alle haben nach dir gesucht."

„Wie bist du in unserem See gelandet?", fragt Dorian direkt, während Elias den Vampir von Kopf bis Fuß untersucht. Viktor ist blasser als sonst, was für einen Untoten eine Menge aussagt. Sein dunkles Haar klebt an seinem Kopf, seine Lippen sind blau und er trägt einen zerrissenen, schwarzen Umhang mit dunkler Kleidung darunter.

Er hustet und spuckt plötzlich einen Mund voll schmutzigen Seewassers aus. Ich weiche zurück, als es überall hin spritzt und ich bin mir sicher, dass auch ein winziger Fisch aus seinem Mund gekommen ist. Igitt.

Dorian rümpft die Nase und wischt sich die Wasserspritzer von seiner Hose.

Elias geht schnell raus und kommt kurz darauf mit einem Glas Wasser zurück. „Zum Durchspülen deiner Kehle", schlägt er vor, und Viktor nimmt es an und trinkt mehrere Schlucke.

„Meine Char", stöhnt er und meint damit Charlotte, bevor er sich noch einmal räuspert. „Wo ist sie?"

„Sie ist in Sicherheit", versichert ihm Cain. „Aber sie macht sich Sorgen um dich."

„Das sollte sie auch. Was zum Teufel ist passiert?",
fragt Dorian.

Viktor richtet sich in seinem Sitz auf und gewinnt
seine Fassung wieder, und schon sehe ich, wie der mächtige Vampir zurückkehrt und eine Dunkelheit sich hinter
seine Augen schiebt. „Neue Vampire sind in mein Territorium eingedrungen, also bin ich losgezogen, um ihnen
bewusst zu machen, wer ich bin. Aber sie wussten, dass
ich kommen würde. Sie haben uns beobachtet, uns alle,
auch euch vier, und sie haben sich auf mich gestürzt, als
ich mein Haus verließ. Die verdammten Arschlöcher sind
mir zuvorgekommen." Sein Körper zittert, seine Zähne
krampfen sich zusammen. „Sie haben mich nur aus
einem Grund in euren See geworfen." Während er
spricht, sieht er Cain an. Seine Finger greifen in den Stoff
seines durchnässten schwarzen Hemdes und ziehen es
hoch, sodass eine große Wunde über seinem Herzen zum
Vorschein kommt. Violette Haut umringt die Verletzung,
dunkle Adern wuchern unter dem Fleisch hervor.

Ich schnaufe. „Das sieht schmerzhaft aus."

„Es tut höllisch weh, aber sobald ich mich ernähre,
wird es verheilen." Er hält inne, zieht sein Hemd herunter
und zuckt vor Schmerz zusammen. Wie lange war er in
dem See gewesen, bevor er aufwachte? „Sie wollten mich
tot sehen, damit du, Cain, mich finden kannst. Sie wollten
dir die Botschaft überbringen, dass du der Nächste bist,
wenn du dich ihnen in den Weg stellst."

„Wissen die überhaupt, wer Cain ist?", platzt Dorian
heraus.

Bei den Worten, dass Cain der Nächste ist, stockt mir
der Atem, denn haben wir nicht schon genug um die
Ohren?

„Das bezweifle ich. Aber die verdammten Mistkerle haben mein Herz verfehlt, also erwarten sie, dass ich tot bin."

„Und das wirst du zu deinem Vorteil nutzen. Nimm Charlotte und versteckt euch. Lass sie glauben, dass sie erstmal gewonnen haben", erklärt Cain.

„Das war auch mein Plan, aber täusche dich nicht", sagt Viktor, wobei sein Akzent jedes Wort umspielt. „Dieser neue Vampirclan ist gefährlich. Sie nennen sich Nightwalkers."

„Oh, wir sind ihnen schon begegnet", fügt Elias hinzu. „Ein paar Mal sogar. Wir haben ihnen einen gehörigen Schrecken eingejagt, glaube ich. Zumindest Aria hat das getan."

Viktor dreht sich mit einem fragenden Blick zu mir um.

„Lange Geschichte", murmle ich.

„Ich bin mir aber sicher, dass sie nicht so schnell aufgeben", fährt er fort. „Ihre Zahl wächst, sie verdoppelt sich praktisch jeden Tag. Sie kennen mich und meine Schwachstelle." Er blickt wieder zu mir. „Sie verletzen meine Char, um an mich ranzukommen."

Schweiß läuft mir über den Rücken. Ich hebe meinen Blick zu Cain und stelle fest, dass sich die Muskeln in seinem Nacken anspannen.

„Und ich werde sie mit bloßen Händen in Stücke reißen, weil sie es gewagt haben, mein Territorium zu betreten", knurrt er und jagt mir einen Schauer über den Rücken.

ARIA

Ich habe mich tatsächlich entschlossen. Ich führe das Bindungsritual durch.

Ich kann dieses Chaos nicht mehr ertragen. Höllenhunde, die mich aufspüren und zurück in die Hölle schleifen wollen? Vampirclans, die das Fegefeuer überfallen, Viktor fast umbringen, die Arbeit unmöglich machen und versuchen, die Stadt zu übernehmen ... Das ist mir einfach zu viel. Auch wenn das Risiko besteht, dass etwas schief geht, ist das Ritual die einzige Möglichkeit, nicht nur mich, sondern uns *alle* zu beschützen. Und so wie ich das sehe, sind wir sowieso tot, wenn wir es nicht machen, also bin ich bereit, das Risiko einzugehen.

Macht mir die ganze Sache mit dem Ritual Angst? Und ob. Als ich aufgewachsen bin, konnte ich mir nicht vorstellen, einen Menschen zu heiraten, und als ich in einer Pflegefamilie lebte, war die Partnersuche schon schwer genug. Ich konnte mir jedenfalls nicht vorstellen, für alle Ewigkeit an drei Dämonen gebunden zu sein. Das war wie Heiraten auf Speed. Super-Speed. Und die ganze Sache macht mir ein bisschen Angst.

Aber wenn wir es richtig machen und es mich vor Luzifer, den Vampiren und wer weiß, was noch alles kommt, beschützen kann, werde ich es tun. Ich hoffe nur, dass es auch ausreicht, um mich vor Sayah zu schützen.

Der Umgang mit meinem widerspenstigen Schattengeist ist eine andere Sache, die mir am meisten Angst macht, wenn ich ehrlich bin. Das liegt daran, dass ich nicht weiß, wozu Sayah wirklich fähig ist, und ich möchte meine Gegnerin lieber gut kennen als gar nicht.

Seitdem ich in der Hölle war, scheint sie stärker zu sein. Es ist, als ob irgendetwas dort unten ihre Macht entfesselt hat und ich spüre, wie sich ihr dunkler Einfluss seinen Weg durch meine Seele bahnt. Sie verändert mich. Zuerst geschah es, als ich Maverick das Messer an die Kehle gehalten habe. Ich wollte ihn töten. Ich wollte ihm die Kehle durchschneiden und mich an seinem Blut berauschen. Noch beschissener? Allein der Gedanke daran hatte mich erregt.

Bei meinem Date mit Dorian hatte ich wieder gespürt, wie sie mich vergiftete. Der Verlust von Joseline hatte mich sehr mitgenommen und ich glaube, sie nutzte meinen Kummer, um sich wieder in meinen Verstand zu schleichen. Ich konnte sie damals zurückdrängen und es war eine Weile ruhig, bis zu der Nacht im Fegefeuer mit den Nightwalker-Vampiren. Wegen ihr hatte ich es geschafft, einen von ihnen quer durch den Raum zu schleudern, bevor ich ohnmächtig wurde. So viel Kraft hatte ich allein nicht. Das muss Sayahs Werk gewesen sein. Es war, als hätte sie mich irgendwie in ihre Gewalt gebracht. Und dieser Gedanke macht mir eine Scheißangst.

Als ich das letzte Mal die Kontrolle über sie verloren hatte und ohnmächtig wurde, hatte ich sie nicht mehr rausgelassen und ihre ganze Dunkelheit in mir behalten, bis mein Körper es nicht mehr aushielt. Ein Polizist hatte mich auf der Straße gefunden, aber ich hatte keine Erinnerung daran, wie ich dorthin gekommen war oder was passiert war. Die vorangegangenen vierundzwanzig Stunden waren für mich völlig verloren.

Was ist, wenn ihre Dunkelheit mich überwältigt? Was ist, wenn ich mich für immer an sie verliere?

Das ist eine beängstigende Situation und einer der Gründe, warum ich mich größtenteils zurückgezogen habe. Was soll ich sonst tun, wenn die Wälder von Höllenhunden befallen sind und die Arbeit von drogenabhängigen Vampiren unterwandert wird?

Also bleibe ich in meinem Zimmer. Ab und zu kommt einer der Dämonen vorbei, um nach mir zu sehen, aber die meiste Zeit sind Cassiel und ich allein. Wir haben uns darauf geeinigt, das Ritual heute Abend durchzuführen, und da der Vollmond noch Wochen entfernt ist, werden wir es mit der alternativen Methode durchführen. Blut.

Ich weiß, das ist eklig, aber damit müssen wir wohl vorlieb nehmen. Vor allem, weil Cain sagt, dass es die Magie während der Zeremonie noch stärker macht und wir jede Hilfe brauchen, die wir bekommen können.

Ich blicke zu Cassiel hinunter, der mich mit seinen großen Augen ansieht und seinen Kopf in meinen Schoß legt. Manchmal glaube ich, er spürt, dass ich mir Sorgen mache. Er scheint das immer zu wissen.

„Sieh mich nicht so an", flüstere ich streng und lehne mich wieder gegen die Kissen meines Bettes. „Wenn du an meiner Stelle wärst, würdest du auch ausflippen."

Er hebt seinen gewaltigen Kopf, die Ohren spitzen sich plötzlich und sein Körper ist starr.

Ich kraule ihn zwischen den Ohren. „Es ist nur Sadie, Cass. Vermutlich ist unser Abendessen hier." Ich hatte sie gebeten, meinen Teller auf mein Zimmer zu bringen, denn Elias war auf der Jagd nach Höllenhunden und er ist der Einzige, der wirklich mit mir am Esstisch isst. Wenn er nicht da ist, wie heute Abend, nehme ich das Essen einfach in meinem Zimmer ein.

Ich warte auf die winzigen Schritte des Dienstmädchens oder ihr Klopfen an der Tür, aber als ich nichts höre, zögere ich.

Cassiel beginnt zu knurren.

Mein Herz setzt aus. Ich denke sofort an unerwünschte Besucher. Von der Sorte „Hölle".

Bitte, keine Höllenhunde mehr. Ich werde von Tag zu Tag mehr zu einem Katzenfan.

„Was ist los, Cass? Was hörst du?"

Ich erwarte, dass er sich in Richtung Tür dreht, aber er tut es nicht. Er starrt mich nur an.

„Äh ... Sadie?", rufe ich und meine Stimme zittert vor Nervosität. „Bist das du?"

Keine Antwort.

Das ist kein gutes Zeichen.

Cassiel beobachtet mich weiterhin und knurrt. Er stellt sich auf alle Viere und senkt den Kopf, als wolle er mich angreifen.

„Cass ...", sage ich verwirrt. „Ich bin's. Aria."

Trotzdem kommt er immer näher, eine bedrohliche Warnung grollt in seiner Kehle.

Oh mein Gott! Er hat seinen Verstand verloren. Er wird mir wehtun.

Mit rasendem Puls stehe ich langsam vom Bett auf und bewege mich rückwärts auf die Tür zu. Ich weiß nicht, was mit ihm los ist – Cassiel beschützt mich immer – aber ein Luchs von fast fünfhundert Pfund könnte mir ganz schön zu schaffen machen, wenn er wollte.

Soll ich schreien? Würde mich jemand rechtzeitig retten können? Ich glaube nicht.

Als er vom Bett springt und sich weiter heranpirscht, stoße ich mit dem Rücken gegen den Türknauf. Ich greife danach, bereit, die Tür aufzureißen und so schnell wie möglich den Flur entlang zu stürmen, aber eine Bewegung auf dem Boden zu meinen Füßen lässt mich aufhorchen. Mein Blick fällt auf Sayah, die sich aus mir herauswindet und ihre Gestalt auf dem Boden streckt und windet.

Cassiels Augen fixieren sie und seine Lippen schieben sich über die scharfen Eckzähne.

Er hatte nicht vor, mich anzugreifen. Er hatte Sayah vor mir gespürt.

Sayah nimmt schnell Gestalt an und das Band, das uns verbindet, funkelt nur vor orangefarbenen Funken. Die seltsamen tanzenden Lichter klettern die Verbindung hinauf, bis sie den riesigen Schatten vollständig verschlingt. Als ihre Gestalt immer mehr an Volumen gewinnt, schießt mir ein eisiges Kribbeln durch die Adern. Diesmal habe ich keine Schmerzen, und ich weiß nicht, ob das gut oder schlecht ist. Es scheint meinen Verdacht zu bestätigen, dass sie in der Hölle mehr Macht erlangt hat.

Sobald sie sich über mich beugt, verändert sich ihre dunkle Gestalt und nimmt eine deutlichere Form an. Aus dem Rauch sprießen Arme und Beine, ein kurzer Torso, runde Hüften und ... Sind das Haare? Es schwebt rund um das, was ein Kopf zu sein scheint, als ob diese Erscheinung im Wasser wäre.

Ich kann meinen Augen nicht trauen. Sayah verwandelt sich in einen Menschen. Oder zumindest ahmt sie die Form eines Menschen nach.

Ich beobachte fassungslos, wie die Rauchschwaden sich verziehen, die Funken erlöschen und die Schattengestalt vor mir zu einer Person wird, die ich wiedererkenne.

Dünne Beine, breite Hüften, eine geschwungene Taille, lange Haare ... Sayah hat sich in mich verwandelt.

Heilige Scheiße.

Ihre Augen fliegen auf, und sie sind so hell und unheimlich rot wie sonst auch.

Ich versuche, wieder zurückzuweichen, aber mein Rücken ist bereits gegen die Tür gepresst.

Der dämonisch aussehende Schatten öffnet seinen Mund und ein rauer, unheimlicher Ton kommt heraus.

Ich stehe wie angewurzelt da, mein ganzer Atem ist in meinen Lungen gefangen. Cassiel hat sich zwischen uns gestellt und knurrt so laut, dass ich mich wundere, dass es niemand gehört hat und nach mir sehen will. So ein Glück habe ich dann wohl nicht.

Die Kreatur gibt wieder ein Geräusch von sich, aber dieses Mal klingt es ein bisschen wie mein Name. Als ob sie nach mir rufen würde.

„Sa... Sayah?" Vor Angst zittere ich am ganzen Körper. „Bist du das?"

Langsam neigt sie ihren Kopf. Auch wenn es eine einfache Geste ist, macht sie mir Angst, denn sie tut es als eine gespiegelte Version von mir. Aber zumindest kommuniziert sie auf eine Art und Weise.

„Warum siehst du aus wie ich?"

„Wiiiiieeee iiiiiich?"

Mir läuft es kalt den Rücken herunter. Die Worte sind zwar etwas langatmig, aber ich kann genau verstehen, was sie gesagt hat. „Du kannst jetzt reden?"

Wieder neigt sie ihr Kinn leicht.

Ich lege eine Hand auf Cassiels Kopf und hoffe, dass das ausreicht, um ihn zu beruhigen. Wenn Sayah reden und sich außerhalb von mir zeigen kann, ohne mir Schmerzen zuzufügen, kann ich vielleicht mehr Antworten von ihr bekommen.

Aber eins nach dem anderen. „Warum siehst du aus wie ich?", frage ich erneut, teilweise aus Angst vor der Antwort.

„Wiiiiieeee iiiiiich?", wiederholt sie wie zuvor.

„Ja, wie ich. Warum hast du deine Form verändert, um wie ich auszusehen?"

„Biiiiin duuuu."

Ich bekomme eine Gänsehaut. Sie hat doch nicht gesagt, was ich denke, oder? Dass sie ich ist?

Als ihre rubinroten Augen mich mustern, neigt sie neugierig den Kopf zur Seite.

„Ähm ... Nein, du bist Sayah. Ich bin Aria."

„Sayah uuund Ariaaa diiieeeseeelbe." Ihre Worte werden jetzt klarer, sind leichter zu verstehen.

„Nicht ganz", sage ich. Obwohl ich gerade ein

verdammt gruseliges Ebenbild von mir sehe. „Wir waren schon immer zusammen. Wir arbeiten zusammen ... in gewisser Weise. Du hast in mir gelebt."

Ihr Blick verengt sich und etwas Unheimliches zieht über ihr – *mein* – Gesicht. „Nicht mehr lange."

Sie weicht blitzschnell zur Seite aus, aber auch Cassiel bewegt sich und stürzt sich mit gefletschten Reißzähnen auf sie. Weil sie robuster ist als sonst, kann er sich an ihrem Arm festbeißen.

Gleichzeitig schießt der Schmerz durch meinen eigenen Arm und lässt mich aufschreien. Als ich an mir herunterschaue, sehe ich, dass mein Shirt zerrissen ist und Blut aus dem Stoff quillt.

Jeder Schmerz, den Sayah spürt, überträgt sich auf mich, und verdammt, das tut weh!

Sayah scheint das nur wütend zu machen. Das gleiche ohrenbetäubende Geräusch, das sie vorher von sich gegeben hat, kommt aus ihrem Mund und diesmal bin ich mir sicher, dass es jemand gehört hat. Unten herrscht Aufruhr und es wird nur Sekunden dauern, bis einer der Dämonen, wenn nicht sogar alle, meine Tür aufbrechen werden. Das Problem ist nur, dass sie vielleicht schon zu spät kommen.

Sayahs Gestalt zittert und breitet sich dann aus, bis sie mich nicht mehr nachahmt, sondern zu einem dichten schwarzen Schatten geworden ist. Ihre beiden roten Augen bleiben an Cassiel hängen, der ihre sich ständig verändernde Gestalt immer noch irgendwie im Griff hat. Er schlägt mit seinen Krallen nach ihr, aber sie gehen mitten durch sie hindurch. Ich hingegen spüre seine Krallen genau, wie sie sich in mich bohren. Tränen schießen mir in die Augen und ich kippe vor Schmerz um.

Mit einem weiteren durchdringenden Brüllen zuckt und wirbelt Sayahs Rauch und plötzlich wird Cassiel durch den Raum geschleudert. Zu meinem Entsetzen kracht er durch das große Buntglasfenster, das in Millionen Stücke zerspringt, und stürzt die drei Stockwerke hinunter auf die Erde.

„Cassiel!" Mit klopfendem Herzen humple ich so schnell ich kann zu ihm und lehne mich über den Sims. Ich entdecke ihn sofort, sein großer Körper ist ein unbeweglicher, behaarter Haufen, umgeben von Schnee. Selbst aus der Entfernung höre ich ihn vor Schmerz miauen.

Er ist nicht tot. Dank des Schnees. Aber er ist verletzt. Schwer. „Scheiße! Cassiel! Beweg dich nicht!"

Ich muss zu ihm gelangen. Ich muss ihm helfen und...

Meine panischen Gedanken werden von einem Schatten unterbrochen, der sich über mir ausbreitet, an den Wänden hochkriecht und das gesamte Licht im Raum auslöscht. Es ist Sayah. Ich weiß, dass sie es ist. Und wer weiß, was sie tun wird. Mich auch aus dem Fenster stoßen? Mich töten?

Ihre drohende Anwesenheit jagt mir einen Schauer über den Rücken.

„Aria ...", ruft sie mir zu. Jetzt klingt ihre Stimme fast genauso wie meine.

Ich drehe mich gerade noch rechtzeitig um, um zu sehen, wie ihre riesige, schattenhafte Gestalt den größten Teil meines Zimmers ausfüllt und die Tür hinter ihr aufspringt.

„Aria?" Cain stürzt herein und lässt seinen Blick über das Geschehen schweifen. Doch bevor er etwas tun kann, schrumpft Sayah und gleitet so schnell wieder in mich hinein, dass ich rückwärts über den zerbrochenen Fenstersims geschleudert werde.

Ich schreie.

Ich falle nicht lange, denn Hände ergreifen meine beiden Arme und ich werde genauso schnell wieder in mein Schlafzimmer gezerrt. Es passiert im Handumdrehen, aber als ich wieder auf zwei Beinen stehe und mir bewusst wird, dass ich fast tot war, wird mir auch schwindelig. Ich schwanke.

Cain ist wieder da, packt mich und hilft mir, gerade zu stehen. Er sagt nichts, aber als sich mein Blick wieder so weit schärft, dass ich seinen besorgten Gesichtsausdruck sehe, weiß ich, dass er genug von dem gesehen hat, was mit Sayah passiert ist.

Mehr als dankbar, ihn hier zu haben, werfe ich mich in seine Arme. Er drückt mich fest an sich.

In diesem Moment kommt Dorian völlig außer Atem ins Zimmer gestürmt. Er sieht das zerbrochene Fenster und dann mich und Cain, die einander heftig umarmen, und zieht die Brauen zusammen.

„Wartet, was habe ich verpasst?" Er sieht das Blut, das mein Shirt befleckt, und wird blass. „Scheiße ..."

In diesem Moment entsinne ich mich wieder an Cassiel, und meine Brust krampft sich vor Angst und Panik zusammen. „Oh mein Gott! Cassiel!" Ich eile zurück zum Fenster und spähe hinunter. Zu meiner Überraschung ist Elias da, kniet neben ihm und streichelt ihm beruhigend über den Kopf. Seine Blöße verrät mir, dass er wieder auf dem Gelände unterwegs war, um nach Höllenhunden zu suchen, aber er muss Cassiels Schreie gehört haben.

Elias schaut zu mir hoch und sieht mich an. „Was zum Teufel ist passiert?", schreit er.

„Geht es ihm gut?" Das ist im Moment viel wichtiger.

Elias streicht mit seinen Händen über den Rücken und die Vorderbeine des Luchses und untersucht ihn auf eine Weise, wie es nur ein anderes Tier kann. Auf seinem Gesicht ist aufrichtige Sorge zu sehen. „Es sieht so aus, als wäre sein Vorderbein gebrochen. Das Hinterbein sieht auch nicht gut aus, aber vielleicht ist es nur verstaucht. Scheint so, als wäre er hauptsächlich auf dem Vorderbein gelandet."

Mir dreht es den Magen um. „Wird er es schaffen?"

„Er wird eine Weile nicht laufen können, damit es richtig verheilt, aber ja. Es sollte ihm gut gehen."

Cain und Dorian stehen mit ernsten Mienen neben mir.

„Sie hat ihn aus dem Fenster geworfen", sage ich.

„Wer?", fragt Dorian.

Ich werfe einen Blick auf Cain. Vielleicht hat er diesen Teil nicht mitbekommen, aber ich bin mir sicher, dass er es aus dem Zusammenhang herausgefunden hat. „Sayah."

Dorians Augen weiten sich.

„Ich habe sie gesehen", fügt Cain hinzu. „Als ich reinkam, hatte sie den ganzen Raum gefüllt."

„Und das ist noch nicht alles", antworte ich müde. „Die Sache mit ihr ist noch schlimmer, als wir dachten."

Beide Männer drehen sich zu mir um.

„Was meinst du?", fragt Cain.

Ich werde ihnen alles erklären müssen, was gerade passiert ist. Aber zuerst muss ich Cassiel zu einem Tierarzt bringen, und dann...

„Cain?", beginne ich. Mein Herz hämmert immer noch gegen meine Rippen.

„Ja?"

Ich atme tief ein und bereite mich auf das vor, was ich gleich sagen werde. Ich habe schreckliche Angst, aber wenn es die einzige Möglichkeit ist, diesen Albtraum zu beenden, dann ist es eben so. „Wir müssen das Ritual durchführen. Heute Nacht."

ARIA

Ich stehe in der Tür zum Hinterhof der Villa und umfasse meine immer noch schmerzende Körpermitte. Ich habe einen Verband bekommen, aber der Schmerz ist immer noch da. Genauso wie die Sorgen. Ich kann nicht aufhören, an Cassiel zu denken. Wir mussten ihn über Nacht beim Tierarzt lassen, damit er versorgt wird, und trotz der Zusicherung des Tierarztes und von Elias, dass es ihm gut gehen wird, fühle ich mich schlecht dabei. Außerdem muss ich mich um das Blutritual heute Abend kümmern.

Es besteht kein Zweifel daran, dass ich von Luzifer und Sayah in diese Situation gezwungen wurde. Und ich hasse sie dafür, dass sie mir das antun. Ich hatte definitiv eine perfekte Zeit, um die drei Dämonen auf meine Weise kennenzulernen. Und jetzt ... nun, ist alles den Bach runtergegangen.

Der Sichelmond am Nachthimmel wirft einen silbrigen Schimmer über den Hof und der Schnee glitzert hell unter seinem Schein. Cain ist irgendwo im Haus und

Elias bringt aus dem Keller noch mehr heilige Erde für das Blutritual auf den Hof. Dieselbe Erde, die die drei Dämonen für ihre Reise zurück in die Hölle benutzen wollten, nachdem sie alle Reliquien aufgespürt hatten. Ich habe gelernt, dass die Erde Magie birgt, nachdem ich mit dem verrückten Nekromanten Banner zu tun hatte und er seine Magie in einem Gefäß aufbewahrt hat. Und dann war die Hölle los, als Cassiel das Gefäß zerbrochen hat.

Ich verdränge diese Erinnerungen. Stattdessen beobachte ich, wie Dorian einen kreisförmigen Ritualplatz auf dem Hof einrichtet, der durch ihr Dämonenblut gezeichnet ist. Ich habe nicht gesehen, wie sie es gemacht haben, aber die Verbände an ihren Unterarmen verraten mir alles.

Im Baumarkt gekaufte Tiki-Fackeln sind rund um den Platz in den Boden gesteckt und lassen alles noch viel realistischer erscheinen. Ich versuche mir vorzustellen, wie das damals in der Hölle gemacht wurde, und plötzlich sieht dieser Hof aus, als bestände er aus Schmetterlingen und Einhörnern.

Hinter mir ertönt leise Musik und ich drehe mich zu Elias um, der einen Sack mit Erde über der Schulter trägt und in der anderen Hand ein Telefon, das eine leise Melodie spielt.

„Gehört das zum Ritual?", frage ich.

„Nein. Es soll dir helfen, dich zu beruhigen." Er geht an mir vorbei, drückt mir einen kurzen Kuss auf die Lippen und legt das Telefon auf die Treppe. Dann schüttet er die Erde in den inneren Kreis.

Cain tritt neben mich und legt seine Hand zärtlich auf meinen Rücken. „Bist du bereit?"

„Nicht wirklich", antworte ich.

„Ich verspreche dir, dass es nicht wehtun wird und du es vielleicht sogar genießen wirst."

„Darüber mache ich mir keine Sorgen. Es geht darum, was du vorhin gesagt hast, dass es eine Gefahr für uns alle ist."

Cain steht mir gegenüber, seine Hände ruhen auf meiner Taille und halten mich fest. „Wir haben alles getan, um sicherzustellen, dass es nicht zu viele Hindernisse auf unserem Weg gibt."

Mir fällt auf, dass er nie gesagt hat, dass alles in Ordnung sein würde, aber er setzt für mich ein tapferes Gesicht auf. „Das ist also endgültig die einzige Möglichkeit?", frage ich zum millionsten Mal.

„Es gibt einen Zeitpunkt, an dem es am sichersten ist, ein Risiko einzugehen. Und das ist ein solcher Moment. Die Alternative, dass die Höllenhunde dich zu Luzifer zurück in die Hölle schleifen, ziehe ich nicht einmal in Betracht."

„Ich weiß, aber es ist so viel passiert, und das macht mir immer noch Angst. Du hast ja recht. Die Alternative ist noch viel schrecklicher."

Er ergreift meine Hand und führt mich die Treppe hinunter und auf den Rasen, näher zum Ritualplatz. Meine Haut kribbelt in der kalten Nacht.

„Wir sind bereit", sagt Dorian.

„In Ordnung", antwortet Cain. „Lasst uns beginnen." Seine Stimme klingt angespannt, er ist ängstlich, das sind wir alle, aber niemand lässt es sich anmerken. Sie riskieren alles für mich, also muss ich auch meinen Mut zusammennehmen.

Leichter gesagt als getan, aber alles ist besser, als Luzifers Marionette zu werden, nicht wahr?

Elias und Dorian beginnen, sich auszuziehen, werfen ihre Hemden zu Boden, lassen die Hosen fallen und ziehen die Schuhe aus. Cain bleibt an meiner Seite, während mein Blick die perfekten nackten Männer vor mir mustert. Egal, wie oft ich sie nackt sehe, es beeindruckt mich immer wieder, es macht mich immer wieder heiß. Sie sind atemberaubend, durchtrainiert und muskulös, ihre Schwänze sind riesig, und dabei sind sie noch nicht einmal hart.

„Soll ich dir beim Ausziehen helfen?", bietet Cain an, und ich blicke in seine aufrichtigen Augen.

Ich schüttle den Kopf. „Das schaffe ich schon."

Er wirft mir sein bezauberndes Lächeln zu und beginnt, sich ebenfalls zu entkleiden, und schon sind sie zu dritt. So viel nackte Haut, wohin ich auch schaue, und ein Teil von mir möchte die Zeit anhalten, um sie zu bewundern. Ich glaube, ich habe sie noch nie alle drei gleichzeitig nackt gesehen.

Sie sehen mich an ... Gut, jetzt bin ich dran, mich auszuziehen. Ich verdränge die Schüchternheit, die sich auf meiner Haut festhält, knöpfe mein Shirt auf, löse meinen BH und lege ihn auf die Stufe.

Mit dem Rücken zu den dreien ziehe ich den Reißverschluss meiner Jeans auf und entkleide mich schnell, während ich ihre Augen auf mir spüre und weiß, dass sie jeden Zentimeter von mir in Augenschein nehmen. Ich vergöttere sie, aber wenn sie mich so ansehen, fühlt sich wohl jedes Mädchen sofort eingeschüchtert.

Ich drehe mich zu ihnen um, völlig nackt und mit brennenden Wangen, während mich die Kälte frösteln lässt. Ich widerstehe dem Drang, mich zu bedecken, und stehe stattdessen selbstbewusst da. Es gibt nichts, was sie nicht schon gesehen haben.

Doch so wie sie mich bewundern und ihre Blicke über meinen Körper gleiten lassen, könnte man meinen, dass sie das zum ersten Mal tun. „Ihr bringt mich zum Erröten." Nicht in einer Milliarde Jahren hätte ich mir vorstellen können, dass ich mal im Freien mit drei Kerlen zusammen nackt dastehen würde. Aber es sind schon seltsamere Dinge passiert.

Dorian kommt auf mich zu und hält plötzlich ein Jagdmesser in der Hand. Wo kommt das denn her?

„Wir brauchen Blut, meine Hübsche. Wir werden heute Abend alle Blut vergießen, es uns gegenseitig auf die Körper streichen, dann sind wir bereit, anzufangen."

Ich kann meine Augen nicht von dem scharfen Messer lassen.

„Ich verspreche, dass es nicht wehtun wird." Dorian streckt seine Hand nach mir aus, und obwohl ich auf meiner Unterlippe kaue, ergreife ich seine Hand.

„Ich brauche diesen frechen Mund", sagt Elias, was mich aufhorchen lässt.

„Wie bitte?"

„Gut, dann fordere ich ihre Muschi ein", ergänzt Dorian.

„Und ich beanspruche gerne deinen wundervollen Arsch", sagt Cain.

„Ist das irgendein Code für etwas?", frage ich und blicke in die atemberaubendsten Augen.

In diesem Moment bohrt sich ein scharfer Gegenstand in meinen Unterarm, so unerwartet, dass ich aufschreie. „Autsch." Ich ziehe meinen Arm zurück, aber

Dorian lässt mich nicht los. An der Stelle, an der er die Klinge geführt hat, spritzt Blut über meinen Unterarm.

„Au, das tut verdammt weh.“

Dorian verschwendet keine Zeit damit, seinen eigenen Arm aufzuschneiden. Ich zucke zusammen und wende meinen Blick ab, weil ich es nicht ertragen kann, während er keinen Ton von sich gibt.

Ich erwidere seinen Blick, als er Cain das Messer überreicht. Dorian streicht mit seinen Fingern über die Wunde und verteilt dann sein Blut auf meinem Arm. Als Nächstes zieht er einen blutigen Handabdruck über seine Brust und beschmiert sich selbst mit Blut, darunter zwei Streifen unter seinen Augen wie Kriegsmalerei.

Raue Hände legen sich um meine Hüften, und als ich über meine Schulter schaue, sehe ich Elias dort. Seine Berührung fühlt sich plötzlich feucht und klebrig an meinem Hintern an und ich beginne zu verstehen, was sie vorhin darüber gesagt haben, welchen Teil meines Körpers sie für sich beanspruchen.

Die Art und Weise, wie er mich einreibt, wie seine Finger jeden Zentimeter von mir erforschen, entfacht meine Erregung, das tief empfundene Verlangen, das ich für diese Dämonen empfinde. „Ich möchte so gerne an deiner Muschi saugen“, flüstert Dorian mir zu, und ein Schauer durchfährt die Hitze zwischen meinen Beinen.

„Sag so etwas jetzt nicht“, murmle ich als Antwort.

Dorian stellt sich vor mich und grinst breit.

„Er versucht, dich darauf vorzubereiten, Kaninchen“, sagt Elias.

Mein erster Gedanke ist, dass ich vorbereitet werde wie ein Hähnchen, das gebraten werden soll, und ich erschaudere bei diesem schrecklichen Gedanken.

Dorian kniet plötzlich vor mir, seine Hände auf meinen Hüften, und er drückt sein Gesicht gegen meine Muschi und atmet tief ein. Dann vergesse ich alles. Mein Kopf neigt sich nach hinten und ich werde unter seinem Ansturm schwach.

Meine Beine zittern unter seinen Berührungen. Als seine Zunge hervorschnellt und meine brennend heiße Mitte findet, entweicht ein Schrei meinen Lippen.

Sie halten mich in dieser Position fest und stützen mich. „Das ist total unfair", murmle ich, woraufhin ich stöhne und mit meinen Fingern durch Dorians Haare fahre, weil ich ihn tiefer zwischen meinen Beinen brauche.

In dem Moment kommt auch Cain auf mich zu. Es ist ein seltsames Gefühl zu sehen, wie jemand, den ich liebe, mir dabei zusieht, wie ein anderer Mann mich vernascht, und wie ein anderer meinem Hintern viel zu viel Aufmerksamkeit schenkt. Aber er scheint es nicht zu bemerken. Stattdessen streicht er mit der Klinge über seine offene Wunde und frisches Blut sprudelt an die Oberfläche. Er reicht die Klinge an Elias weiter, der mich aus seinem köstlich sinnlichen Kuss entlassen hat.

Cains Gesichtsausdruck verfinstert sich auf eine Weise, die mir Freude verspricht und mich mit Erregung erfüllt. Das ist das genaue Gegenteil von dem, was ich vor dem Blutritual fühlen sollte. Vielleicht ist das ihre Absicht, mir zu helfen, meine Hemmungen abzubauen. Was auch immer es ist, ich will mehr. Cain streicht mit einer Handfläche über meinen verletzten Arm und wischt das herabtropfende Blut weg, dann streicht er mit seiner Hand über meine Brüste und bedeckt sie mit Rot.

„Du bist so schön in Rot", sagt er.

Er beugt sich seitlich zu mir und küsst mich. Seine Zunge dringt in meinen Mund ein und erkundet alles, was ich zu bieten habe.

Dorian und Elias streichen mit ihren Händen zärtlich über meinen ganzen Körper und lassen nichts unberührt. Ich sollte entsetzt sein, dass sie mich mit Blut beschmieren, aber ihre Berührungen fühlen sich so unglaublich an, dass mir das egal ist.

„Heute Nacht gehörst du uns", flüstert Cain in meinen Mund, seine Finger kneifen in meine steifen Brustwarzen und mein Körper bebt vor Verlangen. Er lächelt und verschlingt mich mit seinen Augen. „Es ist Zeit", sagt er.

Dorian und Elias ziehen sich von mir zurück und ich blicke an mir herunter, jeder Zentimeter ist blutverschmiert und wenn jemand uns jetzt sehen würde, könnte er denken, ich sei ermordet worden. Aber alles, was ich spüre, ist das donnernde Klopfen meines Herzens und mein Kitzler pocht bei der Verheißung dessen, was noch kommen wird.

Cain kommt näher und legt einen Arm unter meine Knie, einen anderen unter meinen Rücken, und schon bin ich hochgehoben. Er trägt mich in den Ritualkreis. Ich erwarte fast, dass ich etwas spüre, sobald er die Linie überquert, aber da ist nichts. Ein Teil von mir schreit, dass ich Angst haben sollte, während ein anderer Teil sich fragt, ob es so schlimm sein wird, mit diesen drei Dämonen verbunden zu sein?

Er setzt mich in der Mitte des Kreises ab, der Boden ist weich und kalt unter meinen Zehen.

„Was passiert jetzt?", frage ich.

„Du wirst meiner Führung folgen. Sonst brauchst du nichts zu tun. Ich werde den uralten Geist in unsere

Körper rufen, dann werden wir unsere Verbindung durch Blut und Sex besiegeln", erklärt Cain.

Ich blinzle ihn ein paar Mal an. „Ich werde Sex mit einem uralten Geist in dir haben?"

Elias grinst im Hintergrund, während Dorian den Kopf schüttelt, um mir zu versichern, dass das nicht der Fall ist.

„Nein, meine Hübsche. Der Geist wird unsere Seelen vereinen. Die uralte Magie wird Zeugnis ablegen und dann unseren Bund besiegeln."

Ich nicke, obwohl ich nicht wirklich verstehe, wie das genau abläuft. Ich schätze, ich werde es herausfinden, aber das macht mir Angst, weil ich nicht weiß, was passieren wird. In meinem Magen kribbelt es und meine Nerven sind angespannt. Ich bin schon fast versucht, mich zu entschuldigen. Vielleicht brauche ich mehr Zeit, um mich selbst davon zu überzeugen, dass ich das schaffen kann.

Aber als Cain, Dorian und Elias um mich herum stehen und ihre Füße in die Erde sinken, die sie unter dem Haus hervorgeholt haben, weiß ich, dass es zu spät ist. Es geht um meine Sicherheit.

Ich sehe jeden der Männer an und erinnere mich daran, dass ich das tue, weil jeder von ihnen mich glücklich macht und dass ich keine andere Wahl habe.

„Ich schätze, es gibt keine bessere Zeit als den Augenblick", scherze ich halb.

Aber niemand antwortet. Alle schließen die Augen, und mein Blick fällt auf ihre perfekt geformten, blutverschmierten Körper. Das alles kommt mir irgendwie unwirklich vor, und die Wunde an meinem Arm brennt, als eine kühle Brise vorbeiweht.

Plötzlich fühle ich mich wie eine Opfergabe, die nackt hier draußen herumsteht, und alles, was noch fehlt, ist der Drache, der seine Beute einfordert. Aber ich bin keine hilflose Jungfrau.

Cain hebt seinen Kopf gen Himmel, seine Augen sind offen und schwarz wie Tinte. Er beginnt Worte zu singen, die ich nicht verstehe, aber die Melodie ist eingängig und hypnotisierend. Dorian und Elias gesellen sich bald zu ihm, und wer hätte gedacht, dass diese drei so gut singen und klingen können. Mein erster Gedanke ist, sie sich mir wie eine Rockband vorzustellen und wie die Mädchen ihnen verfallen würden. Sie könnten über Nacht berühmt werden. Aber ich kann mir nicht vorstellen, dass Cain oder Elias das gefallen würde. Dorian hingegen auf jeden Fall.

Ihre Worte werden lauter, die Luft steht unter Strom, während sich die Haare auf meinen Armen aufstellen. Irgendetwas hat sich in der Energie verschoben, und Angst macht sich in mir breit. Das beruhigende Gefühl ist verschwunden. Etwas Neuartiges lauert in der Nacht.

Cain senkt den Kopf, das Lied auf seinen Lippen verschwindet. Sein Gesichtsausdruck hat sich verändert, ein böses Grinsen umspielt seinen Mund. Ich gestehe, dieser Blick macht mir sowohl Angst als auch Lust, und vielleicht bin ich das Problem. Ich bin eindeutig innerlich zerrüttet, wenn ich nicht zwischen Lust und Angst unterscheiden kann.

Dorian und Elias verstummen ebenfalls, ihre Augen nehmen die Form ihrer Dämonen an, dunkel bei Dorian und leuchtend gelbe Wolfsaugen bei Elias.

Sie sehen mich an, als wäre ich ihre Beute, ihre Mahlzeit. Sie treten in den Kreis und die Spannung in der Luft wird durch Wärme ersetzt, aber auch durch einen süßen Geruch, den ich nicht zuordnen kann.

Cain sagt kein Wort und ich folge seiner Regel, zu schweigen, weil ich annehme, dass das Teil des Rituals ist. Er fährt mit seinen Fingern durch mein Haar und macht eine Faust, bevor er meinen Kopf zurückwirft. Ich liebe seine energische Art, seine Küsse. Die Leidenschaft, die hinter seinem Handeln steckt, bringt mich auf der Stelle zum Schmelzen. Alles an ihm zerrt an meinem Herzen und reißt mir den Magen auf. In diesem Moment fordert er mich ein, seine Zunge leckt über meine Lippen. Er bahnt sich seinen Weg meinen Hals hinunter und ich stöhne, bevor ich es merke.

Ich packe seine starken Schultern und halte mich an ihm fest. Seine Haut ist brennend heiß und glitschig vom Blut an meinen Händen. Er beugt sich hinunter und nimmt eine harte Brustwarze in seinen Mund. Ich schreie auf und meine Beine erbeben. Aus dem Augenwinkel werfe ich einen Blick auf Dorian und Elias, die sich mir ebenfalls nähern.

Unter ihren Blicken pulsiert das Verlangen in mir. Sie sehen mich mit hungrigen Augen an, während Cain seine Aufmerksamkeit auf meine andere Brust lenkt. Ich atme tief ein und zögere nicht, mich ihnen entgegenzustrecken. Für sie werde ich alle Kontrolle verlieren.

Cains Mund lässt meine Nippel feucht und hart werden, dann richtet er sich vor mir auf.

Seine Hände wandern zu meiner Taille und er zieht mich an sich, sein Schwanz ist hart und prall. „Du bist alles für uns", sagt er mit tiefer Stimme. „Ich will mich vergewissern, dass du bereit bist", fährt er fort. „Dreh dich um, beuge dich vor und umfasse deine Knöchel."

Ich blinzle ihn an, weil ich nicht sicher bin, ob ich ihn richtig verstanden habe. Meine Wangen erröten, und die Art, wie er das sagt, macht mich nervös. Ich fühle mich unterwürfig und verletzlich. Vielleicht ist das ja seine Absicht, aber jetzt ist nicht der richtige Zeitpunkt, um zu widersprechen, also tue ich, was er verlangt. Ich spreize meine Beine und beuge mich vor. Dabei bemerke ich, dass sich alle drei hinter mich stellen, um den besten Blick auf mich zu haben.

Mein Herz schlägt schnell, als ich meine Finger um meine Knöchel schlinge. Die Brise, die über meinen Hintern streicht, ist wie die Berührung eines Liebhabers und ich zittere vor fordernder Erregung, die sich in mir aufbaut.

Ich höre, wie einer der beiden bei diesem Anblick den Atem anhält. „Scheiße", murmelt Dorian. „Du bist so verdammt schön."

„Ich liebe es, wenn du deinen Arsch in die Luft streckst", fügt Elias hinzu.

Aber es ist Cain, der hinter mir auftaucht. „Ich will deine süße Muschi immer so sehen." Das ist eine neue Seite an ihm, die mir gefällt.

Er streicht mit zwei Fingern über mein heißes Inneres. Ich spanne mich an und stöhne, weil ich mich so sehr nach seiner Berührung gesehnt habe. Wir waren schon so oft zusammen und ich liebe es, wie er mit mir Liebe macht. Er ist immer der Durchsetzungsstarke, derjenige, der die Kontrolle haben muss, und genau das gefällt ihm. Ich kann es an seiner Stimme hören, an der Art, wie er mich zärtlich streichelt, wie er mit seinen Fingern über meine glitschige Spalte und den ganzen Weg nach oben, über meinen Arsch, fährt.

Aber als er einen Finger auf meine Klitoris drückt und sie in kleinen kreisenden Bewegungen massiert, beginne ich zu zittern und weiß nicht, wie lange ich mich noch in dieser Position halten kann, ohne umzukippen. Gleichzeitig stößt sein Daumen in meine Muschi, während ein weiterer Finger aus seiner anderen Hand in meinen Arsch gleitet.

Ich ringe nach Luft, während er mich so bearbeitet, dass meine Beine fast nachgeben.

Dorian und Elias schauen zu, jeder von ihnen streichelt seinen Schwanz, der Hunger in ihren Gesichtern ist spürbar.

Cain ist unnachgiebig. Jetzt schreie ich auf. „Cain, bitte, ich halte es nicht mehr aus." Aber noch bevor ich mich bremsen kann, falle ich nach vorne.

Cain bewegt sich wie der Wind, er fängt mich in seinen Armen auf und drückt mich an seinen Körper, meinen Rücken an seine Brust, seinen Mund an mein Ohr. „Hat dir das gefallen? Dass du uns allen deine geile Muschi gezeigt hast?" Er setzt mich auf meinen Knien ab.

Ich zittere heftig in seiner Umarmung, mein Körper vibriert und ich bin so kurz davor, den Verstand zu verlieren, da helfen auch seine Worte nichts.

„Cain", ist alles, was ich zustande bringe, als Dorian sich vor uns stellt und mir gegenübersteht.

„Hey, meine Hübsche, bist du bereit für uns alle?", fragt er sanft, doch die Lust in seinen Augen ist unverkennbar.

„Alle?", frage ich und weiß trotz meiner Überraschung genau, was er meint.

„Das ist Teil des Rituals", erklärt er.

Ich schlucke schwer, aber in dem Moment, in dem

seine Hand zwischen meine Beine wandert und meinen Kitzler reibt, kann ich nicht mehr klar denken. „Ich will euch alle", stöhne ich.

„Braves Mädchen", sagt Cain in mein Ohr, sein Mund an meinem Hals. Als Nächstes knien die beiden Männer und ich bin zwischen ihnen eingeklemmt.

Elias stellt sich seitlich von uns hin und ich schaue auf, um seine Augen zu sehen. Die Art, wie er mich anstarrt, ist voller Bewunderung, aber auch voll unerträglichem Verlangen. Er ist so groß, und auf meiner Augenhöhe befindet sich sein riesiger Schwanz, und ich sehe jetzt deutlich, wie das alles zusammenpasst.

Bevor ich irgendetwas tun kann, packt Cain meinen Arsch hart an, dann sind seine Finger auf meinem Hintern, ein Finger gleitet in meinen Arsch, während Dorian meine Muschi stimuliert. Ich spreize meine Beine weiter und räkle mich auf Dorians Schoß, nachdem er sich hingesetzt hat.

„Das ist perfekt", sagt Dorian und gibt mir einen Kuss. Unsere Münder treffen aufeinander, unsere Zungen fechten einen Kampf aus. Ich klammere mich an seine starken Arme, meine Lustschreie werden von ihm geschluckt.

Cain atmet schwer hinter mir, als ich anstelle seines Fingers seine Eichel in meinem Arsch spüre. Daraufhin versteife ich mich. Es ist nicht das erste Mal, dass ich von hinten genommen werde, aber es ist neu, drei Schwänze auf einmal in mir zu haben.

Dorian hört nicht auf, mich zu küssen, lenkt mich ab und schiebt zwei Finger in mich hinein. Ich verliere jede Kontrolle und je tiefer Cain in mich eindringt, desto mehr erbebt mein Körper. „Ich bin so kurz davor zu kommen", säusle ich die Worte. So wollte ich es nicht sagen, aber ich kann kaum atmen, weil mein Herz so schnell schlägt. Alles, woran ich denken kann, ist, dass ich beansprucht werde. „Bitte, fickt mich hart, lasst es wehtun und lasst mich kommen."

Die Erregung setzt all meine Vernunft außer Kraft, als Dorian seine Finger herauszieht und seine Eichel an meinen Eingang setzt, dann stößt er ebenfalls in mich. Ich grabe meine Finger in seine Schultern und halte mich fest. Die beiden Männer umklammern mich, stoßen langsam zu, dehnen mich aus, dringen in mich ein.

„Gefällt dir das?", flüstert Cain in mein Ohr.

„Mhmmm", ist alles, was ich zustande bringe, während ich aufschreie, weil es sich so unglaublich anfühlt.

Ich schaue zu Elias hinüber, der jetzt schwer atmet, und strecke eine Hand aus, um seinen gewaltigen Schwanz zu umschlingen.

Wer hätte gedacht, dass mich zwei Schwänze in mir so wahnsinnig geil machen würden, dass ich einen dritten brauche? Ich denke nicht weiter darüber nach, wenn mein Körper vibriert, wenn die Jungs in einen Rhythmus fallen, in mich hinein- und herausstoßen, ihre Hände auf meinen Hüften und meiner Taille, die mich festhalten.

Mein Blick fällt auf Elias, der neben uns steht. Seine Augen schweifen nach oben, als ich ein paar Mal über seine Erektion streiche. Ich senke meinen Mund auf seine Eichel und lasse ihn zwischen meine Lippen gleiten. Er schmeckt salzig und moschusartig, und es hat etwas so Fesselndes und Köstliches, ihn in meinem Mund zu haben. Ich weiß, dass ich in diesem Moment die Kontrolle über ihn habe, und das gefällt mir.

Ich schiebe ihn tiefer und nehme so viel ich kann, bis seine Eichel hinten in meiner Kehle ankommt, denn er ist nicht gerade klein.

Elias zischt, als ich an der Unterseite seines Schafts lecke und ihn in meinen Mund hinein- und wieder herausschiebe, wobei meine Lippen ihn richtig umschließen und zusammenpressen.

„Fuck, fuck, fuck!", knurrt er.

Hinter mir stöhnt Cain, während Dorian seine Hände auf meine Brüste legt und an meinen Nippeln zerrt. Alle drei ficken mich, wie es ihnen gefällt, und es macht ihnen sichtlich Spaß. Meine Schreie werden durch den Schwanz in meinem Mund gedämpft, aber die unbändige ursprüngliche Lust ergreift mich, der Hunger und der Schmerz, den diese Dämonen auslösen, bringen mich immer näher an eine Explosion heran.

Das ist alles, was ich will, und meine Muschi und mein Arsch pulsieren, denn ich weiß, dass ich kurz davor bin zu kommen.

„Ich liebe dich", knurrt Cain hinter mir.

Ich brauche einen Moment, um seine Worte zu begreifen, und ich möchte länger darüber nachdenken und ihm ins Gesicht sehen, wenn er sie zu mir sagt. Aber stattdessen stoßen sie alle in mich hinein, und ich sauge an Elias, wobei unser Stöhnen ein Lied der fleischlichen Lust ist.

Aber, verdammt ... er hat gesagt, dass er mich liebt.

Cain bricht wieder in Worte aus, die ich nicht kenne, genau wie zuvor, sie sind dämonisch und es klingt, als würde er zu etwas rufen ... zu jemandem.

Je mehr er singt, desto mehr spannt sich mein Körper an, als würde mich etwas einhüllen. Ich kann es nicht erklären, aber die Welt beginnt in meinen Augenwinkeln zu verschwimmen.

Irgendetwas verändert sich in mir ... macht Dinge mit mir. Oder ist es das, was Cain meinte, als er sagte, dass unsere Seelen miteinander verschmelzen würden?

Mit einem plötzlichen Schaudern spüre ich, wie Sayah schneller aus mir herausfährt, als ich es je zuvor gesehen habe, als würde es ihr wehtun, in mir zu sein.

Ihr Schatten schwebt über uns, und mir läuft es eiskalt den Rücken hinunter. Ich drehe mich um, lasse Elias los und blicke zu ihr hinüber, aber er legt seine Hand auf meinen Kopf und drückt sich tief in meinen Mund.

„Unterbrich die Verbindung nicht", stöhnt er.

Aber irgendetwas fühlt sich wirklich falsch an ... und Panik steigt in mir auf, dass ich einen Fehler gemacht habe.

Einen tödlichen Fehler.

22

CAIN

Ich stöhne gegen die warme Haut von Arias Hals und stoße tiefer in sie hinein. Ich umklammere ihre Taille und meine rasende Erektion treibt mich an, immer schneller zu werden. Sie ist so eng, so schön, so anziehend. Sie gehört mir.

Erst als ich spüre, wie sich ihr Körper anspannt, hebe ich meinen Blick und sehe sofort in die pechschwarze Gestalt von Sayah. Sie schwebt neben uns, ragt über uns hinaus und beobachtet uns. Wann zum Teufel ist sie denn entkommen?

Wir sind in unserem Ritual gefangen, und wenn wir uns jetzt voneinander lösen, könnte das den Tod oder die Aufhebung der Magie bedeuten, doch dieser dämonische Schatten von Aria macht uns alle verwundbar.

Elias hat die Augen geschlossen und ist in seiner eigenen Welt versunken, während Dorian fast zeitgleich mit mir zu Sayah hinüberschaut.

„Verdammt noch mal, das ist kein guter Zeitpunkt", knurrt er leise vor sich hin.

Sayah wächst, dehnt sich aus und streckt sich entlang der Mauern der Villa, bis sie den Mond verdunkelt und uns in einen dichten Schatten hüllt. Elias spürt die Veränderung in der Luft, blickt auf und sein Körper versteift sich.

Die Erde bebt unter uns und es gibt einen lauten Knall, wie die Explosion von Schießpulver. Ich werde von einer unsichtbaren Macht in die Brust getroffen und nach hinten geschleudert, wo ich meterweit von den anderen entfernt durch den Schnee rolle. Als ich endlich zum Stillstand komme, blicke ich auf und sehe, dass Aria verschwunden ist und Dorian und Elias ebenfalls quer über das Grundstück geschleudert werden.

Ich bekomme es mit der Angst zu tun. Würde Sayah Aria tatsächlich etwas antun, oder hatte sie es geschafft, während des Tumults zurück ins Haus zu fliehen? Ich würde ja gerne sagen, dass die Kreatur das nicht tun würde, aber ich habe miterlebt, wie Aria wegen ihr fast aus dem Fenster in den Tod gestürzt wäre, also will ich kein Risiko eingehen.

Meine einzige Hoffnung ist, dass das Ritual funktioniert hat. Wenn sie wirklich in Gefahr wäre, würde ich das spüren können.

Ich beobachte, wie Dorians Schwung ihn einen Hügel hinunterrollen lässt. Er verschwindet aus meinem Blickfeld, während Elias mit solch einer Wucht gegen einen Baum in der Nähe knallt, dass das Holz splittert.

Sayahs monströse Gestalt ragt über uns auf, und obwohl sie nur noch ein dichter Schatten ist, kann ich irgendwie ihre Wut spüren. Sie muss diejenige gewesen sein, die uns angegriffen und das Ritual beendet hat. Sie will nicht, dass wir es zu Ende bringen.

Aber da keiner von uns tot ist, besteht die Hoffnung, dass wir lange genug miteinander verbunden waren, um die Magie zu wirken. Aber das wird sich erst mit der Zeit zeigen.

Eine von Sayahs schwarzen, rauchigen Ranken holt aus und schlägt nach mir. Ich weiche aus, als sie sich zu einer gewaltigen Faust verdichtet und auf die Stelle einschlägt, an der ich eben noch gestanden habe.

Mein Dämon bricht mit ausgebreiteten Flügeln an die Oberfläche und das Hölleninferno brennt in meinen Adern. Ich strecke meine Hände aus, um das Feuer zu entfesseln, aber ich halte abrupt inne, weil ich mich daran erinnere, wie ich Aria heute früh vorgefunden habe. Sie war voller Blut, Kratz- und Bisswunden von Tieren – die, die Cassiel Sayah angeblich zugefügt hatte, um sie zu schützen.

Verdammt ... das hatte ich fast vergessen. Aria spürt Sayahs gesamten Schmerz.

Und das bedeutet, dass wir sie nicht vernichten können, ohne Aria dabei zu töten.

Sofort suche ich die Nacht nach Elias und Dorian ab.

Dann springt Dorian in seiner vollen Dämonengestalt in die Luft und fährt mit seinen Klauen über Sayah, bevor er auf der anderen Seite wieder auf den Füßen landet.

Dorian ist so sehr darauf konzentriert, den vermeintlichen neuen Feind auszuschalten, dass er gar nicht merkt, was er eigentlich tut. Er tut Aria weh, nicht Sayah.

In diesem Moment bricht ein großes Tier aus dem Wald hervor. Elias in der Gestalt eines Höllenhundes.

Meine Brust krampft sich vor Panik zusammen. Er wird Aria ahnungslos in Stücke reißen. Das tun sie beide.

Elias stürzt sich auf den Faden, der Sayah an sie bindet, und reißt das Maul auf, um sie zu töten. Ich bin schon unterwegs und renne so schnell ich kann, meine Füße berühren kaum den Boden, während meine Flügel mich vorwärts treiben. Ich stoße mitten in der Luft mit ihm zusammen und wir landen unsanft im Schnee und rollen übereinander.

Wir kommen zum Stillstand, wobei er sich über mir befindet und verärgert nach meinem Gesicht schnappt.

Ich schiebe meine Füße unter ihn und stoße ihn von mir herunter. „Wir können dem Schatten nicht wehtun", schnauze ich ihn an. „Alles, was wir dem Schatten antun, wirkt sich auf Aria aus. Ihr bringt sie noch um."

Er knurrt mich an, sichtlich genervt von meiner Einmischung.

Ich vergieße genauso gerne Blut wie jeder andere Dämon, aber nicht, wenn das Blut von meiner Aria stammt. Eher bringe ich tausend Höllenhunde zur Strecke, bevor ich das zulasse. Auch Elias. Und ich bin mir sicher, er würde dasselbe sagen.

„Erinnerst du dich an die Bisswunden auf ihrem Arm und die Kratzspuren auf ihrem Bauch? Die stammen von Cassiels Angriff", erkläre ich mit Nachdruck. „Willst du ihr noch mehr Schmerzen zufügen?"

Er blinzelt mich an, als ihm das klar wird, und schüttelt dann sein dunkles Fell aus.

„Das habe ich mir gedacht." Ich lasse die Schultern hängen und versuche, meinen eigenen Dämon zurückzudrängen. Das ist eine heikle Situation, die wir mit Samthandschuhen angehen müssen. Wir müssen das erst einmal durchdenken.

„Von einem Schatten aufgehalten“, sagt Dorian, als er hinter mir auftaucht und sein silbernes Haar in dem wenigen Mondlicht glitzert. „Das ist ja mal was Neues.“

Elias fängt an, auf und ab zu gehen und stößt dabei dicke Schwaden heißen Rauchs in die kalte Nachtluft aus.

„Wenn wir Sayah nicht töten können, was zum Teufel sollen wir dann mit ihr machen?“, stellt Dorian die Frage, die uns allen im Kopf herumgeht.

„Nichts“, antwortet eine andere Stimme.

Alle unsere Köpfe richten sich in die Dunkelheit des Waldes. Als mein jüngster Bruder in einem legeren grauen Anzug ins schummrige Licht tritt, bin ich sofort von Hass und Wut erfüllt. Aber bevor ich auch nur einen Schritt auf ihn zugehen kann, stürzt sich Elias auf ihn, die Zähne auf Mavericks Kehle gerichtet.

Im letzten Moment dreht er sich und zieht gleichzeitig seine versteckten Dolche aus der Scheide, und als Elias landet und wieder auf ihn zustürmt, hält er sie schützend hoch.

„Ich will dir nicht wehtun“, sagt er, als Elias knurrt. Mavericks dunkle Augen blicken in meine und Dorians Richtung. „*Keinem* von euch. Deshalb bin ich nicht hier.“

„So jung und so naiv!“, sagt Dorian in einem spöttischen Ton. Die Symbole auf seiner Brust leuchten heller. „Du weißt, dass du uns nichts anhaben kannst. Nicht ohne dass wir dich töten.“

Daraufhin rollt er mit den Augen. „Ich bin Jahrhunderte alt ...“

„Und immer noch ein kleines Dämonenbaby. Und immer noch zu dumm, um zu wissen, dass du nie wieder hierher kommen solltest.“

Elias knurrt bösartig.

„Wir werden dich auch nicht an Aria heranlassen", sage ich. „Sie bleibt bei uns."

Er hüpft auf seinen Zehen hin und her, hält immer noch die Dolche in der Hand und lässt seinen Blick über uns alle schweifen, sieht das Blut und unsere Blöße. Dann zeichnet sich etwas Überraschendes auf seinem Gesicht ab – etwas, das ich schon oft auf seinem Gesicht gesehen habe. Eifersucht.

„Ihr habt das Ritual durchgeführt?", fragt er mit gesenkter Stimme. Natürlich hat er sich die Hinweise selbst zusammengereimt.

„Oh, pass auf, Mav. Grün steht dir nicht. Das ist Lorcans Ding", stichelt Dorian.

Lorcan ist der Dämon des Neids und auch einer unserer Brüder. Ich erwarte, dass Maverick wegen dieser Bemerkung auf Dorian losgeht, oder zumindest wegen des Teils über jung und dumm. Er hatte schon immer einen Komplex, weil er der Jüngste von uns ist, und Dorian genießt es, ihn zu ärgern. Aber erstaunlicherweise gibt er keinen Kommentar ab. Er lässt es einfach über sich ergehen.

Er lässt seine Waffen sinken und richtet sich auf. Sein Gesichtsausdruck wird sanfter. „Ich bin hier, um mit Aria zu reden."

Als ich höre, wie er ihren Namen ausspricht, kocht mein Temperament wieder hoch. Er hätte sich nie in Luzifers Geschäfte einmischen dürfen. Er hätte sich da raushalten sollen, wie alle anderen auch, oder besser noch, er hätte Rückgrat zeigen sollen, während ich weg war. Sich gegen unseren durchgeknallten Vater wehren, so wie ich es getan habe.

Elias macht einen bedrohlichen Schritt auf ihn zu und

zwingt Maverick, einen Schritt zurückzutreten. Aber er hebt die Dolche nicht wieder.

Seltsam...

Ich werfe einen Blick über meine Schulter, wo ich weiß, dass die monströse Sayah schwebt und Aria sich versteckt. Sie ist immer noch verwundbar. Ich muss zu ihr gelangen.

Ich bin es leid, meinen Bruder und seinen Unsinn weiter zu ertragen und will mich gerade umdrehen, als er in seine Jackentasche greift und ein zusammengerolltes Stück Pergamentpapier herauszieht, das an den Rändern angesengt ist.

Ein Dämonenvertrag.

Mir dreht sich der Magen um und ich denke sofort an das Schlimmste.

„Ich will nur reden", sagt Maverick vorsichtig. Er hält seine Hand hoch. „Es geht nicht um Aria – keine Sorge. Es ist der Vertrag, den ich mit ihrer Hexenfreundin abge-schlossen habe."

„Joseline?" Dorian blickt mich an, seine Verwirrung spiegelt meine wider.

Er nickt. „Ich habe ... beschlossen, ihn aufzukündigen."

„Moment, die Hexe kündigen?", fragt Dorian.

Maverick starrt ihn an. „Du hast gehört, was ich gesagt habe, Arschloch. Der Vertrag ist null und nichtig."

Ich warte auf das „Aber" oder die Liste seiner Forde-rungen, aber als diese nicht kommen, bin ich sprachlos. Ich weiß, wie Dämonen arbeiten; ich weiß, wie mein Bruder arbeitet, und sie tun nichts, ohne etwas dafür zu bekommen. Was ist also Mavericks Ziel hier? Es muss noch etwas geben, was er will.

Ein Schatten schlüpft hinter Maverick und als ich die gelben Augen und das schwarze Fell aufblitzen sehe, weiß ich, dass es Elias ist. Während des Streits scheint es ihm gelungen zu sein, sich an ihn heranzuschleichen. Dorian muss ihn auch gesehen haben, aber er lässt es sich nicht anmerken.

„Lass mich raten", beginnt er stattdessen. Sein ganzer Blick bleibt auf meinen Bruder gerichtet. „Du hast den Zauberer gefunden und er hat dir ein Herz gegeben?"

Maverick runzelt die Stirn. „Du bist nicht lustig."

„Ich bin *wahnsinnig komisch*."

Elias bewegt sich so unauffällig wie ein geschicktes Raubtier und nähert sich, geduckt und ohne einen Laut von sich zu geben.

Völlig ahnungslos fährt Maverick fort: „Ich weiß, dass es im Moment schwer zu glauben ist, aber ich bin nicht hier, um zu kämpfen. Neben dem Vertrag habe ich auch ein Friedensangebot dabei."

Dorian wirft seinen Kopf zurück und lacht. Fast hysterisch. „Er redet von Frieden!"

Ich winke ab. Ich habe keine Zeit für diesen Blödsinn. Außerhalb des Waldes wartet ein Schattenmonster auf uns, und ich weiß nicht, wo Aria ist. Ob sie in Gefahr ist oder nicht.

Seine Augen weiten sich. „Ihr müsst mir zuhören."

Hinter ihm öffnet Elias langsam den Mund, die Kiefer sind kurz davor, Mavericks Bein zu zerreißen und ihn zu überwältigen.

„Ich weiß vielleicht, was Aria ist. Oder sollte ich sagen ... Ich kenne vielleicht eine Möglichkeit, herauszufinden, was sie ist. Das kann helfen."

Diese Worte lassen uns alle innehalten. Sogar Elias.

Sein Blick trifft auf meinen und er tritt einen Schritt zurück.

„Wovon redest du?", schnauze ich und mein innerer Dämon lässt meine Stimme tiefer werden.

Als er merkt, dass er unsere ganze Aufmerksamkeit auf sich gezogen hat, legt er Joselines Dämonenvertrag weg und holt ein kleines, schwarzes, in Leder gebundenes Buch aus derselben Tasche. Er hält es mir hin, damit ich es nehmen kann.

Ich schaue zuerst zwischen Dorian und Elias hin und her und schnappe es mir. Es ist ganz leicht, die Seiten sind unglaublich alt und abgenutzt und mit einer kratzigen, fast unleserlichen Handschrift versehen. Die Worte sind mit rötlich-brauner Tinte geschrieben, und als ich das Buch durchblättere und zufällige Flecken entdecke, wird mir klar, dass es sich nicht um Tinte, sondern um Blut handelt. Es ist mit einer Lederschnur umwickelt und scheint nichts Magisches an sich zu haben, und ich spüre auch keine dunkle Essenz, wenn ich es in der Hand halte.

Was könnte es also sein?

„Was hat dein Tagebuch mit Aria zu tun?", fragt Dorian und beäugt das Ding in meiner Hand mit großer Neugierde.

Maverick schüttelt den Kopf, vor allem aus Frustration. „Es ist Luzifers. Er ist in letzter Zeit ziemlich darauf fixiert und ich konnte es ihm neulich vom Thron klauen, als er zu etwas weggezogen wurde."

Ich starre wieder auf das Buch und blättere durch die Seiten. „Das ist von Vater?"

Er nickt.

Dorian geht hinüber und schaut mir über die Schulter, um es genauer zu betrachten. „*Luzifers* Tagebuch? Ich hätte nie gedacht, dass er so ein kleines schwarzes Buch führt."

„Was steht da drin?" Elias steht hinter Maverick, jetzt in Menschengestalt. Er muss sich verwandelt haben, während wir mit dem Buch abgelenkt waren, und mein Bruder kann ihm nicht schnell genug aus dem Weg gehen.

„Ich wusste die ganze Zeit, dass du da bist", murmelt mein Bruder, was ihm einen strengen Blick von Elias einbringt. Als er sich wieder dem Buch zuwendet, fährt er fort: „Es ist in einer alten Sprache geschrieben. Eine, die ich noch nie gesehen habe. Aber an einigen Stellen hat er sich auf Latein Notizen gemacht."

Während er spricht, suche ich mir eine beliebige Seite aus und schaue sie mir an. Zusammen mit der schrecklichen Schrift meines Vaters habe ich diese Symbole noch nie zuvor gesehen. Hier und da sind kurze Sätze auf Latein gekritzelt, die ich entziffern kann. Die meisten scheinen von Stärken, zuletzt gesehenen Orten, Niederlagen und bekannten Schwächen zu handeln. Was auch immer das bedeutet.

„Und was hat das mit Aria zu tun?", frage ich.

„Ich wollte versuchen, jemanden zu finden, der es übersetzt, aber ich kann niemandem in der Hölle trauen. Nicht einmal unseren Brüdern." Er hält inne, der Zusammenhang mit seinem eigenen Verrat an mir ist offensichtlich. Er räuspert sich. „Aber nach dem, was ich selbst herausgefunden habe, scheint es sich um uralte Kreaturen zu handeln. Solche, über die Vater genau Buch geführt hat."

„Ich habe jedes Buch gelesen, das über übernatürliche Wesen geschrieben wurde, und habe keines gefunden, das Aria oder Sayah auch nur im Ansatz erwähnt." Ich versuche, ihm das Buch wieder in die Hand zu drücken, aber er schiebt es beiseite.

„Nicht wie diese Bestien", erklärt er. „Es wird sogar von den Alten gesprochen. Monster, die es schon gab, bevor er ein Engel war oder gar aus Gottes Licht erschaffen wurde."

„So ein Mist", keucht Dorian. „Wir müssen jemanden finden, der das übersetzt."

„Woher wissen wir überhaupt, dass das, was Aria ist, da drin zu finden ist?", fragt Elias.

„Warum sonst sollte Luzifer plötzlich wieder so interessiert daran sein, nachdem er Aria getroffen hat? Für ein bisschen leichte Lektüre?", antwortet Maverick.

Elias knirscht mit den Zähnen und ein Knurren schwingt in seiner Kehle. „Pass auf, Junge."

Er will etwas erwidern, aber ich unterbreche ihn. „Es reicht, ihr beiden." Und ich dachte schon, Elias und Dorian wären böse. Wenigstens wollen die sich nicht wirklich gegenseitig umbringen.

Traute ich Maverick und allem, was er über das Buch sagte? Nein. Aber es war einen Versuch wert.

Und wenn er die Wahrheit sagt, können wir endlich ein paar Antworten für Aria finden und vielleicht sogar Sayah für immer aus ihrer Seele befreien.

Es ist gut möglich, dass mein Bruder uns wieder einmal verarscht und das alles nur ein komplizierter Trick Luzifers ist, aber ist es das Risiko wert? Ich würde sagen, ja. Für Aria auf jeden Fall.

Ich ziehe die Schultern zurück und schaue auf Maverick, Greed und meinen jüngsten Bruder hinunter. „Und was ist mit dir?", frage ich ihn. „Wenn du das von Luzifer gestohlen hast, wie du sagst, dann wird er sicher eher früher als später herausfinden, dass es weg ist. Vor allem, wenn er in letzter Zeit viel Interesse daran gezeigt hat. Und da du verschwunden bist, wird er zwei und zwei zusammenzählen können."

„Deshalb gehe ich dieses Mal nicht zurück in die Hölle", antwortet er. Sein Blick schweift zu den Bäumen ab. „Ich bleibe auf der Erde."

Zuerst denke ich, dass er einen Scherz macht. Dämonen gehören schließlich in die Hölle. Keiner würde sich und den Großteil seiner Macht freiwillig opfern, um auf der Erde zu leben. Unter den Menschen.

Aber dann sehe ich die Ernsthaftigkeit in seinem Gesicht und seine Entschlossenheit, Luzifer zu stürzen. Es ist ein Gesichtsausdruck, den ich nach unserer Verbannung selbst so gerne trug.

Etwas hat sich in ihm verändert. Er ist durch mit unserem Vater. Diesmal für immer.

Bevor ich einen Moment länger darüber nachdenken kann, schießt ein erschütterndes Gefühl durch mich hindurch, das von oben nach unten und von einer Seite zur anderen abprallt und mich gleichzeitig kitzelt und schmerzt. Es ist so stark, dass ich für einen Moment wie gelähmt bin, weil ich nicht weiß, was ich überhaupt tun soll. Und mit dem seltsamen Gefühl kommt auch ein Name. Er dröhnt gegen mein Trommelfell.

Ich ziehe scharf die Luft ein. „Aria."

Auch Dorian und Elias spüren etwas, und in der

nächsten Sekunde sind wir schon wieder auf dem Weg zurück zur Villa.

Als wir uns der Villa nähern, treffen wir auf Aria, die immer noch nackt ist, aber mit dem Gesicht zu uns steht und mit ihrem und unserem Blut bedeckt ist.

Noch überraschender? Sayah ist verschwunden und das volle Licht des Mondes scheint auf sie herab und reflektiert den Schnee um sie herum. Ihre blasse Haut leuchtet, und das Haar, das ihr über den Rücken fällt, bildet einen dunklen Kontrast. Sie erinnert mich an eine griechische Göttin, die nur darauf wartet, angebetet zu werden, und so verlockend das auch ist, das Vibrieren, dass etwas mit unserer neuen Verbindung nicht stimmt, lässt uns alle ein paar Meter entfernt abrupt stehen bleiben.

Als ob sie uns bemerken würde, dreht sie sich langsam um.

Das, was wir sehen, lässt meinen Puls in die Höhe schnellen.

Ihre Augen sind trübe, milchig weiß und starren uns an, und ein finsteres Grinsen umspielt ihre Lippen.

„Hallo", sagt sie, aber die Stimme, die aus ihrem Mund kommt, klingt wie eine verzerrte, krächzende Version von Aria. Nicht so, als würde sie wirklich zu ihr gehören. Und ich bin mir sicher, dass sie das auch nicht tut. „Mal wieder."

Ein heftiger Schauer durchzuckt das unsichtbare Band, das uns jetzt verbindet, was bedeutet, dass das Ritual funktioniert hat, aber das bestätigt nur meine schlimmsten Befürchtungen.

Was wir hier sehen, ist nicht mehr die Aria, die wir kennen und um die wir uns sorgen.

Nein. Das hier ist etwas ganz anderes.

Klicke für Die Leidenschaft der Dämonen

DANKE, DASS DIE LEIDENSCHAFT DER DÄMONEN LESEN

Bewertungen sind super wichtig für Autoren und helfen anderen Lesern besser zu entscheiden, welche Bücher Sie lesen werden.

Entdecken Sie mehr Bücher von Mila Young und Harper A. Brooks.

Fangen Sie an zu lesen.

www.milayoungbooks.com/german
https://harperabrooks.com

ÜBER MILA YOUNG

Mila Young geht alles mit dem Eifer und der Tapferkeit ihrer Märchenhelden an, deren Geschichten sie beim Heranwachsen begleiten haben. Sie erlegt Monster, real und imaginär, als gäbe es kein Morgen. Tagsüber herrscht sie über eine Tastatur als Marketing Koryphäe. Nachts kämpft sie mit ihrem mächtigen Stift-Schwert, erschafft Märchen Neuerzählungen und sexy Geschichten mit einem Happy End. In ihrer Freizeit liebt sie es, eine mächtige Kriegerin vorzugeben, spaziert mit ihren Hunden am Strand, kuschelt mit ihren Katzen und verschlingt jedes Fantasymärchen, das sie in die Finger bekommen kann.

Für weitere Informationen...
mila@milayoungbooks.com

ÜBER HARPER A. BROOKS

Harper A. Brooks lebt in einer kleinen Stadt an der Küste von New Jersey. Obwohl klassische Autoren schon immer ihre Bücherregale füllten, fühlt sie sich zu den dunklen, magischen und romantischen Geschichten hingezogen. Wenn sie nicht gerade ganze Welten mit sexy Shiftern oder legendären Liebesgeschichten erschafft, findet man sie entweder mit einer guten Tasse Kaffee in der Hand oder zu Hause beim Kuscheln mit ihrem pelzigen, vierbeinigen Sohn Sammy.

Sie schreibt Urban Fantasy und paranormale Liebesromane.

RONE-PREISTRÄGERIN
USA TODAY-BESTSELLERAUTORIN

Möchtest Du mehr von Harper A. Brooks lesen?
http://BookHip.com/MCBDCN

Tritt der Harper-Lesergruppe bei und erhalte exklusive Inhalte, Sneak-Peeks, Werbegeschenke und mehr! www.facebook.com/groups/harpershalflings

www.ingramcontent.com/pod-product-compliance
Lightning Source LLC
Chambersburg PA
CBHW030759200726

48285CB00013B/305